名家散文典藏

彩插版

# 梁衡散文精选

梁衡　著

长江出版传媒 | 长江文艺出版社

图书在版编目（CIP）数据

梁衡散文精选 / 梁衡 著. --
武汉 : 长江文艺出版社，2013.9(2022.7 重印)
（名家散文典藏・彩插版）
ISBN 978-7-5354-6756-0
Ⅰ. 梁… Ⅱ. 梁… Ⅲ.散文集—中国—当代 Ⅳ. ①I267

中国版本图书馆 CIP 数据核字(2013)第 130058 号

责任编辑：程华清　　责任校对：毛季慧
封面设计：龙　梅　　责任印制：邱　莉　杨　帆

出版：长江出版传媒｜长江文艺出版社
地址：武汉市雄楚大街 268 号　　邮编：430070
发行：长江文艺出版社
http://www.cjlap.com
印刷：武汉珞珈山学苑印刷有限公司

开本：640 毫米×970 毫米　1/16　　印张：17.5　　插页：6 页
版次：2013 年 9 月第 1 版　　2022 年 7 月第 11 次印刷
字数：225 千字

定价：32.00 元

# 目录

梁衡 散文精选

名家散文典藏

## ◆人　生　篇◆

## ◆ 政 治 篇 ◆

# 人生篇

# 海思

没有见过海，真想不出她是什么样的。

眼前这哪里是海呢？只是水，水的天，水的地，水的色彩，水的造型。那如花灿开的浪，时起时伏的波，星星点点的雨，湿湿软软的雾，一起塞满了这个蓝天覆盖下的穹庐。她们笑着，叫着，舔食着天上的云朵，吞没了岸边的沙滩，狂呼疾走，翻腾飞跃。极目望去，那从天边垂下来的波涛，一排赶着一排，浩浩荡荡，如冲锋陷阵的大军；那由地心里泛起的浪花，沸沸扬扬，一层紧追着一层，像秋天田野上盛开的棉朵。那波浪互相拥挤着，追逐着，越来越近，越来越高，赶来到脚下时便陡立成一道齐齐的水墙，像一匹扬鬃跃蹄的野马，呼啸着扑上岸来，“啪”的一声，一头撞在那些嶙峋的礁石上，顷刻间便化作了点点水珠和星星飞沫。还不等这些水珠从礁石上退下，又是一堵水墙，又是一声巨响，一阵赶着一阵，一声接着一声，无休无止，无穷无尽。倒是水雾里的那几只海鸥在悠闲地盘旋着，吻着浪尖。我站在礁石上，任海风鼓满襟袖，任浪花打湿鞋袜，那清风碧波，像是从天上，从地下，从四面八方，从我的五脏六腑间一起涌过。我立即被冲洗得没有一丝愁绪，没有一丝杂虑。而那隆隆的浪，滚滚的波，那浪波与礁石搏斗的音乐，又激荡起我浑身的热血。海啊，原来是这个样子。

每天，我在海边散步，便被织进一张蓝色的大网中。我知道这水和空气本是透明无色的。但天高水深，那无数的“无色”便积成了这种可见而不可触的蔚蓝色，似有似无，给人一种遐想，一种缥缈，一种思想的驰骋。朱自清说：“瑞士的湖蓝得像欧洲小姑娘的眼。”我这时却觉得这茫茫的大海蓝得像一个神秘的梦。

渐渐，我奇怪这海的深和阔。那滚滚的海流何去何从？那万丈长鲸，何处是它的归宿？那茫茫的彼岸又是什么样子？我想起书上说的，在那遥远的百慕大海区，舰艇会突然失踪，飞机会自然坠落。在大西洋底，有比喜马拉雅山还高的海岭在起伏，有比北美大峡谷还深的海底深谷在蜿蜒。还有那海底的古城，那长满了绿苔的墙，那曾是住宅和商店的房。真不知这一片深蓝色中还有多少个这样的谜。本来，不管是亚洲高原上的大河，还是澳洲大陆上的小溪，都将在这里汇合；不管是杨贵妃沐浴过的温泉，还是某原子能电厂用过的冷却水，都要在这里相聚。时间和空间在大海里拥抱。太阳的照射将这一切蒸发、循环；台风鼓着，将它们翻腾、搅拌。亿万年的历史，五大洲的文明，纵横相间，一起在这里汇拢，融进这片深深的蓝色。科学家说，物质是不灭的，那么掬起一捧海水，这里该有属于大禹那个时代的氢，也该有哥伦布呼吸过的氧。于是，我明净的心头又涌上一汪蓝色的沉思。

当我从海湾的那边返回时，乘的是船。风平浪静，皓月当空。船在月光与水波织成的羽纱中漂荡。我躺在铺位上，倾听那海风海浪的细语，身子轻轻地摇晃着，不由想起那唱着催眠曲的母亲，和她手里的摇篮。本来，地球上并没有生命，是大海这个母亲，她亿万年来哼着歌儿，不知疲倦地摇着、摇着，摇出了浮游生物，摇出了鱼类，又摇出了两栖动物、脊椎动物，直到有猴，有猿，有人。我们就是这样一步步地从大海里走来。难怪人对大海总是这样深深地眷恋。人们不断到海边来旅游，来休憩，来摄影作画、寻诗觅句，原来是为了寻找自己的血统，自己的影子，自己的足迹。无论你是带着怎样的疲劳、怎样的烦恼，请来这海滩上吹一吹风，打一个滚吧，一下子就会返璞归真，获得新的天真、新的勇气。人们只有在这面深蓝色的明镜里才

能发现自己。

当我弃船登岸时，又转过身来，猛吸一口带咸味的空气。

1983 年 10 月

# 夏感

充满整个夏天的是一个紧张、热烈、急促的旋律。

好像炉子上的一锅冷水在逐渐泛泡、冒气而终于沸腾一样。山坡上的芊芊细草渐渐滋成一片密密的厚发，林带上的淡淡绿烟也凝成了一堵黛色的长墙。轻飞曼舞的蜂蝶不见了，却换来烦人蝉儿，潜在树叶间一声声的长鸣。火红的太阳烘烤着金黄的大地，麦浪翻滚着，扑打着远处的山、天上的云，扑打着公路上的汽车，像海浪涌着一艘艘的船。金色主宰了世界上的一切，热风浮动着，飘过田野，吹送着已熟透了的麦香。那春天的灵秀之气经过半年的积蓄，这时已酿成一种磅礴之势，在田野上滚动，在天地间升腾。夏天到了。

夏天的色彩是金黄的。按绘画的观点，这大约有其中的道理。春之色为冷的绿，如碧波，如嫩竹，贮满希望之情；秋之色为热的赤，如夕阳，如红叶，标志着事物的终极。夏正当春华秋实之间，自然应了这中性的黄色——收获之已有而希望还未尽，正是一个承前启后、生命交替的旺季。

你看，麦子刚刚割过，田间那挑着七八片绿叶的棉苗，那朝天举着喇叭筒的高粱、玉米，那在地上匍匐前进的瓜秧，无不迸发出旺盛的活力。这时她们已不是在春风微雨中细滋慢长，而是在暑气的蒸腾下，蓬蓬勃发，向秋的终点做着最后的冲刺。

夏天的旋律是紧张的，人们的每一根神经都被绷紧。你看田间那

些挥镰的农民，弯着腰，流着汗，只是想着快割，快割。麦子上场了，又想着快打，快打。他们早起晚睡已够苦了，半夜醒来还要听听窗纸，可是起了风；看看窗外，天空可是遮上了云。麦子打完了，该松一口气了，又得赶快去给秋苗追肥浇水。“田家少闲月，五月人倍忙”，他们的肩上挑着夏秋两季。

遗憾的是，历代文人不知写了多少春花秋月，却极少有夏的影子。大概春日融融，秋波澹澹，而夏呢，总是浸在苦涩的汗水里。有闲情逸致的人，自然不喜欢这种紧张的旋律。我却想大声赞美这个春与秋之间的金黄的夏季。

1984 年 6 月

# 吴县四柏

一千九百多年前，东汉有个大司马叫邓禹的在今天苏州吴县栽了四棵柏树。经岁月的镂雕陶冶，这树竟各修炼成四种神态。清朝皇帝乾隆来游时有感而分别命名为“清”“奇”“古”“怪”。

最东边一棵是“清”。近两千年的古树，不用说该是苍迈龙钟了。可她不，数人合抱的树干，直直地从土里冒出，像一股急喷而上的水柱，连树皮上的纹都是一条条的直线，这样一直升到半空中后，那些柔枝又披拂而下，显出她旺盛的精力和犹存的风韵。我突然觉得她是一位长生的美人，但她不是那种徒有漂亮外貌的浅薄女子，而是满腹学识，历经沧桑。要在古人中找她的魂灵，那便是李清照了。你看那树冠西高东低，这位女词人正右手抬起，扶着后脑勺，若有所思。柔枝拖下来，风轻轻拂着，那就是她飘然的裙裾。“险韵诗成，扶头酒醒，别是闲滋味。”

西边一棵曰“奇”。庞然树身斜躺着，若水牛卧地，整个树干已经枯黑，但树身的南北两侧各劈挂下一片皮来，就只那一片皮便又生出许多枝来，枝上又生新枝，一直拖到地上，如蓬蒿，如藤萝，像一团绿云，像一汪绿水，依依地拥着自己的命根——那截枯黑的树身。就像佛家说的她又重新转生了一回，正开始新的生命。黑与绿，老与少，生与死，就这样相反相成地共存。你初看她确是很怪的，但再细想，确又有可循的理。

北边一棵为“古”。这是一种左扭柏，即树纹一律向左扭，但这树的纹路却粗得出奇，远看像一条刚洗完正拧水的床单，近看树表高低起伏如沟岭之奔走蜿蜒，贮存了无穷的力。树干上满是突起的肿节，像老人的手和脸，顶上却挑出一些细枝，算是鹤发。而她旁边又破土钻出一株小柏，柔条新叶，亭亭玉立。那该是她的孙女了。我细端详这柏，她古得风骨不凡，令人想起那些功勋老臣，如周之周公，唐之魏征。

还有一棵名“怪”。其实，她已不能算“一棵”树了。不知在这树出土的第几个年头上，一个雷电，将她从上至下劈为两半，于是两片树身便各赴东西。她们仰卧在那里相向怒目，像是两个摔跤手同时跌倒又各不服气，正欲挣扎而起。长时间的雨淋使树心已烂成黑朽，而树皮上挂着的枝却郁郁葱葱，缘地而走。你细找，找不见她们的根是从哪里入土的。根就在这两片裸躺着的树皮上。白居易说原上草是“野火烧不尽”，这古柏却“雷电击又生”。她这样倔，这样傲，令人想起封建士大夫中与世不同的郑板桥一类的怪人。

这四棵树挤在一起，一共占地也不过一个篮球场大小，但却神志迥异地现出这四种形来，实在是大自然的杰作。那“清”柏，像是扎根在什么泉眼上，水脉好，土气旺，心情舒畅。那“古”柏，大约根须被挤在什么石缝岩隙间，未出土前便经过一番苦斗，出土后还余怒未尽。那“奇”“怪”二柏便都是雷电的加工，不过雷刀电斧砍削的部位、轻重不同，她们也就各奇各怪。真是天雕地塑，岁打月磨，到哪里去找这有生命的艺术品呢？而且何止艺术本身，你看她们那清、奇、古、怪的神态，那深扎根而挺其身的功力，那抗雷电而不屈的雄姿，那迎风雨而昂首的笑容，那虽留一皮亦要支撑的毅力，那身将朽还不忘遗泽后代的气度，这不都是哲理、思想与品质的含蓄表现吗？大自然本身就是一部博大的教科书，我们面对她常常是一个小学生。我想应该让一切善于思考的人来这树下看看，要是文学家，他一定可以从中悟到一些创作的规律，《唐诗》《聊斋》《山海经》《西游记》不是各含清、奇、古、怪吗？要是政治家，他一定会由此联想到包公那样的清正，贾谊那样的奇才，伯夷、叔齐那样的古朴，还有扬州八怪等那些被社会扭曲了的怪人。就是一般的游人吧，到此也会不由地停下脚步，想上半天。云南石林里那些冰冷的石头都会引起人种种联想，何况这些有生命的古树呢？她们是牵着一条历史的轴线，从近两千年以前的大地上走来的啊！

1984年12月

# 我看舞蹈的美

舞之美，是人的美。它是一种艺术，当然有艺术美，但它所假之物并不是声、色、字、词，而是天生的、自然存在的人，因此它首先又是一种自然的美。它努力挖掘人的灵秀之气，给人一种高级的美感。我国第一个提倡使用模特儿的美术教育家刘海粟先生说过：美的要素有二，一是形式，二是表现。人体充分具有这二要素，外有美妙的形式，内蕴不可思议的灵感，融合物质的美和精神的美的极致而为一体，所以为美中之至美。当我们看着舞台上那舞动着的美人时，举手、投足、弯腰、舒臂，那美的形态、身段、轮廓、线条，恰好表现了美的内蕴、美的感情，而不必借助什么道具。

当然，舞台上的演员决不是画室里的模特儿。舞蹈除自然美外，更重艺术美，于是便要讲到衣饰。但这衣饰决不像旧戏那样给人套上死板的程式，也不像话剧那样过分地写实。它是绿荷上的露珠，是峭壁上的青藤，是红花下的绿叶，是翠柳上的黄鹂，是一种微妙的附着。它不过是为了揭示舞者美的存在，像几片白云说明天空的深蓝；它不过是为了衬托舞者美的形象，像流水绕过幽静的山冈。在舞台上作为外形之物，无论是先天的人体，还是后来补充的服饰，在形、体、色、质上都有极美的苛求，真可谓“四美具，二难并”，从而汇成为一种更理想、更美的“形”。为了表示飞动，西方艺术中有一种小天使，胖墩墩的孩子，两肋下却生出一对肉翅，显得十分生硬。这何如我们敦煌石窟里的飞天，窈窕女子，肩垂飘带，升起在天空。人着衣披戴本是很自然的事，但这自然的衣着，顿使沉重的人体化为轻捷的一叶，潇洒、舒展、轻盈、自如，满台生风。人外形的美，内蕴的美，都因那轻淡饰物的勾勒与揭示而成一种美的理想、美的憧憬而挥发开来。国画界有以形写神与以神写形之争，从这个角度观之，舞者真是靠自己的外美之形来写内美之神了。

再者，飘动的舞者，又决不是静止的雕像，所以除造型美外，更讲情感。这便要借助音乐。本来，演员在那铃响幕启之前，是先在体内储满一汪情感的，上台后全待那乐声的煦风拂来，才摇曳荡漾，蓬勃生辉。乐声之于舞，如松涛上的清风，如干柴上的火焰，如桂树林间的香馨，如钱塘江面的大潮。当我们耳闻乐声、目观舞台时，更多体味的已不是形、色、物、体，而是神，是情，是韵，是一种充蕴全场、流动漂浮、深幽朦胧的美，是一种逆接千古、延绵未来、辽阔久远的美。当斗牛士的乐曲响起时，那狂热的西班牙舞步，便是催人上阵的鼓点，我们激动、昂奋，仿佛一场决斗就在眼前；当《康定情歌》飘过时，那冉冉的舞、影，便是夏日给人小憩的阴凉，我们的心头一片静怡、惆怅，就像仰卧在康定草原上，看月亮弯弯。这时，长袖在台上飘动，音符在空中隐现，舞者内蕴和外观的美，一起随着乐声融为一股感情的潮流，在观众的前后左右穿流激荡。对观众来说，现在已不是观看，而是在闭目听，凝神想，用心、用身，去与演员交流了。这时再看台上的演员，观众已经通过她心灵深处的那一泓秋水，在波光中照见了一个是她，但比她更美的形象。这便又是以神写形了。

我们知道，在客观世界上，存在着许多的美，大自然千姿百态的美；几何图形整齐组合的美；孩童天真烂漫的美；中年精壮强健的美；老者深熟沉静的美；美术家的色彩线条美；音乐家的声音和谐美；连被一般人认为最刻板的自然科学，也有它的“工程美”；连最枯燥的哲学，也有它的哲理美。这些美都是不同的人，在各自不同的环境与条件下孜孜以求而得到的。而舞蹈，因为它不借助任何别的手段，是一种真正以生命自身来塑造的艺术，因此它也最有灵性。舞者，是一面镜子，能照出各人的影；舞姿，是一阵风，能拂动各人的情；舞台，

是一面大的雷达，能接收与反射各人的思想。当我们在大剧场里落座，四周灯光渐暗，乐声轻起，台上演员翩翩起舞时，我们便一下获得了一种共同的美。你看她一笑一颦，一起一停，一甩手一投足，挺拔、秀丽、高朗、愁忧，仿佛社会上一切美的物、美的情，这时全都聚在她的身上，成一团美的魅力。她早已不是她自己，而是一位法力无边的美神。她翻起人们的回忆，撩动人们的情思，牵动整个美的世界。这时平日里在你心中储存着的一切美好的形象，清风明月夜，风和日丽春，小桥流水，百鸟啼鸣，都会突然闪现在你的眼前，泛起在你的脑海。刹那间美的信息开始了奇妙的交流。

本来，舞蹈就是因人内心情感的摇荡而不由地要手舞足蹈。明月当空，花间的李白顾影自怜，便翩然起舞，举杯邀月；大江上的曹操有雄兵百万，就横槊赋诗，酹酒江心。今舞者，正是从人们平常不自觉的动作中，抽出最美的、规律性的东西，以衣具饰之，以音乐和之，酿成一股酒香，反过来荡摇人的感情。所以，老者观舞，会生返少的乐趣；少年观舞，会陷入一片深沉；科学家在这里能为自己的规律找到美的表述方式；哲学家在这里能为自己的哲理找到美的形象；怀素和尚观公孙大娘一舞而得书法之精妙；杜甫观公孙弟子之舞而有华章传世。人们与其说是在欣赏舞蹈，实际是在发现与升华自己潜在的美的意识，美的素养。因为，无论是演员还是观者，他们都是最有灵感的高级生命。虽说表演艺术中还有话剧，但它主要靠台词；还有戏曲，但它主要靠唱腔；还有电影，那更是借助许多手段；只有舞蹈，是纯靠人的外形与内蕴。它的美，实在是特别的。

原载于 1985 年 3 月《文艺欣赏》

# 青山不老

《三国演义》上有一个故事，写庞德与关羽决战，身后抬着一具棺材，以示此行你死我活，就是我死了也没什么了不起，埋了就是。真是一副堂堂男子汉大丈夫的气概。这种气概大约只有战争中才能表现出来，只有在书本上才能见到。但是当我在一个小山沟里遇到一位无名老者时，我却比读这段《三国演义》还要激动。

窗外是参天的杨柳。院子在沟里，山上全是树，所以我们盘腿坐在土炕上谈话就如坐在船上，四围全是绿色的波浪，风一吹，树梢卷过涛声，叶间闪着粼粼的波。

但是我知道这条山沟以外的大环境，这是中国的晋西北，是西伯利亚大风常来肆虐的地方，是干旱、霜冻、沙暴等一切与生命作对的怪物盘踞之地。过去，这里风吹沙起能一直埋到城头，县志载："风大作时，能逆吹牛马使倒行，或擎之高二三丈而坠。"可是就在如此险恶的地方，我对面的这个手端一杆旱烟的瘦小老头，他竟创造了这块绿洲。

我还知道这个院子里的小环境。一排三间房，就剩下老者一人，还有他的棺材。那棺材就停在与他一墙之隔的东屋里。老人每天早晨起来抓把柴煮饭，带上干粮扛上锹进沟上山，晚上回来，吃过饭，抽袋烟睡觉。他是在 65 岁时组织了 7 位老汉开始治理这条沟的，现在已有 5 人离世。他现在已 81 岁，他知道终有一天早晨他会爬不起来，所

以那边准备了棺材。他可敬的老伴，与他风雨同舟一生，也是在一天他栽树回来时，静静地躺在炕上过世了。他没有儿子，只有一个女儿在城里工作，三番五次地回来接他出去享清福，他不走。他觉得自己生命的价值就是种树，那边的棺材就是这价值结束时的归宿。他敲着旱烟锅不紧不慢地说着，村干部在旁边恭敬地补充着……15 年啊，绿化了 8 条沟，造了 7 条防风林带，3700 亩林网。去年冬天一次就从林业收入中资助村民每户买了一台电视机，这是一个多么了不起的奇迹。但他还不满意，还有宏伟设想，还要栽树，直到他爬不动为止。

我们就在这样的环境中谈话，像是站在生死边界上的谈天，但又是这样随便。主人像数家里的锅碗那样数着东沟西坡的树，又拍拍那堵墙开个玩笑，吸口烟……我还从没有经历过这样的采访。

在屋里说完话，老人陪我们到沟里去看树。杨树、柳树，如臂如股，劲挺在山洼山腰。看不见它们的根，山洪涌下的泥埋住了树的下半截，树却勇敢地顶住了它的凶猛。这山已失去了原来的坡形，而依着一层层的树形成一层层的梯，老人说："这树根下的淤泥也有两米厚，都是好土啊。"是的，保住了这些黄土，我们才有这绿树。有了这绿树，我们才守住了这片土。

看完树，我们在村口道别，老人拄着拐，慢慢迈进他那个绿风荡荡的小院。我不知怎么一下又想到那具棺材，不觉鼻子一酸，也许老人进去就再不出来了。作为政治家的周恩来在病床上还批阅文件；作为科学家的华罗庚在讲台上与世人告别；作为一个山野老农，他就这样来实现自己的价值。一个人如果将自己的生命注入一种事业，那么生与死便不再有什么界线。他活着已经将自己的生命转化为另一样东西；他死了，这东西还永恒地存在。他是真正与山川共存，与日月同辉了。达尔文和爱因斯坦生前都说过，生死于他们无所谓了，因为他们所要发现的都已发现。老人是这样的坦然，因为他的生命已转化为一座青山。青山是不会老的。

老人姓高，名富。

原载于书海出版社 1990 年版《没有新闻的角落》

# 奉献给死者的艺术

上飞机前还有一小时的机动时间，我坚持要去看看莫斯科的公墓，看看那个特殊的文化角落。

去得匆匆，竟连大门口是什么样子也未及细看，只记得是一条很宽的街，高大的门，门对面好大一片树林，绿涛翻滚着，无闹市的喧嚣，有郊野的清风，气氛是一种淡淡的寂静。一进门，甬道两旁分列着一排排的常青松柏，松柏下是死者整整齐齐的眠床。这里没有中国公墓常见的土堆，也无供骨灰的灵堂，只有绿树护着青石，青石衬着鲜花，猛一看像一个清净的公园或谁家的庭院。

我向一个靠近路边的墓葬走去。墓盖是一面极光洁的花岗石板，石板中央伸出两只大手，也是花岗石雕成，粗壮的腕部，有力的骨节，立时叫人起一种坚实的联想。这两只手轻轻地合拢着，捧着一块三角形的大红宝石，我一时不解了。这组颇具匠心的雕塑，就算是墓碑吗？那么这下面安息着一个怎样特殊的人呢？我在墓前肃立良久，细细揣度着，那双手从石中冲出时的强劲与合拢时的轻柔，那花岗石的纯黑与宝石的鲜红，幻化成一种多层复合的美，将人引向一个深邃的意境。向导过来告诉我，这里安眠着的是一位著名的心脏外科专家，他一生用自己灵巧而有力的手拯救过无数人的生命。噢，我一下明白了，一个人死了，人们用这种含蓄的手法来表达他的生平与事业，表达生者对死者的纪念。最哀切的事情却用最艺术的手法来表达。这是一种多

么平静、超脱而又理智的举动啊。我们说长歌当哭，他们却更祭以艺术。

我慢慢地往里去，一股强劲的艺术魅力如磁石般地吸引着我。这哪是什么墓地，简直是画廊。所不同的是这里每一件艺术品下还有一个曾是活泼泼的人，那是这件艺术品的根，是它的主题。墓碑全部是清一色的黑花岗石，打磨得极光亮，熠熠照人如一面银镜。有的只简单地在这石面上刻出死者的头像，轻轻的又淡淡的如一幅随意素描。说是清淡，那不过是艺术的质感，这石与锤造就的作品自然是风雨不去、历久如新的。有的凿成浮雕，死者的形象微微凸起在石板、石块或石柱上，若隐若现，好像在天国那边透过云雾回望人间。更多的则是半身胸像和各种含义深刻的组合雕塑。但这偌大的墓地无两块相同式样的墓碑。生者不肯抹杀死者的个性，也决计要表现出自己的匠心。一位叫依留申的飞机设计师，他的墓碑是一个圆柱形与凹面的组合。圆柱上雕有他的胸像，胸前有三个醒目的大勋章。

那块凹面石块立衬在石柱后面，表示无垠的天穹，天穹上还有些飞机的航行轨迹。看着这一组近在咫尺、盈缩如许的石雕，我顿然如驰骋蓝天，并感受到一种凌云的壮志。有一位海军将领，他的墓盖上只有一只大铁锚，黑锚金链，屹然挺立，风打浪涌，不动丝纹。有一组更特殊的墓碑，石柱上横着一个大箭头，上面浮雕着六个人的头像。这只箭头穿云雾急急飞行。原来这六个人是一个派到国外的救援小组，不幸同机遇难。

松柏中有一组男女雕像吸引了我。不用说这是一个合葬墓了，令人吃惊的是两人全是裸体。男子略向前俯身，依在一石上，右臂弯回，手中握着一柄铁锤；女子偎在他的身后，手执一条轻纱，款款地飘在背后。两人都目视前方，但我切实地感到他们的心是那样的相连相通，是一个不可分的整体。最纯真大方的爱是用不着一点遮掩的。原来这对夫妻，男的是一位雕刻家，女的是一位芭蕾舞演员，都是搞艺术的。我想这组作为墓碑的石雕一定是他们生前设计好，嘱后人这样创作的。试想以传统的观念谁愿在自己的墓前留一个裸体像呢？又有谁敢将自己的亲友雕成一个裸体立于墓上呢？但艺术家自有艺术家的思考。世间虽有山水的磅礴、花草的艳丽，但哪一种美能比得上人体蕴藏的灵感呢？而这种人类的共性之美，并不是随便哪一个形象都可表达的，只有那些个别的极富外美条件的人体才可充分表现这种内蕴的美感。这两位艺术家，一个终生为人们塑造这种能表达内蕴之美的外形，另一个则所幸天地钟秀其身，就矢志以自己美的外形去表现人类美的灵魂。总之，他们一生都沉浸在对人体美的追求、创造中。正当他们的事业处于顶峰之时，突然上帝要召他们而去，这是多大的遗憾啊。我好像听见他们在弥留之际请求上帝答应他们再给世上留下点东西。上帝说只许一件，这就是墓碑。于是他们就将自己的一生浓缩在这块石头上。他们要将自己美丽的躯体展示在这里，用这力、这柔、这情，留给后人永恒的美。什么才能久而不朽呢？石头。什么才能跨越生命的“代沟”，无言地表达感情与思想呢？艺术。于是这石头的艺术便成了死者与生者在墓前吻别的信物。

当匆匆的一小时参观行将结束的时候，我没忘记这普通公墓里还有一位不普通的人物——赫鲁晓夫。他的墓在公墓前后大院之间的甬道旁，占地不大。我没想到这样一个曾身为超级大国一号领袖的人物，死后却屈身路旁。当他和光明一别之时，就来这里与民同乐了。而他的墓碑从艺术角度说也真有个性。那是由三个黑白方格相扣而成的石雕，在最上一格中放着赫鲁晓夫的人头雕像。赫在位时的一件惊世之举就是将斯大林遗体迁出列宁墓，而他现在却被置于公墓堆中。历史人物的功过且由历史学家去评说，但艺术家自有自己的见解。据说，这个墓碑的设计者曾受过赫鲁晓夫的批评，但他并不从个人好恶出发，客观地认为赫这个人是功过参半，所以就用黑白两色夹一人头，而赫的家属也接受了这个方案。我站在那里有好一会儿，端详着这件艺术家送给政治家的礼物。

在回去的车上，我自然联想到国内现时的墓葬风气。一次在南方旅行，老远就见到青山上一片片的白，像长了秃疮一样。那是新修的水泥墓。像这样铲去青松翠柏，铺上冰冷的水泥，且不说破坏水土，于死者又有何益呢？建筑向来标志着当时当地的社会文化。我想起一位建筑师朋友说的话：世界上的建筑可以分为三类：给人住的、给神

住的、给鬼住的。那么通过神鬼之居的庙堂、陵墓同样可以窥见社会文明的一斑。封建帝王可以独占金字塔或十三陵那样大的地下宫殿，而刚才参观的这个俄罗斯公墓，无论贵贱，每人交一笔租金，占地一方，限期14年。这几年我们国内不少人富了，人住的房子非常现代化，却又按最陈旧的规矩去盖庙修墓安抚鬼神。看来有了钱，没有文化、没有新观念还是难以超越自我。能懂得向死者献上一件富有审美价值的雕塑，生者与死者之间能以艺术方式倾心交流思想，交流感情，这个民族的文化素养就不会很低了。

1989年5月14日

# 泰山：人向天的倾诉

我曾游黄山，却未写一字，其云蒸霞蔚之态，叫我后悔自己不是一名画家。今我游泰山，又遇到这种窘态。其遍布石树间的秦汉遗迹，叫我后悔没有专攻历史。呜呼，真正的名山自有其灵，自有其魂，怎么用文字描述呢？

我是乘着缆车直上南天门的。天门虎踞两山之间，扼守深谷之上，石砌的城楼横空出世，门洞下十八盘的石阶曲折明灭直下沟底，那本是由每根几吨重的大石条铺成的四十里登山大道，在天门之下倒像一条单薄的软梯，被山风随便吹挂在绿树飞泉之上。门楼上有一副石刻联："门辟九霄，仰步三天胜迹；阶崇万级，俯临千嶂奇观。"我倚门回望人间，已是云海茫茫，不见尘寰。入门之后便是天街，这便是岱顶的范围了。天街这个词真不知是谁想出来的。云雾之中一条宽宽的青石路，路的右边是不见底的万丈深渊，填满了大大小小的绿松与往来涌动的白云。路的左边是依山而起的楼阁，飞檐朱门，雕梁画栋。其实都是些普通的商店饭馆，游人就踏着雾进去购物，小憩。不脱常人的生活，却颇有仙人的风姿，这些天上的街市。

渐走渐高，泰山已用她巨人的肩膀将我们托在凌霄之中。极顶最好的风光自然是远眺海日，一览众山，但那要碰到极好的天气。我今天所能感受到的，只是近处的石和远处的云。我登上山顶的舍身崖，这是一块百十平方米的巨石，周围一圈石条栏杆，崖上有巨石突兀，

高三米多，石旁大书瞻鲁台，相传孔子曾在此望鲁都曲阜。凭栏望去，远处凄迷朦胧，不知何方世界，近处对面的山或陡立如墙，伟岸英雄，或奇峰突起，逸俊超拔。四周怪石或横出山腰，或探下云海，或中裂一线，或聚成一簇。风呼呼吹过，衣不能披，人几不可立，云急急扑来，一头撞在山腰上就立即被推回山谷，被吸进石缝。头上的雨轻轻洒下，洗得石面更黑更青。我曾不止一次地在海边静观那千里狂浪怎样在壁立的石岸前撞得粉碎，今天却看到这狂啸着、似乎要淹没世界的云涛雾海，一到岱顶石前，就偃旗息鼓，落荒而去。难怪人们尊泰山为五岳之首，为东岳大帝。一般民宅前多立一块泰山石镇宅，而要表示坚固时就用稳如泰山。至少，此时此景叫我感到泰山就是天地间的支柱。这时我再回头看那些象征坚强生命的劲松，它们攀附于石缝间不过是一点绿色的苔痕。看那些象征神灵威力的佛寺道观，填缀于崖畔岩间，不过是些红黄色的积木。倒是脚下这块曾使孔子小天下的巨石，探于云海之上，迎风沐雨，向没有尽头的天空伸去。泰山，无论是森森的万物还是冥冥的神灵，一切在你的面前都是这样的卑微。

这岱顶的确是一个与天对话的好地方。各种各样的人在尘世间活久了，总想摆脱地心的吸力向天而去。于是他们便选中了这东海之滨、齐鲁平原上拔地而起的泰山。泰山之巅并不像一般山峰尖峭锐立，顶上平缓开阔，最高处为玉皇顶。玉皇顶南有宽阔的平台，再南有日观峰，峰边有探海石。这里有平台可徘徊思索，有亭可登高望日，有许多巨石可供人留字，好像上天在它的大门口专为人类准备了一个进见的丹墀，好让人们诉说自己的心愿。我看过几个国外的教堂，你置身其中仰望空阔阴森的穹顶，及顶窗上射进的几丝阳光，顿觉人的渺小，而神虽不可见却又无处不在，紧攥着你的魂灵。但你一出教堂，就觉得刚才是在人为布置好的密室里与上帝幽会。而在岱顶，你会确实感到“天接云涛连晓雾，星河欲转千帆舞”，“闻天语，殷勤问我归何处”。不是在密室，而是在天宫门口与天帝对话。同是表达人的崇拜，表现人与神的相通，但那气魄、那氛围、那效果迥然不同。前者是自卑自怯的窃窃私语，后者是坦诚大胆的直抒胸臆，不但可以说，还可以写，而天帝为你准备好的纸就是这些极大极硬的花岗石。

这里几乎无石不刻，大者洗削整面石壁，写洋洋文章；小者暗取石上缓平之处，留一字两字。山风呼啸，石林挺立，秦篆汉隶旁出左右。千百年来，各种各样的人们总是这样挥汗如雨、气喘吁吁地登上这个大舞台，在这里留诗留字，借风势山威向天倾诉自己的思想，表达自己的意志。你看，帝王来了，他们对岱岳神是那样的虔诚，穿着长长的衮服，戴着高高的皇冠，又将车轮包上蒲草，不敢伤害岱神的一草一木，下令“不欲多人”，以“保灵山清洁”。他们受命于天，自然要到这离天最近的地方，求天保佑国泰民安。玉皇顶上现存最大的一面石刻就是唐玄宗在开元十三年东封泰山时的《纪泰山铭》，高十三点三米，宽五点七米，共一千零九个字。铭曰：“维天生人，立君以理，维君受命，奉为天子，代去不留，人来无已……”从赫赫高祖数起，大颂李唐王朝的功德。一面要扬皇恩以安民，一面又要借天威以佑君，帝王的这种威于民而卑于天的心理很是微妙。他们越是想守住天下，就越往山上跑得勤，汉武帝就来过七次，清乾隆就来过十一次。在中华大地的万千群山中唯有泰山享有这种让天子叩头的殊荣。除了一国之主外，凡关心中华命运的人又几乎没有不来泰山的。你看诗人来了，他们要借这山的坚毅与风的狂舞铸炼诗魂，李白登高狂呼“天门一长啸，万里清风来”，杜甫沉吟着“会当凌绝顶，一览众山小”。志士来了，他们要借苍松，借落日，借飞雪来寄托自己的抱负。一块石头上刻着这样一首诗：“眼底乾坤小，胸中块垒多。峰顶最高处，拔剑纵狂歌。”将军来了，徐向前刻石：“登高壮观天地间。”陈毅刻石：“泰岳高纵万山从。”还有许多字词石刻，如“五岳独尊”“最高峰”“登峰造极”“擎天捧日”“仰观俯察”等等。其中“果然”两字最耐人寻味。确实，每个中国人未来泰山之前谁心里没有她的尊严、她的形象呢？一到极顶，此情此景便无复多说了。

我想，要造就一个有作为有思想的人，登高恐怕是一个没有被人注意却在一直使用的手段。凡人素质中的胸怀开阔、志向远大、感情激越的一面确实要借凭高御风、采天地之正气才可获得。历代帝王争上泰山除假神道设教的目的外，从政治家的角度，他要统领万众治国安邦也得来这里饱吸几口浩然之气。至于那些志士、仁人、将军、诗

人，他们都各怀着自己的经历、感情、志向来与这极顶的风雪相孕化，拓展视野，铸炼心剑，谱写浩歌，然后将他们的所感所悟镌刻在脚下的石上，飘然下山，去成就自己的事业。

看完极顶我们步行缓缓下山，沉在山谷之中。两边全是遮天的峰峦和翠绿的松柏。刚才泰山还把我们豪爽地托在云外，现在又温柔地揽在怀中了。泉水顺着山势随人而下，欢快地一跌再跌，形成一个瀑布，一条小溪，清亮地漫过石板，清音悦耳，水汽蒸腾。怪石也不时地或卧或立横出路旁。好水好石又少不了精美的刻字来画龙点睛。万年古山自然有千年老树，名声最大的是迎客松和秦松。前者因其状如伸手迎客而得名，后者因秦王登山避雨树下而得名。在斗母宫前有一株汉代的“卧龙槐”，一断枝横卧于地伸出十多米，只剩一片树皮了，但又暴出新枝，欣欣向上，与枝下的青石同寿。如果说刚才泰山是以拔地而起的气概来向人讲解历史的沧桑，现在则以秀丽深幽的风光掩映着悠久的文明。我踏着这条文化加风景的山路，一直来到此行预定的终点——经石峪。

经石峪，因刻石得名，就是石头上刻有经文的山谷。离开登山主道有一小路向更深的谷底蜿蜒而下，碎石杂陈，山树横逸，过一废亭，便听见流水潺潺。再登上几步台阶，有一亩地大的石坪豁然现于眼前。最叫人吃惊的是，坪上断断续续刻着斗大的经文。这是一部完整的《金刚经》，经岁月风蚀现存一千零六十七个字。我沿着石坪仔细地看了一圈，这是一个季节性河槽，流水长年的洗刷，使河底形成一块极好极大的书写石板。这部经刻大约成于北齐年间，历代僧人就用这种独特的方式来表达自己的信仰。我在祖国各地旅行常常惊异于佛教信仰的力量和他们表达信仰的手段。他们将云冈、敦煌的山挖空造佛，将乐山一座石山改造成坐佛，将大足一条山沟里刻满佛，现在又在泰山的一条河沟里刻满了佛经。那些石窟是要修几百年经几代人才能完成的。这部经文呢？每字半米见方，入石三分，字体古朴苍劲。我想虽用不了几百年，可顶着烈日，挥汗如雨，在这坚硬的花岗石上一天也未必能刻出一两个字。中国的书有写在竹简上的，写在帛上、纸上的，今天我却看到一部名副其实的石头书。我在这本大书上轻轻漫步，生怕碰损它那已历经千年风雨的页面。我低头看那一横一竖，好像是一座古建筑的梁柱，又像古战场的剑戟，或者出土的青铜器。我慢慢地跪下轻轻抚摸这一点一捺，又舒展身子躺在这页大书上，仰天沉思。四周是松柏合围的山谷，头上蓝天白云如一天井，泉水从旁边滑过，水纹下映出“清音流水”四个大字。我感到一种无限的满足。

一般人登泰山多是在山顶上坐等日出，大概很少有人能到这偏僻深沟里的石书上睡一会儿的。躺在书上就想起赫尔岑有一句关于书的名言：“书——是这一代对下一代的精神上的遗训。”泰山就是我们的先人传给后人的一本巨书。造物者造了这样一座山，这样既雄伟又秀丽的山体，又特意在草木流水间布了许多青石。人们就在这石上填刻自己的思想，一代一代，传到现在。人与自然就这样合作完成了一件杰作。难怪泰山是民族的象征，她身上寄托着多少代人的理想、情感与思考啊。虽然有些已经过时，也许还有点陈腐，但却是这样的真实。这座石与木组成的大山对创造中华民族的文明史是有特殊贡献的。谁敢说这历代无数的登山者中，没有人在这里顿悟灵感而成其大业的呢？

天将黑了，我们又匆匆下到泰安城里看了岱宗庙。这庙和北京的故宫一个格式，只是高度低了三砖。可见皇帝对岱神的尊敬。庙中又有许多碑刻资料，塑像、壁画、古木、大殿，这些都是泰山的注脚。在中国就像只有皇帝才配有一座故宫一样，哪还有第二座山配有这样一座大庙呢？庙是供神来住的，而神从来都是人创造的。岱岳之神则是我们的祖先，点点滴滴倾注自己的信念于泰山这个载体，积数千年之功而终于成就的。他不是寺院里的观音，更不是村口庙里的土地、锅台上的灶君，是整个民族心中的文化之神，是充盈于天地之间数千年的民族之魂。我站在岱庙的城楼上，遥望夕阳中的泰山，默默地向她行着注目礼。

原载于 1990 年第 1 期《十月》

# 这热辣辣的生命之美

一般来说，好风景给人的是陶醉，是沉思。但我一到印度南部的班加罗尔，却被这里的风景激动得直想狂呼高歌。

班加罗尔的风景，全在街上的花和树。我们平时说花，不外桌上瓶里的插花，窗前盆里的鲜花，还有花圃里精心侍弄的花，田野里烂漫绚丽的花。可这里却是轰然一树的花，满街满城的花，而且是一色火红的花。一出机场，迎面就是几株叫不上名的大树，满树不是绿叶，全是火红的花朵。车子进了城就在花树搭成的胡同里钻行。后来我才辨清，这红花树主要有两种，一是我国南方也有的木棉树，花很大，且常年四季地开；一种是火把树，类似国内的绒线树，有叶，很细碎，花却是特别硕大，红肥绿瘦，反显不出树叶。怎么可以想象，街上合抱粗的巨木擎天而立，不是绿叶扶疏，而是红花万朵，在明媚的阳光下如火苗狂舞，直拥到五六层楼的窗前；又如红绸飘落，直垂到路边，扫着车顶和行人的头。向来赏花，人为主，花为次，花是人手中的玩物，眼中的小景。请供一枝在案头，玉色闲情相共品。而现在，反次为主，这花上下半空，前后一街，将人结结实实地裹在其中。席卷天地八方来，红花热血共沸腾。好像一个酒徒，平时能有一两杯好酒已庆幸不已，现在一下被推到酒海里游泳，醉了，醉了，醉得不知东南西北。

成树的红花之外，还有一种藤类的明丽亚花常爬在墙头，紫色的花朵如小儿的拳头，枝叶茂密，曲虬纷挂，往往几十米、上百米地盖过墙头，密密匝匝，叠翠压锦。论其色彩，珠光宝气，明媚照人，其势态却如蓬蒿弃野，生灭由之。每见此景我不觉生一种惋惜之感，这样的花朵要是在国内就是案头一枝也足可斗室生辉，要是公园里能有一株也会叫游人流连驻足的。而在这里却随意委弃，开得这样浪费，可见好花之多，多到抛金撒银的地步。

红花之外便是绿树，树个个大得惊人。苦楝树一伸臂就护住半块蓝天，棕榈树矗立着就是一根旗杆，大榕树的根接地通天，要是照一个特写镜头，你准以为是一片小树林子。总之，一棵树就是一个停车场，就是一个绿色的庭院。一行树就是一条蜿蜒的堤坝，就是一座逶迤的山脉。树浓荫蔽日，层绿无边。人在树下，如在一座神秘的教堂里一样。对中国大地上的绿色我本就十分留意，天山风雪中松柏的凝绿，华北平原上春风杨柳的新绿，江南池塘中荷叶的碧绿，但是，无论我头脑中的哪种绿都无法形容眼前这异国巨木的绿。这是在北纬12度的骄阳下被烘烤着的泛着光闪闪亮晶晶的油绿，举目之中所觉的已不是颜色，而是一种释放着的能量了。

这许多从未谋面的树中有一种阿育王树最引我注意。阿育王（前273~前232）本是第一个统一了印度的国王，其历史地位相当于我国的秦始皇。他为记功而立的阿育王柱，柱头四面雕着四个雄狮，一直保存至今，印度的国徽就是以它作图案的。现在这种树取了他的名也真够匹配，我一踏上印度的土地就被这种树的神威所感召。在维多利亚博物馆的大院里有两行阿育王树，树干挺立如柱，树冠庞然如山，树叶密不透风，一团神秘的墨绿透出古老、深沉、庄严。树旁是碧波荡漾的水池，再远处是藏有历史见证的博物馆大厅。我仰头看这擎着蓝天的神树，仿佛阿育王在半空中正注视着他的臣民。草木之物能长出人情神威来也真是天地之灵了。我在班加罗尔街头见到的阿育王树却别是一种风度，树冠一离地面，就被修成一座铁塔，昂首直立，而枝条却披拂而下，长长的叶片闪着亮亮的新绿，像一个威武的壮士披着新制的铠甲。原来这是一种倒栽的阿育王树，类似中国的倒栽柳，不过没有那种婀娜，倒有一种英武之气。这树也是有灵性的吗？如古

人所说牡丹富贵，菊花隐逸，那么，这阿育王树便够得上雄浑博大了。

到班加罗尔的第二天，我们就驱车到迈索尔，又有幸看到了城市之外的田野中的树景。路边时而扑来芒果、菠萝蜜树，树上垂着累累的果实，而远处密密的椰子林却看不到边。这奇怪的树种，直到快摸着天时才顶出几片大叶，而叶腋间就是一堆西瓜大的果。这果一年四季不停地熟，人们爬上树摘掉，不久一仰头它又长了出来。仿佛是上帝在天际向人民无声而又无休止地赐赠。中间有一次我们停车休息，路边是如墙如堵的椰子林，2.5 卢比一个椰子，椰农弯刀一挥，削去椰壳的顶盖，插进一根吸管，椰汁甘甜沁人。车子正好停在一株巨大的火把树下，我手捧阴凉嫩绿的椰果，仰视这株红色的伞盖，美味美景并收心中，真不知造物者为什么特别恩宠这片土地。生命之力，在这里竟是如泉水般地四处涌流。

在印度的日子里，无时不在与红花绿树相伴，出门车在树下钻行，进宾馆先献你一个花环，访问完再捧上一束鲜花。一天，我深夜归来，桌上插着一束红玫瑰，茶几上放着水果篮和一洗手小钵，钵中可人的清水上漂着三片殷红的花瓣。灯下，对着这三瓣主人的心香，我独坐沉思，竟不愿上床了。我本无心，这红花绿叶却枝枝叶叶拂不去，真追客人到梦中。我想红花绿树是专为来装扮我们这个世界的。造物者之所以选了这两种颜色，是因为它代表着生命。你看所有的动物、植物，哪个能离了血红素和叶绿素呢？难怪红花绿树这样叫人激动。它是热辣辣的生命将自己奔腾不息的力，借了红绿两色来显示给我们的啊。生命不息，花树就永远伴随着我们。

我明白了，当我们爱红花绿树时，其实是在爱自己的生命。

1990 年 5 月

# 武侯祠前的沉思

中国历史上有无数个名人，但没有谁能像诸葛亮这样引起人们长久不衰的怀念；中国大地上有无数座祠堂，没有哪一座能像成都武侯祠这样，让人生无限的崇敬、无尽的思考和深深的遗憾。这座带有传奇色彩的建筑，令海内外所有的崇拜者一提起它就生出一种神秘的向往。

武侯祠坐落在成都市区略偏南的闹市区。两棵古榕为屏，一对石狮拱卫，当街一座朱红飞檐的庙门。你只要往门口一站，一种尘世暂离而圣地在即的庄严肃穆之感便油然而生。进门是一庭院，满院绿树披道，杂花映目，一条 50 米长的甬道直达二门，路两侧各有唐代、明代的古碑一座。这绿阴的清凉和古碑的幽远先教你有一种感情的准备，我们将去造访一位 1700 年前的哲人。进二门又一座四合庭院，约 50 米深，刘备殿飞檐翘角，雄踞正中，左右两廊分别供着 28 位文臣武将。过刘备殿，下十一阶，穿过庭，又一四合院，东西南三面以回廊相通，正北是诸葛亮殿。由诸葛亮殿沿一红墙和翠竹夹道就到了祠的西部——惠陵，这是刘备的墓，夕阳抹过古冢老松，叫人想起遥远的汉魏。由诸葛亮殿向东有门通向一片偌大的园林。这些树、殿、陵都被一线红墙环绕，墙外车马喧，墙内柏森森。诸葛亮能在 1700 年后享此祀地，并前配天子庙，右依先帝陵，千百年来香火不绝，这气象也真绝无仅有了。

公元234年，诸葛亮在进行他一生的最后一次对魏作战时病死军中。一时国倾梁柱，民失相父，举国上下莫不痛悲，百姓请建祠庙，但朝廷以礼不合，不许建祠。于是每年清明时节，百姓就于野外对天设祭，举国痛呼魂兮归来。这样过了30年，民心难违，朝廷才允许在诸葛亮殉职的定军山建第一座祠，不想此例一开，全国武侯祠林立。成都最早建祠是在西晋，以后多有变迁。先是武侯祠与刘备庙毗邻，诸葛亮祠前香火旺，刘备庙前车马稀。明朝初年，帝室之胄朱椿来拜，心中很不是滋味，下令废武侯祠，只在刘备殿旁附带供诸葛亮。不想事与愿违，百姓反把整座庙称武侯祠，香火更甚。到清康熙年间，为解决这个矛盾，干脆改建为君臣合庙，刘备在前，诸葛亮在后，以后朝廷又多次重申，这祠的正名为昭烈庙（刘备谥号昭烈帝），并在大门上悬以巨匾。但是朝朝代代，人们总是称它为武侯祠，直到今天。“文化大革命”曾经疯狂地破坏了多少文物古迹，但武侯祠却片瓦未损，至今每年还有200万人来拜访。这是一处供人感怀、抒情的所在，一个借古证今的地方。

我穿过一座又一座的院落，悄悄地向诸葛亮殿走去。这殿不像一般佛殿那样深暗，它为丞相治事之地，殿柱矗立，贯天地正气，殿门前敞，容万民之情。诸葛亮端坐在正中的龛台上，头戴纶巾，手持羽扇，正凝神沉思。往事越千年，历史的风尘不能掩遮他聪慧的目光，墙外车马的喧闹也不能把他从沉思中唤醒。他的左右是其子诸葛瞻，其孙诸葛尚。瞻与尚在诸葛亮死后都为蜀汉政权战死沙场。殿后有铜鼓三面，为丞相当初治军之用，已绿锈斑驳，却余威尚存。我默对良久，隐隐如闻金戈铁马声。殿的左右两壁书着他的两篇名文，左为《隆中对》，条分缕析，预知数十年后天下事；右为《出师表》，慷慨陈词，痛表一颗忧国忧民心。我透过他深沉的目光，努力想从中发现这位东方“思想家”的过去。我看到他在国乱家丧之时，布衣粗茶，耕读山中；我看到他初出茅庐，羽扇轻轻一挥，80万曹兵灰飞烟灭；我看到他在斩马谡时那一滴难言的混浊泪；我看到他在向后主自报家产时那一颗坦然无私的心。记得小时读《三国》，总希望蜀国能赢，那实在不是为了刘备，而是为了诸葛亮。这样一位才比天高、德昭宇宙的人不赢，真是天理不容。但他还是输了，上帝为中国历史安排了一出最雄壮的悲剧。

假如他生在古周、盛唐，他会成为周公、魏徵；假如上天再给他10年时间（活到63岁不算老吧），他也许会再造一个盛汉；假如他少一点愚忠，真按刘备的遗言，将阿斗取而代之，也许会又建一个什么新朝。我心中翻腾着这许多的“假如”，抬头一看，诸葛亮还是那样安静地坐着，目光更加明净，手中的羽扇像刚刚轻挥过一下。我不觉可笑自己的胡思乱想。我知道他已这样静坐默想了1700年，他知道天命不可违，英雄无法造一个时势。

1700年前，诸葛亮输给了曹魏，但他却赢得了从此以后所有人的心。我从大殿上走下，沿着回廊在院中漫步。这个天井式的院落像一个历史的隧道，我们随手可翻检到唐宋遗物，甚至还可驻足廊下与古人、故人聊上几句。杜甫是到这祠里做客最多的，他的名句“出师未捷身先死，长使英雄泪满襟”，唱出了这个悲剧的主调。院东有一块唐碑，正面、背面、两侧或文或诗，密密麻麻，都在与杜甫作着悲壮的酬唱。唐人的碑文说：“若天假之年，则继大汉之祀，成先生之志，不难矣。”元人的一首诗叹道：“正统不惭传千古，莫将成败论三分。”明人的一首诗简直恨历史不能重写了：“托孤未付先君望，恨入岷江昼夜流。”南面东西两廊的墙上嵌着岳飞草书的前后《出师表》，笔走龙蛇，倒海翻江，黑底白字在幽暗的廊中如长夜闪电，我默读着“临表涕零，不知所云”，读着“汉贼不两立，王业不偏安”，看那墨痕如涕如泪，笔锋如枪如戟，我听到了这两位忠臣良将遥隔900年的灵魂共鸣。

这座天井式的祠院1700年来就这样始终为诸葛亮的英气所笼罩，并慢慢积聚而成为一种民族魂。我看到一个个的后来者，他们在这里扼腕叹息、仰天长呼或沉思默想。他们中有诗人，有将军，有朝廷的大臣，有封疆大吏，甚至还有割据巴蜀的草头王。但不管什么人，不管来自什么出身，负有什么使命，只要在这个天井小院里一站，就受到一种庄严的召唤。人人都为他的凛然正气所感召，都为他的忠义之举而激动，都为他的淡泊之志所净化，都为他的聪明才智所倾倒。人

有才不难，历史上如秦桧那样的大奸也有歪才；有德也不难，天下与人为善者不乏其人，难得的是德才兼备，有才又肯为天下人兴利，有功又不自傲。

历史早已过去，我们现在追溯旧事，也未必对“曹贼”那样仇恨，但对诸葛亮却更觉亲切。这说明诸葛亮在那场历史斗争中并不单纯地为克曹灭魏，他不过是要实现自己的治国理想，是在实践自己的做人规范，他在试着把聪明才智发挥到极限，蜀、魏、吴之争不过是这三种实验的一个载体，他借此实现了作为一个人，一个历史伟人的价值。史载公元347年，“桓温征蜀，犹见武侯时小吏，年百余岁。温问曰：‘诸葛丞相今谁与比？’答曰：‘诸葛在时，亦不觉异，自公没后，不见其比。’”此事未必可信，但诸葛亮确实实现了超时空的存在。古往今来有两种人，一种人为现在而活，拼命享受，死而后已；一种人为理想而生，鞠躬尽瘁，死而后已。一个人不管他的官位多大，总要还原为人；不管他的寿命多长，总要变为鬼；而只有极少数人才有幸被百姓筛选，历史擢拔而为神，享四时之祀，得到永恒。

我在祠中盘桓半日，临别时又在武侯像前伫立一会儿，他还是那样，目光如泉水般的明净，手中的羽扇轻轻抬起，一动也不动……

原载于1990年12月《人民日报·海外版》

# 到处都伸出一双乞讨的手

大凡给予有两种，一是对对方付出劳动的补偿，是平等的交换；二是对对方的爱或怜，是愉快的奉献或捐助。当对方既无付出劳动，又无可爱可怜之处时，你无端地付出倒是对自己自尊心的践踏了。

——题记

尽管我们受到了特殊的礼遇，尽管这里的风光是平生从未见过的美，但是在将离开印度时，我们几个人都发誓不愿再来第二次了。我们实在受不了那一双双总是在你面前晃着的乞讨的手。

7 日凌晨三时到德里，住五星级阿育王饭店。旅途劳顿，蒙头大睡，早晨醒来一开门，两个白衣黑汉（印度的饭店全是男服务员）就进来打扫。我们下楼吃饭，回来时房间已收拾好，这时他们又进来挥着大抹布比划说："打扫一下好吗？"我点头表示同意。他不打扫，出去一趟，又敲门进来，又比划一下，我又点头，他又不打扫，出去又回来。这样骚扰再三，我终于明白是来要小费的。但刚下飞机，饭店银行还未开门，卢比换不出来。一大早我们同行的几个人都受到这种反复的"问候"。直到换来钱，发了小费我们才有了一点自由，才能静下来观察一下这座以印度历史上的"秦始皇"也就是阿育王命名的豪华的饭店。

一会儿，使馆同志来约去看看市容。浓绿阔叶的参天巨木，沿街随意怒放的玫瑰，嫩细的草坪，使我们顿生新奇兴奋之感。沿着总统府前气势雄浑的大道，我们漫步到印度门下。这是一座如巴黎凯旋门式的纪念碑建筑，我掏出相机，仰头辨认着门楣上的字迹，准备作一会儿历史的沉思，身后却响起清脆的小锣声，回头一看，一个精瘦的黑汉子牵着两只猴子，龇着一口白牙，不知何时已蹲在我们身后的草坪上，那两只猴子正围着他挤眉弄眼地转圈。他一见我们回头，便招手请照相。陪同连说："那是讨钱的。"话音未落，快门已按，那汉子早起身伸手，那两只小精灵也立即停止舞动，静静地伺立两旁。我们猝不及防，只好掏出10个卢比，打发走玩猴人，重又抬头研究印度门的历史。忽然背后又响起呜呜的笛声。又一个头上缠着一大卷花布的汉子，不知何时已盘膝坐在我们身后，他面前摆着一个小竹盘，盘中蜷缩着一条比拇指还粗些的长蛇。那蛇随着笛声将头挺起一尺高，吐出长长的信子，样子十分凶残。思古幽情让这一猴一蛇是给彻底吹掉了，况且我们刚才匆匆出来，也没有换几个零钱。大家便准备上车走路。但那玩蛇的汉子却拦住路不肯放行，说少给一点也行，又突然将夹在腋下的竹盘一翻，那蒙在布里本来蜷成一盘的蛇突然人立前身，探头吐信，咄咄逼人。汉子脸上涎笑着，一手托蛇，一手伸着要钱，没办法，又投下10个卢比，我们匆匆而去。

从印度门出来到红堡，这是一座印度末代王朝的皇宫。门口熙熙攘攘，卖水果的，卖孔雀毛的，卖假胡子的，拦住路非要给你剪个影不可的，五光十色，喊声不绝，像一锅冒着热气的八宝粥。这回有了经验，不管什么人上来，连声NO，NO，目不旁视。但是当我们从堡内出来，又有几个人拥了上来，非要领你到停车场不可，真是笑话，我们刚才自己停的车，还用别人领路？但是不行，特别是一个拄拐的残腿青年，你左突右冲，他东拦西堵，而且故意在你面前晃动那条半截腿。只好给他10个卢比。拿了卢比也不领路了，我们自己去上车，这简直有点强夺了。

从红堡出来去看甘地墓，进墓地要脱鞋，门口早有一堆人争着给你看鞋子，又是10卢比。接着看比拉庙，在印度凡进庙和旧王宫、城堡之类的地方都要脱鞋，于是给人看鞋，成了最方便的要钱行业，类似北京街上存车的老太太，见车就收钱。这里是见鞋就收钱，而且你非脱鞋不可，不给钱不行。比拉庙前又被敲了一次竹杠。这座庙是全石建筑，太阳晒得石板火烫，我们赤着脚，龇咧着嘴，正想欣赏一下各种雕像。一个穿黄衣、持竹棍的警察（印度警察的警棍是一根一米长的普通竹竿）走上来吆喝开道，要为我们领路。我们一行中有三人英语很好，又有使馆同志陪同，实在想自己静静地观赏一下这古代的建筑艺术。但是不行，你从这座房子里进去，他就在门口堵你，非要领你进另一座房子不可，还把别的游人推开，像是对我们特别照顾。我们心里实在烦透了，而你越烦，他越缠住不放，在一个个神像前指指划划，又用乌黑的食指蘸一点朱砂，强在你的额头上按一个红痣。其实他那半生不熟的英语，那点历史、艺术知识真说不出什么东西。但我们成了他的俘虏，只得跟他一处一处地绕，终于走完了这座庙，脚也烫得成了烙饼。他自然又向我们伸出手。刚才因为无零钱，一咬牙给了看鞋人 50 卢比，现在除了 100 的一张，再无小票了。况且，到印度还不过半天，照这样下去我们每人 30 美元的补助，怕只填了这些人的手心也不够。陪同的同志只好拔下身上的一支圆珠笔。那警察接过看也不看一眼，老大不高兴地走了。

在印度讨钱成了一种风气，一种行业。好像一切人都可以想出要钱要东西的招数，而且毫不脸红。孟买海湾中有一个象岛，星期天我们乘船去玩，一下船，一个约五六十岁的老太婆便来搀扶你。我看她这一身打扮，花里胡哨的“沙丽”（印度妇女穿的服装，就是身上裹的一块大布），两个大耳环，黑如树皮的面部闪着两只贼亮的眼，额头上一个大红吉祥痣，额顶发缝里也有一道红朱砂，像被人刚砍了一刀，很是吓人，忙摆手避让。这时，一对欧洲夫妇跳下船。老太婆就上来扶那欧洲女人，她那双枯瘦如柴的黑手紧扣着那女人肥嫩的白手臂，指甲几乎掐到肉里去，生怕这个到手的猎物逃掉。那白女人大概不知其意，边走边听她指指划划地说海边的树林、滩上的鹭鸟，很为异乡情趣所醉。一会儿走过栈桥，那老太婆就拉着白女人要照相，跟在后面的丈夫忙举起相机。这时旁边果然又跳出一个同样打扮的老太

婆，一照完相，两人都伸手要钱，丈夫愕然，准备走，哪能走了，只好掏出一张纸币给了第一个老太婆，但第二个却坚决缠住不放。我窃喜自己的经验，“聪明”的白人活该上当。

岛上有一个从整座石山中掏出的印度教庙，是游人必到之地。这庙前也就成了向游客讨钱的主战场。许多如刚才那样的当地妇女，着“沙丽”服装，头顶两个高高的铜壶，缠着人照相，而且一般你很难摆脱她的纠缠。我从庙里出来汗水湿透了衣裳，便躲在一棵大树下，揪起衣领扇风，树上一群猴子蹦来蹦去，抓着树枝打秋千，我不由掏出相机。突然觉得有人在扯后衣襟，回头一看，一个 10 来岁的女孩，穿一件地方味很浓的新裙子，头顶一个铜壶，正向我伸出手。她那对小黑眼珠中还透出几分稚气，但脸上的神情分明已很老练，看来操此业至少已有几年。我一时陷入深思，像这种从大人到孩子，人人处处都讨钱的现象，到底是生活所迫呢，还是一种方便省事的职业（尽管在国内我也听说有乞丐万元户的，但决没有这样一个天罗地网），这小孩子身上的裙子、头上的铜壶分明是一套要钱的道具。而我这几日在印度看到的不是有人向你挥舞蛇头，就是挥来断臂，或让你看腿上流脓的疮，或抢着为你领路，在饭店里送行李时就是一个箱子也要两人提，吃饭则一再要给你送到房间，手纸也要故意送一次，又送一次，费尽心机，想出许多要钱手段。总之，一起床，你周围就晃着许多乞讨的手。

穷人自然是值得同情的，但只有穷而有志的人才该同情。向人伸手乞讨如同妇女卖身一样，是真正被逼到绝路之后才不得已而为之的求生之法。但如果把穷当成一种要钱手段，甚至不穷也要变着法要钱，而根本无所谓人的尊严，那么这种同情心便会立即变为厌恶。我想起昨天和几位印度知识分子的谈话，他们也很为这种乞讨的恶习忧虑。说政府为无业人想了许多办法，包括在海边造了房子，但他们不愿劳动，把房子租了出去，又到城里来讨钱。事实上，这种乞讨风已经无所谓有无职业了，人人都可毫不脸红地伸出自己的手。我想，大凡给予有两种，一是向对方付出劳动的补偿，是平等的交换；二是对对方的爱和怜，是愉快的奉献或捐助。当对方既无付出劳动，又无可爱可怜之处时，你无端地付出倒是对自己自尊心的践踏了。但我还是无法拒绝身边这个女孩，我掏出口袋里仅有的两个卢比，给她照了一张相。关上相机，这镜头里，不，我的心里像收进一个魔影……

1991 年 3 月

# 草原八月末

朋友们总说，草原上最好的季节是七八月。一望无际的碧草如毡如毯，上面盛开着数不清的五彩缤纷的花朵，如繁星在天，如落英在水，风过时草浪轻翻，花光闪烁，那景色是何等地迷人。但是不巧，我总赶不上这个季节，今年上草原时，又是八月之末了。

在城里办完事，主人说："怕这时坝上已经转冷，没有多少看头了。"我想总不能枉来一次，还是驱车上了草原。车子从围场县出发，翻过山，穿过茫茫林海，过一界河，便从河北进入内蒙古境内。刚才在山下沟谷中所感受的峰回路转和在林海里感觉到的绿浪滔天，一下都被甩到另一个世界上，天地顿然开阔得好像连自己的五脏六腑也不复存在。两边也有山，但都变成缓缓的土坡，随着地形的起伏，草场一会儿是一个浅碗，一会儿是一个大盘。草色已经转黄了，在阳光下泛着金光。由于地形的变换和车子的移动，那金色的光带在草面上掠来飘去，像水面闪闪的亮波，又像一匹大绸缎上的反光。草并不深，刚可没脚脖子，但难得的平整，就如一只无形的大手用推剪剪过一般。这时除了将它比作一块大地毯，我再也找不到准确的说法了。但这地毯实在太大，除了天，就剩下一个它。除了天的蓝，就是它的绿。除了天上的云朵就剩下这地毯上的牛羊。这时我们平常看惯了的房屋街道、车马行人还有山水阡陌，已都成前世的依稀记忆。看着这无垠的草原和无穷的蓝天，你突然会感到自己身体的四壁已豁然散开，所有的烦恼连同所有的雄心、理想都一下逸散得无影无踪。你已经被融化在这透明的天地间。

车子在缓缓地滑行，除了车轮与草的摩擦声，便什么也听不到了。我们像闯入了一个外星世界，这里只有颜色没有声音。草一丝不动，因此你也无法联想到风的运动。停车下地，我又疑是回到了中世纪。这是桃花源吗？该有武陵人的问答声，是蓬莱岛吗？该有浪涛的拍岸声。放眼尽量地望，细细地寻，不见一个人，于是那牛羊群也不像是人世之物了。我努力想用眼睛找出一点声音。牛羊在缓缓地移动，它不时抬起头看我们几眼，或甩一下尾，像是无声电影里的物，玻璃缸里的鱼，或阳光下的影。仿佛连空气也没有了，周围的世界竟是这样空明。

这偌大的草原又难得的干净。干净得连杂色都没有。这草本是一色的翠绿，说黄就一色的黄，像是冥冥中有谁在统一发号施令。除了草便是山坡上的树。树是成片的林子，却整齐得像一块刚切割过的蛋糕，摆成或方或长的几何图形。一色桦木，雪白的树干，上面覆着黛绿的树冠。远望一片林子就如黄呢毯上的一道三色麻将牌，或几块积木，偶有几株单生的树，插在那里，像白袜绿裙的少女，亭亭玉立。蓝天之下干净得就剩下了黄绿、雪白、黛绿这三种层次。我奇怪这树与草场之间竟没有一丝的过渡，不见丛生的灌木、蓬蒿，连矮一些的小树也没有，冒出草毯的就是如墙如堵的树，而且整齐得像公园里常修剪的柏树墙。大自然中向来是以驳杂多彩的色和参差不齐的形为其变幻之美的，眼前这种异样的整齐美、装饰美，倒使我怀疑不在自然中。这草场不像内蒙古东部那样风吹草低见牛羊，不像西部草场那样时不时露出些沙土石砾，也不像新疆、四川那样有皑皑的雪山、郁郁的原始森林作背景。它像什么？像谁家的一个庭院，“庭院深深深几许”。这样干净，这样整齐，这样养护得一丝不乱，却又这样大得出奇。本来人总是在相似中寻找美。我们的祖先创造了苏州园林那样的与自然相似的人工园林，获得了奇巧的艺术美。现在轮到上帝向人工学习，创造了这样一幅天然的装饰画，便有了一种神秘的梦

幻美，使人想起宗教画里的天使浴着圣光，或郎世宁画里骏马腾啸嬉戏在林间，美得让人分不清真假，分不清是在天上还是人间。

在这个大浅盘的最低处是一片水，当地叫泡子，其实就是一个小湖。当年康熙帝的舅父曾带兵在此与阴谋勾结沙俄叛国的噶尔丹部决一死战，并为国捐躯。因此这地名就叫将军泡子。水极清，也像凝固了一样，连云朵的倒影也纹丝不动。对岸有石山，鲜红色，说是将士的血凝成。历史的活剧已成隔世渺茫的传说。我遥望对岸的红山，水中的白云，觉得这泡子是一块凝入了历史影子的透明琥珀，或一块凝有三叶虫的化石。往昔岁月的深沉和眼前大自然的纯真使我陶醉。历史只有在静思默想中才能感悟，有谁会在车水马龙的街市发思古之幽情？但是在古柏簇拥的天坛，在荒草掩映的圆明废园，只会有一些具体的可确指的联想。而这空旷，静谧，水草连天，蓝天无垠的草原，叫人真想长啸一声念天地之悠悠，想大呼一声魂兮归来。教人灵犀一点想到光阴的飞逝，想到天地人间的长久。

我们将返回时，主人还在惋惜未能见到草原上千姿百态的花。我说，看花易，看这草原的纯真难。感谢上帝的安排，阴差阳错，我们在花已尽，雪未落，草原这位小姐换装的一刹那见到了她不遮不掩的真美。正如观众在剧场里欣赏舞台上浓妆长袖的美人是一种美，画家在画室里欣赏裸立于窗前晨曦中的模特又是一种美。两种都是艺术美，但后者是一种更纯更深的展示着灵性的美。这种美不可多得也无法搬上舞台，它不但要有上帝特造的极少数的标准的模特，还要有特定的环境和时刻，更重要的还要有能生美感共鸣的欣赏者。这几者一刹那的交汇，才可能迸发出如电光石火般震颤人心的美。大凡看景只看人为的热闹，是初级；抛开人的热闹看自然之景，是中级；又能抛开浮在自然景上的迷眼繁华而看出个味和理来，如读小说分开故事读里面的美学、哲学，这才是高级。这时自然美的韵律便与你的心律共振，你就可与自然对话交流了。

呜呼！草原八月末。大矣！净矣！静矣！真矣！山水原来也和人一样会一见钟情，如诗一样耐人寻味。我一步三回头地离开那块神秘的草地。将要翻过山口时又停下来伫立良久。像曹植对洛神一样“背下陵高，足往神留，遣情想象，顾望怀愁”。明年这时还能再来吗？我的草原！

1991年9月

# 佩莱斯王宫记

我曾暗发宏愿，如可能要遍访世界上现存的王宫。因为王是一国权力的最高象征，王宫自然集中了这个国家最好的东西，包括自然风景、建筑艺术、历史文化等等，所以当罗马尼亚主人邀请我们访问佩莱斯王宫时，我窃喜正中下怀。

车子从布加勒斯特出发，向北驶去，一望无际的平原上刚翻过的土地袒开褐色的胸膛，天边或路旁不时出现一片茂密的森林，我顿时感到大自然的辽阔和这异国风光的美丽。路边靠着公路很近的地方常有农民的住房，这极普通的建筑却令我在车里激动得无法坐稳，欠着身子，贴着车窗贪婪地向外看。我的第一感觉是：这房子不是给人住的，而是给人看的。大凡给人住的房子，总是面积求大，结构简单，用料用工求省，所以现代民居，要是平房就是一个火柴盒子，要是楼房就是一个大集装箱。而这些房子却决不肯四面整齐划一，房子的一面或凸或凹，呈折线或弧线的美。我的视线紧紧捕捉着一套扑过来又急急闪过的房子，它的门庭有意不开在正中，而是于房角挖掉一块，像一个熟鸭蛋被切了四分之一，露出蛋黄剖面，颜色和方位都十分雅致。路边所有的房顶都不像中国的房子一样，成一面坡或两面坡，那房收顶之时才是建筑师大露一手之际，屋顶伸出许多尖的、圆的、多棱形的高柱，如魔盒子里探出的手。我想这房主人都是些大公无私、为他人着想的人。要是只为实用，大可不必这样复杂，他却花钱花工，给来往的行人制造了一件工艺品，免费参观，提供美的享受，使许多如我这样的外乡人大饱眼福。这是参观王宫前的一个铺垫，我的情绪先有了一个适应异域的空间转换。

车子甩脱平原渐入山区，远处是白雪皑皑的山峰，公路沿着一条山谷穿行，谷下有河，名佩莱斯河，此地就因河得名。河隐藏在浓密的松树、白桦、冷杉深处，水流潺潺，只闻其声。树是特别的高大，一般要二人合抱，密密地插在山坡上。积雪压在叶上，铺满树下，雪静树更绿，空山不见人，有一种莫名的幽邈。我忽然想起曾看过的一部电影，是写罗马尼亚古代社会的。公元前，这片土地上生活着达契亚人，这是罗马尼亚人的祖先，公元2世纪罗马人侵入这里，达契亚人开始了与罗马人的长期征战、融合。那片子的外景大约就在这沟里拍的，也是这树、这水，和沟里尖顶的草房。武士们用笨重的铜剑格斗，声震山谷，尸横遍野。印象最深的一幕是：一支军队因败阵归来要执行军纪，处死一半，于是站成一列，一、三、五，单数点名，点到的人出列，伏首到前面的木墩子上，引颈等着巨斧劈下，遵命如流，视死如归。那曾经是一个多么野蛮又多么壮丽的时代。当时我坐在影院，被震慑得如痴如呆，忘乎所在，想不到今天能溯访此地。我停车路边，向深深的谷底、密密的林中眺望，希望那里能走出一两个腰围兽皮、握剑持盾的勇士。山风吹过，树森然不动，却抖落下一些纷纷扬扬的雪。

王宫坐落在山湾子里，公路在这里随山的走向回了一个圈，水好像也是在这里发源的。东面是一面斜伸上去的大雪山，凄迷的雪雾一直漫到天外，古树在雪线以下排着奇幻的方阵，忽出沟底，忽涌波上，森森然，如黛如墨，有时消失在远处的雪光中又如烟如织。王宫在山坡上临谷面南而立。这是一座石木结构的民族式宫殿，它本身就是一座巍然的小山，宫以厚重的花岗石起墙，越往上越层叠错落，挑出许多的尖顶。用橡木镶拼成各种图案的门窗，衬着皑皑的白雪，掩映在常青松杉和还留着些红叶子的枫树林中，完全是一个童话世界。这王宫的第一位主人是1866年从德国来的卡罗尔国王。卡罗尔是中国宋徽宗、李后主式的人物，身为国王却酷爱艺术，这王宫是他亲自参与设

计督造的，里面结结实实地收藏着各种艺术品。王宫 1875 年开始建造，1883 年基本建成，到 1914 年全部完工时，卡罗尔也就去世了。

王宫共三层，160 间房。门向西开，进门就是一个通高约 30 多米的天井，中央是客厅，墙上垂下 18 世纪的壁毯，厅内全套意大利硬木家具。上二楼，左边一武器库收藏着 5 到 19 世纪的武器，有阿拉伯的剑、中国的弓，还有一把关公刀，一副连人带马的骑兵铠甲，据说是全罗马尼亚唯一的了。右边是国王的办公室，室内桌椅的侧面、腿脚处、扶手上全是浮雕。椅子扶手的造型是四个坐着的小人，还都跷着一只腿；桌上的烛台分两层，上下层间有三个顽皮的小儿，作头顶重物状，神色颇惹人爱。天花板是 3 寸厚的木浮雕花饰图案。另有一写字台，侧面浮雕一老人头像，他勇往直前，长发被风吹向后面，如呼啸的火车头。台角的废纸篓也是皮革精制，上面刺着花纹。墙上有伦勃朗的名画。再往前是天井式的藏书室。二层楼，橡木书柜，有旋梯可上下取书。桌上有信札箱，是皇后手绘的箱面。王宫里紧邻办公之地就有藏书室，大概是欧洲皇帝的习惯。沙皇冬宫里的藏书室也与这差不多，只是更大些。我在中国故宫没有见到这种设施，也许我们的皇帝不如他们爱读书，或者我们现在搞旅游的人不着意展示这些。藏书室后又一小办公室。小办公室右拐，便开始出现了一大串的客厅。这客厅很类似我们人民大会堂以各省命名的大厅，不过它是以艺术类别或国家、地区命名，而分别收集各地艺术品。

第一个是音乐文学厅，国王在这里接见作家、艺术家。全套桌椅是印度国王送的，黑色硬木，镂空浮雕，据说用了三代人工才完成。还有日本的瓷器，一对中国的大双龙洗，直径约有半米。最可看的是墙上的四幅油画，全以一个少女为题，据说是王后的构思。第一幅代表春天，少女从花丛中走出，和煦的阳光照着她幸福的脸庞；第二幅代表夏天，阳光从浓阴中射下，她的纱裙飘动着，幻化出一种热烈的向往；第三幅，色调转深，那女子低着头，显现了一种秋的悲凉；第四幅，少女半裸着伏在一片雪地上，一片圣洁。这王后是国王上任后三年娶过来的，她也酷爱艺术，是一个作家、诗人，夫妻算是珠联璧合。可想到他们每天在王宫里就通过艺术的切磋来打发时日。没有听说过宋徽宗有什么擅画的妃子做伴，李后主的周后只是天生的美貌，他后来又纳了周后之妹，一个更美的美人，为她写了那首著名的“手提金缕鞋”词，却也未见二周有什么唱和，看来他们还是不如卡罗尔的潇洒。

音乐文学厅后是意大利厅，两侧立着米开朗琪罗的三个铜雕，墙上是6幅意大利名画；再前，威尼斯厅，两件拉斐尔复制伦勃朗的圣母像，原件已经失传，此复制件也就成绝响了；再前，阿拉伯厅，满是地毯、挂毯，最有趣的是那几个长枕头，一枕可供10人共眠；再前，土耳其厅，然后右折是长廊，长廊尽头再右折是小剧院。到此已绕王宫一周，再下又是武器库了。1910年后这剧院又改成电影厅，舞台上刻有国王的一句话：“一切艺术我都喜欢。”国王常在这里观摩演出，有时兴之所至还登台朗诵。这大概又类似我们的唐玄宗了，他亲自谱写《霓裳羽衣曲》，又做导演，又与宫人共舞。卡罗尔虽喜欢艺术，治国方面也没有出什么大错，这一点比宋徽宗、李后主、唐玄宗都强。

从王宫出来我又在周围的山坡林间徜徉了一会儿。除这座王宫外，旁边还有稍小一点儿的七八处宫殿，现在都作了旅游饭店。有一处就是我们昨晚住的，内部设施极豪华。但最美的还是周围的白雪、绿树和沟里潺潺的流水，昨晚夜半醒来，皎月在天，雪光映窗，偶有一两声狗吠，或咔嚓一声雪压树枝的断裂声。要不是碍着外宾的身份，我真想半夜出户作一回秉烛夜游了。现在再看这景，虽没有昨夜梦幻式的朦胧，但还是一样的静、一样的美。我佩服卡罗尔国王，他用艺术家的眼光选中了这块上帝创造的王土内最美的地方，又用王的权力集中人力在这里创造了一座艺术宫殿。他的后辈尊重这创造，所以他一死，第二代国王就立即重建新宫，把旧宫作了艺术博物馆，直到今天。国王是有至高无上的权力，但权力再大也将随生命而止。可是当他趁有权之时，选择干一件国家民族永远记住的事，这便是权力的延长。卡罗尔选择了艺术，他知道艺术之河长流，艺术之树常绿，就如这佩莱斯的山和水。

1992年1月

# 试着病了一回

毛主席在世的时候说过一句永恒的真理：要想知道梨子的滋味，就得亲自咬一口，尝一尝。凡对某件东西性能的探知试验，大约都是破坏性的。尝梨子总得咬碎它，破皮现肉，见汁见水。工业上要试出某构件的强度也得压裂为止。我们对自己身体强度（包括意志）的试验，最简单的方法就是生病。这也是一种无可奈何的破坏。人生一世孰能无病。但这病能让你见痛见痒，心热心急，因病而知道过去未知的事和理，这样的时候并不多，也不敢太多。我最近有幸试了一回。

将近岁末，到国外访问了一次。去的地方是东欧几国。这是一次苦差，说这话不是得了出国便宜又卖乖。连外交人员都怯于驻任此地。谁被派到这里就说是去“下乡”。仅举一例，我们访问时正值罗马尼亚天降大雪，平地雪深一米，但我们下榻的旅馆竟无一丝暖气，七天只供了一次温水。离开罗马尼亚赴阿尔巴尼亚时，飞机不能按时起飞，又在机场被深层次地冻了十二个小时，原来是没有汽油。这样颠簸半月，终于飞越四分之一个地球，返回国门上海。谁知将要返京时，飞机又坏了。我们又被从热烘烘的机舱里赶到冰冷的候机室，从上午八时半，等到晚八时半，又最后再加冻十二个小时。药师炮制秘丸是七蒸七晒，我们这回被反过来正过去地冻，病也就瓜熟蒂落了。这是试验前的准备。

到家时已是午夜十二时，倒头就睡，到第二天下午才醒，吃了一点东西又睡到第三天上午，一下地如踩棉花，东倒西歪，赶紧闭目扶定床沿，身子又如在下降的飞机中，头晕得像有个陀螺在里面转。身上一阵阵地冷，冷之后还跟着些痛，像一群魔兵在我腿、臂、身的山野上成散兵线，漫漫地却无声地压过。我暗想不好，这是病了。下午有李君打电话来问我回来没有。我说："人是回来了，却感冒了，扛几天就会过去。"他说："你还甭大意，欧洲人最怕感冒，你刚从那里回来，说不定正得了'欧洲感冒'。听说比中国感冒厉害。"我不觉哈哈大笑。这笑在心头激起了一小片轻松的涟漪，但很快又被浑身的病痛所窒息。

这样扛了一天又一天。今天想明天不好就去医院，明天又拖后天。北京太大，看病实在可怕。合同医院远在东城，我住西城，本已身子飘摇，再经北风激荡，又要到汽车内挤轧，难免扶病床而犹豫，望医途而生畏。这样拖到第六天早晨，有杜君与小杨来问病，一见就说："不能拖了，楼下有车，看来非输液不可。"经他们这么一点破，我好像也如泄气的皮球。平常是下午烧重，今天上午就昏沉起来。赶到协和医院在走廊里排队，直觉半边脸热得像刚出烤箱的面包，鼻孔喷出的热气还炙着自己的嘴唇。妻子去求医生说："六天了，吃了不少药，不顶用，最好住院，最低也能输点液。"这时，急诊室门口一位剽悍的黑脸护士小姐不耐烦地说："输液，输液，病人总是喊输液，你看哪还有地方？要输就得躺到走廊的长椅子上去！"小杨说："那也行。"那黑脸白衣小姐斜了一眼轻轻说了一句"输液过敏反应可要死人"，便扭身走了。我虽人到中年，却还从未住过医院，也不知输液有多可怕。现代医学施于我身的最高手段就是于屁股上打过几针。白衣黑脸小姐的这句话，倒把我的热吓退了三分。我说："不行打两针算了。"妻子斜了我一眼，又拿着病历去与医生谈。这医生还认真，仔细地问，又把我放平在台子上，叩胸捏肚一番，在病历上足写了半页纸。一般医生开药方都是笔走龙蛇，她却无论写病历、药方、化验单都如临池写楷，也不受周围病人诉苦与年轻医护嬉闹交响曲的干扰。我不觉肃然起敬，暗瞧了一眼她胸前的工作证，姓徐。

幸亏小杨在医院里的一个熟人李君帮忙，终于在观察室找到一张

黑硬的长条台子。台子靠近门口，人行穿梭，寒风似箭。有我的老乡张女士来探病，说："这怎么行，出门就是王府井，我去买块布，挂在头上。"这话倒提醒了妻子，顺手摘下脖子上的纱巾。女人心细，四只手竟把这块薄纱用胶布在输液架上挂起一个小篷。纱薄如纸，却情厚似城。我倒头一躺，躲进小篷成一统，管他门外穿堂风。一种终于得救的感觉浮上心头，开始平生第一次庄严地输液。

当我静躺下时，开始体会病对人体的变革。浑身本来是结结实实的骨肉，现在就如一袋干豆子见了水生出芽一样，每个细胞都开始变形，伸出了头脚枝丫，原来躯壳的空间不够用了，他们在里面互相攻讦打架，全身每一处都不平静，肉里发酸，骨里觉痛，头脑这个清空之府，现在已是云来雾去，对全身的指挥也已不灵。最有意思的是眼睛，我努力想睁大却不能。记得过去下乡采访，我最喜在疾驶的车内凭窗外眺，看景物急切地扑来闪走，或登高看春花遍野，秋林满山，陶醉于"放眼一望"，觉自己目中真有光芒四射。以前每见有病人闭目无言，就想，抬抬眼皮的力总该有的吧，将来我病，纵使身不能起，眼却得睁圆，力可衰而神不可疲。过去读史，读到抗金老将宗泽，重病弥留之际，仍大呼："过河！过河！"目光如炬，极为佩服。今天当我躺到这台子上亲身做着病的试验时，才知道过去的天真，原来病魔绝不肯夺你的力而又为你留一点神。

现在我相信自己已进入实验的角色。身下的台子就是实验台，这间观察室就是实验室。我们这些人就是正在经受变革的试验品，实验的主人是命运之神（包括死神）和那些白衣天使。地上的输液架、氧气瓶、器械车便是实验的仪器，这里名为观察室者，就是察而后决去留也。有的人也许就从这个码头出发到另一个世界去。所以这以病为代号的试验，是对人生中风景最暗淡的一段，甚而末路的一段，进行抽样观察。凡人生的另一面，舞场里的轻歌、战场上的冲锋、赛场之竞争、事业之搏击，都被舍掉了。记得国外有篇报道，谈几个人重伤"死"后又活过来，大谈死的味道。那也是一种试验，更难得。但上帝不可能让每人都试着死一次，于是就大量安排了这种试验，让你多病几次。好教你知道生命不全是鲜花。

在这个观察室里共躺着十个病人。上帝就这样十个一拨地把我们叫来训话，并给点体罚。希腊神话说，司爱之神到时会派小天使向每人的心里射一支箭，你就逃不脱爱的甜蜜。现在这房里也有几位白衣天使，她们手里没有弓，却直接向我们每人手背上射入一根针，针后系着一根细长的皮管，管尾连着一只沉重的药水瓶子，瓶子挂在一根像拴马桩一样的铁柱上。我们也就成了跑不掉的俘虏，不是被爱所掳，而是为病所俘。"灵台无计逃神矢"，确实，这线连着静脉，静脉通到心脏。我先将这观察室粗略地观察了一下。男女老少，品种齐全。都一律手系绑绳，身委病榻，神色黯然，如囚在牢。死之可怕人皆有知，辛弃疾警告那些明星美女："君莫舞，君不见玉环飞燕皆尘土"；苏东坡叹那些英雄豪杰："大江东去，浪淘尽，千古风流人物。"其实无论英雄美女还是凡夫俗子，那不可抗拒的事先不必说，最可惜的还是当其风华正茂、春风得意之时，突然一场疾病的秋风，"草遇之而色变，木遭之而叶脱"，杀盛气，夺荣色，叫你停顿停顿，将你折磨折磨。

我右边的台子上躺着一个结实的大个头小伙子，头上缠着绷带，还浸出一点血。他的母亲在陪床，我闭目听妻子在与她聊天。原来工厂里有人打架，他去拉架，飞来一把椅子，正打在头上伤了语言神经，现在还不会说话。母亲附耳问他想吃什么，他只能一字一歇地轻声说："想——吃——蛋——糕。"他虽说话艰难，整个下午却都在骂人，骂那把"飞来椅"，骂飞椅人。不过他只能像一个不熟练的电报员，一个电码一个电码地往外发。

我对面的一张台子上是一位农村来的老者，虎背熊腰，除同我们一样，手上有一根绑绳外，鼻子上还多根管子，脚下蹲着个如小钢炮一样的氧气瓶，大约是肺上出了毛病。我猜想老汉是四世同堂，要不怎么会男男女女、大大小小地围了六七个人。面对其他床头一病一陪的单薄，老汉颇有点拥兵自重的骄傲。他脾气也犟，就是不要那根劳什子氧气管，家人正围着怯怯地劝。这时医生进来了，是个年轻小伙子，手中提个病历板，像握着把大片刀，大喊着："让开，让开！说了几次就是不听，空气都让你们给吸光了，还能不喘吗？"三代以下的晚辈们一起恭敬地让开，辈分小点儿的退得更远。他又上去教训病

人："怎么，不想要这东西？那你还观察什么？好，扯掉，扯掉，左右就是这样了，试试再说。"医生虽年轻，但不是他堂下的子侄，老汉不敢有一丝犟劲，更敬若神明。我眼睛看着这出戏，耳朵却听出这小医生说话是内蒙西部口音，那是我初入社会时工作过六年的地方，不觉心里生一股他乡遇故知的热乎劲，妻子也听出了乡音，我们便趁他一转身时拦住，问道："这液滴的速度可是太慢？"第二句是准备问："您可是内蒙老乡？"谁知他把手里的那把大片刀一挥说："问护士去！"便夺门而去。

我自讨没趣，靠在枕头上暗骂自己："活该。"这时也更清楚了自己作为试验品的身份。被实验之物是无权说话的，更何况还非分地想说什么题外之话，与主人去攀老乡。不知怎么，一下想起《史记》上"鸿门宴"一节，樊哙对刘邦说的"人为刀俎，我为鱼肉"，任你国家元首、巨星名流，还是高堂老祖、掌上千金，在疾病这根魔棒下一样都是阶下囚。任你昔日有多少权力与光彩，病床上一躺，便是可怜无告的羔羊。哪有鲤鱼躺在砧板上还要仰身与厨师聊天的呢？我将目光集中到输液架上的那个药瓶，看那液珠，一滴一滴不紧不慢地在透明管中垂落。突然想起朱自清的《匆匆》那篇散文，时间和生命就这样无奈地一滴滴逝去。朱先生作文时大约还不如我这种躺在观察室里的经历，要不他文中摹写时光流逝的华彩乐段又该多一节的。我又想到古人的滴漏计时，不觉又有一种遥夜岑寂、漏声迢递的意境。病这根棒一下打落了我紧抓着生活的手，把我推出工作圈外，推到这个常人不到的角落里。此时伴我者惟有身边的妻子，旁人该干什么，还在干自己的。那个告我"欧洲感冒可怕"的李兄，就正在与医院一街相连的出版社里，这时正埋头看稿子。"文化大革命"中我们曾一同下放塞外，大漠著文，河边论诗。本来我们还约好回国后，有一次塞外旧友的兰亭之会。他们哪能想到我现时正被困沙滩，绑在拴马桩上呢？如若见面，我当告他，你的"欧洲感冒论"确实厉害，可以写一篇学术论文抑或一本专著，因为我记得，女沙皇叶卡捷琳娜的情人，那个壮如虎牛的波将金将军也是一下被欧洲感冒打倒而匆匆谢世的。这条街上还有一位研究宗教的朋友王君，我们相约要抽时间连侃他十天半月，合作一本《门里门外佛教谈》，他现在也不知我已被塞到这个角落里，正对着点点垂漏，一下一下，敲这个无声的水木鱼。还有我的从外地来出差的哥哥，就住在医院附近的旅馆里，也万想不到我正躺在这里。还有许多，我想起他们，他们这时也许正想着我的朋友，他们仍在按原来的思路想我此时在干什么，并设想以后见面的情景，怎么会想到我早已被凄风苦雨打到这个小港湾里。病是什么？病就是把你从正常生活轨道中甩出来，像高速公路上被挤下来的汽车，病就是先剥夺了你正常生活的权利，是否还要剥夺生的权利，观察一下，看看再说。

因为被小医生抢白了一句。我这样对着药漏计时器返观内照了一会儿，敲了一会儿水木鱼，不知是气功效应还是药液已达我灵台，神志渐渐清朗。我又抬头继续观察这十人世界。（大概是报复心理，或是记者职业习惯，我潜意识中总不愿当被观察者，而想占据观察者的位置。）诗人臧克家住院曾得了一句诗："天花板是一页读不完的书"，我今天无法读天花板，因为我还没有一间可静读的病房，周围是如前门大栅栏样的热闹，于是我只有到这些病人的脸上、身上去读。

四世老人左边的台子上躺着一位老夫人，神情安详，她一会儿拥被稍坐，一会儿侧身躺下，这时正平伸双腿，仰视屋顶。一个中年女子，伸手在被中掏什么。半天趁她一撩被，我才看清她正在用一块热毛巾为老妇人洗脚，一会儿又换来一盆热水，双手抱脚在怀，以热手巾裹住，为之暖脚良久，情亲之热足可慰肌肤之痛，反哺之恩正暖慈母之心，我看得有点眼热心跳。不用问，这是一位孝女，难怪老夫人处病而不惊，虽病却荣，那样安详骄傲。她在这病的实验中已经有了另一份收获：子女孝心可赖，纵使天意难回，死亦无恨。都说女儿知道疼父母，今天我真信此言不谬。我回头看了一眼妻子，她也正看得入神，我们相视一笑，笑中有一丝虚渺的苦味，因为我们没有女儿，将来是享不了这个福了。

再看四世老人的右边也是一位老夫人，脑中风，不会说话，手上、鼻子双管齐下。床边的陪侍者很可观，是位翩翩少年，脸白净得像个瓷娃娃，长发披肩，夹克束身，脚下皮鞋贼亮。他头上扣个耳机，目

微闭，不知在听贝多芬的名曲还是田连元的评书。总之这个十人世界，连同他所陪的病人都好像与他无关。过了一会儿，大约他的耳朵累了，又卸下耳机，戴上一个黑眼罩。这小子有点洋来路，不是旁边那群四世堂里的土子侄。他双臂交叉，往椅上一靠，像个打瞌睡的“佐罗”。“佐罗”一定不堪忍受观察室里的嘈杂，便以耳机来障其聪；又不堪眼前的杂乱，便以眼罩来遮其明，我猜他过一会儿就该要掏出一个白口罩了。但是他没有掏，而是起立，眼耳武装全解，双手插在裤兜里到房外遛弯儿去了，经过我身边出门时，嘴里似还吹着口哨。不一会儿，少年陪侍的那老夫人醒来，嘴里咿咿呀呀地大喊，全室愕然，不知她要什么，护士来了也不知其意，便到走廊里大喊：“×床家属哪里去了？”又找医生。我想这“佐罗少年”大约是老夫人的儿子或女婿，与刚才那位替母洗脚的女子比，真是天壤之别。

我们现在常说的一句话是阴盛阳衰，看来在发扬传统的孝道上也可佐证此论，难怪豫剧里花木兰理直气壮地唱道：“谁说女子不如男！”杜甫说：“信知生男恶，反是生女好。”白居易说：“遂令天下父母心，不重生男重生女。”二公若健在一定抚髯叹曰：“不幸言中！不幸言中！”那“佐罗少年”想当这十人世界里的隐士，绝尘弃世。其实谁又自愿留恋于此？他少不更事，还不知这些人都是被病神强迫拉来的，要不怎么每个人手臂上都穿一根细绳，那一头还紧缚在拴马桩上。下一次得让阎王差个相貌恶点的小鬼，专门去请他一回。

不知何时，在我的左边迎门又加了一长条椅子，椅前也临时立了一根铁杆，上面拴了一位男青年。他鼻子上塞着棉花，血迹一片，将头无力地靠在一位同伴身上（他还无我这样幸运，有张硬台子躺），话也不说，眼也不睁，比我右边那位用电码式语言骂人的精神还要差些。他旁边立着一位姑娘，当我将这个多病一孤舟的十人世界透视了几个来回，目光不经意地落在她身上时，心中便不由一跳。说不清是惊、是喜，还是遗憾。只是模模糊糊地觉得，这个地方不该有个她。她算比较漂亮的一类女子，虽不是宋玉说的那位“登墙窥臣三年”的美女，也不比曹植说的“翩若惊鸿，婉若游龙”的洛神，但在这个邋邋遢遢的十人世界里（现在成十一人了），她便是明珠在泥了。她约一米六五的身材，上身着一件浅领红绒线衣，下身束一条薄呢黑裙，足蹬半高腰白皮软靴，外面又通体裹一件黑色披风，在这七倒八歪的人中一立，一股刚毅英健之气隐隐可人。但她脸上有不尽的温馨，粉面桃腮，笑意静贮酒窝之中；目如圆杏，言语全在顾盼之间。是一位《浮生六记》里“笑之以目，点之以首”的芸，但又不全是。其办事爽利豁达，颇有今时风采。在他们这个三人小组中，椅子上那位陪侍，是病人的“背”，这女人就是病人的“腿”，她甩掉披风（更见苗条），四处跑着取药、端水，又抱来一床厚被，又上去揩洗血迹，问痛问痒。这女子侍奉病人之殷，我猜她的身份是病人的妹妹或女友（女友时常也是妹妹的一种），比起那个千方百计想避病房、病人而去的奶油小生可爱许多。也许是相对论作怪，爱因斯坦向人讲难懂的相对论就这样作比，与老妪为伴，日长如年；与姑娘作伴，日短如时，相对而已。这姑娘也许爱火在心，处冰雪而如沐春风。有爱就有火焰，有爱就有生活，有爱就有希望，有爱就有明天。

一会儿，这姑娘不知从哪里弄来一饭盒蒸饺，喂了病人几个，便自己有滋有味地吃起来。她以叉取饺的姿势也美，是舞台上用的那种兰花指，轻巧而有诗意。连那饺子也皮薄而白，形整而光，比平时馆子里见到的富有美感。三鲜馅的味道传来，暗香浮动。歌星奚秀兰唱“阿里山的姑娘美如水，阿里山的少年壮如山”，今天我遇到的小伙不是破头就是破鼻，无以言壮，倒是这姑娘如水之秀，如镜之明。她让我照见了什么，照见了生活。唐太宗说：“以人为镜，可明得失。”抱病卧床者看青春活泼之人，心灰意懒者看爱火正炽之人，最大的感慨是：决不能退出生活。这姑娘红杏一枝入窗来，就是在对我们大声喊：知否，外面的生活，火热依旧。我刚才还在自惭被甩出生活轨道，这时，似乎又见到了天际远航的风帆。

这时，在我这一排病台的里面处，突然起了骚动。今天观察室里这出戏的高潮就要出现。只见一胖大黑壮的约五十多岁的男子被几个人按在台子上，裤子褪到了脚下，裸着两条粗壮的大腿，脚下拦着一轻巧的白色三面屏风。这壮汉东北口音，大喊：“痛死我了！痛死我了！”接着就听有人哄小孩似的说：“马上就完，快了！快了！”但还

是没有完。那汉子还喊："你们要干啥呢？受不了！不行了！"其声之惨，撞在天花板上又落地而再跳三跳。这时全观察室的人都屏气息声，齐向那屏风看去。因为我这个特殊的角度，屏风恰为我让出视线。就见两位只露出一双大眼睛的护士小姐，正从手术车上取下一根细管，捏起那男子的阳物就往里面捅，原来在行导尿术。任那男子怎样呼天抢地，两小姐仍我行我素，目静如水。这样挣扎了一阵，手术（其实还够不上手术）结束，那胖子虚汗满头，犹自作惊弓之恐。两小姐摘下口罩，一位撤掉屏风，顺手向身后一搭，轻松地穿过病台，向我这边的房门口走来。那样子，像背了一个大风筝，春日里去郊游。另一位则随手将手术小车一带，头也不回，那架轻灵的小车就在她身后宛如一个小哈巴狗似地左右追行。过我身边时，我偷眼一望，她们简直是两个娃娃，天真而美丽。出门扬长而去，好像踏着一曲《走在乡间的小路上》，刚才的事已了无一痕。那男子还在唏嘘不已，家属正帮着提衣裤。正所谓花自飘零水自流，你痛你喊我走路。我心里一阵发紧，想这未免有点残酷，又想到《史记》上那句话，"人为刀俎，我为鱼肉"，人一旦沦为医生诊治（或曰惩治）的对象是多么可怜。那壮汉平日未必不凶，可现在何其狼狈，时地相异，势所然也。俗语曰："有什么不要有了病，缺什么不要缺了钱。"过去读一养生书，开篇即云："健康是幸福，无病最自由。"诚哉斯言！当我被手穿皮线，缚于马桩，扑于病台，见眼前斯景，再回味斯言，所得之益，十倍于徐医生开的针药了。过了一会儿，我又想护士漠然的态度也是对的，莫非还要她陪着病人呻吟？过去我们搞过贫穷的社会主义，大家一起穷；总不能也搞有病大家一起痛吧。势之不同，态亦不同，才成五彩世界。

枚乘《七发》说楚太子有病，吴人往视，不用药石针刺，而是连说了七段要言妙道，太子就"涊然汗出，霍然病已"。我今天被缚在这张台子上，对眼前的人物景观看了七遍，听了七遍，想了七遍，病身虽不霍然，已渐觉宁然，抬手看看表，指针已从中午十二时蹒跚地爬到十九时，守着个小木鱼滴滴答答，整整七个小时，明天我要问问研究佛教的王君，这等参禅功夫，便是寺里的高僧恐怕也未必能有的。再抬头一望，三大瓶药液已到更尽漏残时，只剩瓶颈处酒盅多的一点，恰这时护士也走来给我松绑。妻子便收拾床铺，送还借的枕毯。我心里不觉生打油诗一首：“忽闻药尽将松绑，漫卷床物喜欲狂。王府井口跳上车，便下西四到西天（吾家住北京小西天）。”

当我揉着抽掉针头还发麻的左手，回望一下在这里实验了七个小时的工作台时，心里不觉又有点依依恋恋。因为这毕竟是有生第一次进医院观察室，第一次就教我明白了许多事理。病不可多得，也不可不得。奥斯特洛夫斯基的那句名言曾经整整鼓舞了我们一代人：“生命对于我们每个人只有一次，人的一生应当是这样度过：忆往事他不会因虚度年华而悔恨，也不会因为生活庸俗而羞愧；临死的时候，他能够说……”何必等那个时候，当他病了一场的时候，他就该懂得，要加倍地珍惜生命，热爱生活！这个还应感谢黑格尔老人，他的《精神现象学》，是他发现了人的意识既能当主体又能当客体这个辩证的秘密。所以我今天虽被当做试验变革的对象，又作了体验这变革过程的主体。要是一只梨子，它被人变革成汁水后再也不会写一篇《试着被人吃了一回》的。

这就是我们做人的伟大与高明。

原载于1992年3月《家庭》

# 与朴老缘结钓鱼台

我与佛有缘吗？过去从来没有想到这个问题。1993 年初冬的一天，研究佛教的王志远先生对我说："11 月 9 日在钓鱼台有一个会，讨论佛教文化，你一定要去。" 本来平时与志远兄的来往并非谈佛，大部分是谈文学或哲学，这次倒要去做"佛事"，我就说："不去，近来太忙。" 他说："赵朴老也要去，你们可以见一面。" 我心怦然一动，说："去。"

志远兄走后，我不觉反思刚才的举动，难道这就是"缘"？而我与朴老真的命中也该有一面之缘？我想起弘一法师以当代著名艺术家、文化人的身份突然出家去耐孤寺青灯的寂寞，只是因为有那么一次"机缘"。据说一天傍晚，夏丏尊与李叔同在西湖边闲坐，恰逢灵隐寺一老僧佛事做毕归来，僧袍飘举，仙风道骨，夏公说声"好风度"。李公心动说："我要归隐出家。" 不想此一念后来竟出家成真。据说夏丏尊曾为他这一句话，导致中国文坛隐去一颗巨星而后悔。那老僧的出现和夏公脱口说出的话，大约不可说不是缘（后来，我读到弘一法师的一篇讲演，又知道他的出家不仅仅是有缘，还有根），而这缘竟在文学和佛学间架了一座桥。敢说志远兄今天这一番话不是渡人的舟桥？尽管我绝不会因此出家，但一瞬间我发现了，原来自己与佛还是有个缘在。

9 日上午，我如约驱车赶到钓鱼台。这座多少年来作为国宾馆，曾一度为江青集团所霸占的地方，现在也揭去面纱向社会开放。有点身份的活动，都争着在这里举办。初冬的残雪尚未消尽，园内古典式的堂榭与曲水拱桥掩映于红枫绿松之间，静穆中隐含着一种涌动。

在休息室我见到了朴老，握手之后，他静坐在沙发上，接受着不断走上前来的人们的问候。老人听力已不大灵，戴着助听器，不多说话，只握握手或者双手轻轻合十答礼。我在一旁仔细打量，老人个头不高，略瘦，清癯的脸庞，头发整齐地梳向后去，着西服，一种学者式的沉静和长者的慈祥在他身上做着最和谐的统一。看着这位佛教领袖，我怎么也不能把他和五台山上的和尚、布达拉宫里的喇嘛联系起来。

我最先知道朴老，是他的词曲，那时我还上中学，经常在报上见到他的作品。最有影响、轰动一时的是那首《哭三尼》。诗人鲜明的政治立场、强烈的爱憎、娴熟的艺术让人钦佩。可以说我们这一代人，只要稍有点文化的，没有人不记得这首曲子。而我原先只知唐诗宋词，就是从此之后才去找着看了一些元曲。佛不离政治，佛不离艺术，佛不离哲学，大约越是大德高僧越是能借佛径而曲达政治、艺术、哲学的高峰。你看历史上的玄奘、一行，以及近代的弘一，还有那个写出《文心雕龙》的刘勰，写出《诗品》的司空图，甚至苏东坡、白居易，不都是走佛径而达到文学、科学与艺术的高峰吗？只知晨钟暮鼓者是算不得真佛的。后来我看书多了，又更知道朴老在上海抗日救亡时的义举善举，知道了他与共产党合作完成的许多大事，知道了他为宗教事业所作的贡献，更多的还是接触他的书法艺术，还知道他是西泠印社的第五代社长。在大街上走，或随便翻书、报、刊都能见到朴老题的牌匾或名字。我每天上班从北太平庄过，就总要抬头看几眼他题的“北京出版社”几个字。朴老的故乡安徽省要创办一份报纸，总编喜滋滋地给我看他请朴老题的“江淮时报”几个字。人们去见他，求他写字，难道只是看重他是一个佛门弟子？

会议开始了，我被安排坐在朴老的右边。正好会议给每人面前发了一套《佛教文化》杂志。其中有一期发有我去年去西藏时拍的一组十三张照片，并文。图文分别围绕佛的召唤、佛的力量、佛的仆人、佛的延伸、佛是什么、佛是文化等题来阐述。我翻开那期请他一幅幅

地看，边翻边讲。他听说我去了西藏，先是一惊，尔后十分高兴，他仔细地看，看到兴浓处，就慈祥地笑着点点头。最后一幅是我盘腿坐在大召寺的佛殿前，背景是万盏酥油灯，题为“佛即是我”，并引一联解释：“因即果，果即因，欲求果，先求因，即因即果；佛即心，心即佛，欲求佛，先求心，即心即佛。”这回朴老终于些微地冲破了他的平静，他慈祥地看着图上的人影，大笑着用手指一下我说：“就是你！”并紧紧握住我的手。因为朴老听力不好，所以我们谈话就凑得更近，大概是这个动作显得很亲密，又看见是在翻一本佛教文化杂志，记者们便上来抢拍，于是便定格下这个珍贵的镜头。

会议结束了。我走出大厅，走在绿中带黄、绵软如毡的草地上。我想今天与朴老相会钓鱼台，是有缘。要不怎么我先说不来，后来又来了呢？怎么正好桌子上又摆了几本供我们谈话的杂志？但这缘又不只是眼前的机缘，在前几十年我便与朴老心缘相连了；这缘也不只是佛缘，倒是在艺术、诗词等方面早与朴老文缘相连了。缘是什么？缘原来是张网，德行越高学问越深的人，这张网就越张越大，它有无数个网眼，总会让你撞上的，所以好人、名人、伟人总是缘接四海。缘原来是一棵树，德行越高学问越深的人，这树的浓阴就越密越广，人们总愿得到他的荫护，愿追随他。佛缘无边，其实是佛学里所含的哲学、文学、艺术浩如烟海，于是佛法自然就是无边无际的了。难怪我们这么多人都与佛有缘。富在深山有远客，贫居闹市无人问，资本是缘，但这资本可以是财富也可以是学识、人品、力量、智慧。在物质上，更重要的是在精神上富有的人，才有缘相识于人，或被人相识。一个在精神上平淡的人与外部世界是很少有缘的。缘是机会，更是这种机会的准备。

车子将出钓鱼台大门时，突然想得一偈，便轻轻念出：

身在钓鱼台，心悟明镜台。
镜中有日月，随缘照四海。

原载于 1993 年 12 月《佛教文化》

# 在美国说钱

在美国旅行总感到冥冥中有一个上帝在主宰着你，几天过后才知道这个上帝就是钱。美国人把金钱的作用发挥到了淋漓尽致的程度。

## 钱就是权——使用钱就是在用你手中的权

过去虽出国几次，但总是公来公去，身上只有 30 美元的零花钱，没有资格花钱，也没有机会看人家怎样花钱。这次到美国，在旧金山一下飞机便到一家名为“皇后”的餐馆去吃饭，名称和设施的豪华很为主人长脸。我们初到异国样样新鲜，主客在铺着金黄桌布的硬木圆桌前落座，窗外车水马龙，万家灯火，气氛十分热烈亲切。但老板是个广东人，既不会普通话也不会英语，呀呀唔唔，半天也说不清个菜谱，我们还不急，他自己倒先烦躁起来了。客人中有一位要一盒烟，他送上后却立等收钱。主人席君说等会儿在饭费里一起结，他恼着脸说不行。于是客人赶快掏钱，主人就抢着去付，像平静的流水突然起了一个小小的漩涡，像夹岸的春风桃花林中突然伸出一节枯木，祥和温馨的气氛为之一搅。吃完饭，结完账，老板用小瓷盘托着单据和一大把找回的零钱送到桌上，席君只给他象征性地留下几个硬币。我知道国外给小费是很厉害的，那年在印度常为怎么给小费发愁，过曼谷时碰到一个代表团，因为小费花用过多，经费不够，提前返国。在美

眼前这哪里是海呢？只是水，水的天，水的地，
水的色彩，水的造型。那如花灿开的浪，
时起时伏的波，星星点点的雨，湿湿软软的雾，
一起塞满了这个蓝天覆盖下的穹庐。

国这么点小费就能对付？

到车上说及此事，席君说：“在餐馆吃饭一般应付15%的小费，但是今天他的服务质量不好，当然我要少付他小费，这是消费者的权利。”我心里顿了一下，这张薄薄的纸币里还有些沉甸甸的权利。在国内是禁止收小费的，按照我们的习惯给小费是一种恩赐，收小费是一种耻辱，大家在一种客客气气的君子协定状态下相处。但是如果有一方不够君子，怎么办呢？吵架，找对方上级，或者以忍为上。但这几种选择都是不愉快，也不会有什么效率。这样倒好，扯开面纱，你劳动就该得到报酬，而且有一部分钱不是老板发工资，而是让顾客直接发小费，多劳多得，好劳多得。“文化大革命”中整当权派，有一句话叫“帽子拿在手中”，让你时刻战战兢兢。这小费也是一顶帽子，是顾客手中无形的权杖。看似不近人情，但很公平，也出效率。

吃完饭，席君要我给家里打个电话报平安。我记者出身，视出差如上班，从没有这个习惯。平时在国内见有些人，一到外地便打长途，借公家的钱卿卿我我，很瞧不起。席君却直拉我到电话旁，说：“看我表演。”他摘下电话，掏出一张磁卡，往话机旁的细缝里一插，拨几个号便递给我。妻子听出了我的声音大声说：“呀，你在哪里？好清楚。”我告诉她正在唐人街上吃饭，她说刚下班，正在厨房里做饭，我们都笑了。说了几句，怕多花主人的钱，便放下话筒。在国内打一次长途还要几十元，现在要横跨太平洋，绕地球半圈，我脑子里立刻想到那用一张张的纸币搭起的长虹。真是有钱能买地球转。

回到宾馆，我却对席先生手中的那张不似钱币胜似钱币的卡片顿生童心。他一高兴从胸前掏出一个票夹，“哗啦”从中抖出七八张卡片，说：“这是打电话的，这是坐飞机的，这是住旅馆的，这是加油料的……最重要的是这一张，用它随时可以取得钱。”以后果然我们并不随身带多少钱，无论走到哪个城市、哪条街道，口袋里没有了钱，就用这卡向墙上的一个取款箱里一插，立即就流出了十几张美元。真是一卡在手，横行街头。我第一次尝到了钱就是权。我想起古书上写的皇帝微服私访，乔装成一个平民难免会遇到这样那样的麻烦，有时简直到了将要受辱、丢命的尴尬或危险境地。但是他不怕，每到关键时刻，那些化了装的随从就把皇帝的身份亮出来，对方反倒吓得伏身在地，如筛糠似的发抖。为什么？因为他有权，这无形的权使他永不会有什么尴尬和危险。我们现时有这张卡在手，正是这种心境——有恃无恐。后来在纽约、华盛顿各地的旅行是正在美国留学的小李陪我们，一进旅馆他就笑着嘱咐我们："今天我们也当一回大爷，你们谁也不要动手！"于是大家就袖手看着高我们半头的美国佬弯腰卸行李，然后给小费。小李说，这几天，他要是不陪我们，也要到餐馆里去打工，赚人家的小费好去交他的学费。现在既然主人出了招待钱，我们就有了买方便的权，而且结结实实地使用了他好几天，脸也不红，心也不跳，也没有什么在剥削人的羞愧感。

我虽然没有受过穷如乞丐的苦，但因无钱而羞涩胆怯的经历也不少。打倒"四人帮"前后，我们这些大学毕业生有好几年月工资只有46元，还要养家糊口。一次我到姐姐家做客，见茶几上有1元钱，姐弟二人隔茶几说了好一会儿话，我眼睛看着那张纸币，几次想张口说，给我这1元钱，好拿去打酱油，但终于没有说出口。以后当记者出去采访，总挑那6元钱一晚的旅馆住，不然无法报销。后来当干部，甚至还有了一定的职务，一出差也是先问人家房费多少钱。对方就赶快说：你不要管，超出部分我们付。我就感到自己脸红着大约有几秒钟没有话可说。近几年我看到一些发财的个体户，在街上拦出租车，在大饭店餐桌上点菜时的潇洒、勇敢，我说就是专门去训练，我也学不会这个风度。一位比我小10岁的朋友呛了我一句：你是没钱，腰缠10万，不学就会。现在我走在纽约、华盛顿的街上居然也感到了那么一点潇洒。我坐下来吃饭，进门住旅馆，根本不用管他多少钱。虽然这只是一种"借光"，一种临时享受，但总算让我实践（应该说是实验）而悟到了这个理。你身上多一分钱，你就多一分胆，多一分自由，多一点掌握自己的权。

## 钱是个黑洞——缺什么就有人来干什么

一次席君问我："你知道去年美国评了一位最佳经理是什么人？"

“什么人？”“是一个13岁的男孩。”我说不可思议。原来美国人居家，门前都有草坪，草坪多，草长高了专业公司来不及修剪。这位少年放学后就去剪，人家就给个小费。后来竟有人主动来请他。他一人干不过来就开始雇人，慢慢拉起了一个十几人的草坪公司。几个大个子黑人是他手下的工人。记者问：“他们听你指挥吗？”这孩子说：“听，因为我给他们发工资。”中国有句古话：不为五斗米折腰。这是说特定情况，其实大部分时候都是在弯腰干活，挣饭吃，赚钱花。人为了赚钱就要去找一切还没有被人发现、没有被人干完的活。如果有人帮你找到这份活，你得感谢他，听从他。

在旧金山一下飞机席先生就开着一辆租来的车接我们。几天中我们以车为家到海边兜风，看金门大桥，访问硅谷十分方便。一天玩得兴起，席先生说我们干脆把车开到洛杉矶去。我说车怎么办？他说放在那里就行，只不过多交几个钱。这对外来旅行的人真是太方便了。我们当然没有去，但是在另一个城市下飞机后更让我大吃一惊。我们一出机场门口就有接送车，一直开到出租车场的一辆卧车前。车门开着，钥匙插在车上。席先生一踩油门我们便冲出车场，居然无一人过问。迎面已是无边的灯海，车外闪过花花绿绿的广告。但是我的心总是不安，好像做了偷车贼。席先生说：“这就是我们的车，没错，在旧金山起飞前我在机场订的。”我说：“就算是我们订好的，能准备得这样周到？就像有一个无形的仆人在前面侍候。”“这是为了多要你的钱，他不这样干，就有别的公司来干。钱就成了别人的。”

一天，我们驱车在闹市区跑，前面红灯一亮，车子骤然停了一大片。这时突然从车缝里钻出一个黑人小孩，手提小桶，刷子蘸一把水就往车窗上洗。然后伸手要钱，前后不过几秒钟。这种赚钱近乎强要，但是比我在印度碰到的到处伸出一双乞讨的手还是好些。他总归是先付出劳动，而且这样见缝插针。回想这几天碰到的人和事，那钱就像是轮胎里的气，总是将人的劲鼓得足足的，让你不停地干。

一天我们步行浏览市容，突然看到一家商店门口挤满了人。原来橱窗里有一个男模特穿着漂亮的时装，头、手、身子都在做着机械式扭动。用机器人做模特，我还从未见过。那头发，还有脸上、手上的皮肤和真人一样，眼珠却直视不动。到底是真人还是假人，过路人大感兴趣，围观不走。我也觉好奇，便分开人群，凑到橱窗玻璃上仔细辨认，几乎与那人碰鼻子对眼。这时那“机器人”突然“哇”的一声，伸出舌头，向我做了个鬼脸。天啊，原来是个真人！我赶紧转身，示意同伴为我照张相，照完相，再看那个模特又很快恢复到机器人状态。我离开橱窗陷入沉思。一个活人，这样把自己塞进一个玻璃窗里，不说话，还要不停地做着机械式扭动，就是只站一会儿，也累得憋得难受。他干这份工作是为什么？为了钱。物以稀为贵，活以绝为奇。凡别人还未干过的事，一定能有个大价码，估计一小时得给几百美元。但他也为商店招来了更大的买卖。

总之，我在美国街头越走就越觉得，在这里，钱是一个黑洞，把人的心力体力直往里吸；钱是一种润滑剂，调整着社会的劳动组合，只要缺什么，就有人愿出大价钱买什么，也就有人去干什么；钱像水银一样，它在社会上无孔不入地渗透，使社会上很难再找到空白的行当（甚至街上随时都可看到有三个 X 作标记的脱衣舞厅）；钱是一种驱动器，它在不停地开发人力物力资源，驱动着社会这架大机器。

## 钱是你的也该是我的——就是要设法把你口袋里的钱都掏光

拉斯维加斯是美国西部的一座城市。这里靠近沙漠，几乎没有任何可开发的农业、工业资源。于是美国政府特准在这里开赌场——去开发人们口袋里的货币资源。

我们是晚上到达的。飞机从天而降，只知道是掉进了一片灯海里，驱车在城里找旅馆时，我们就成了海里的一条鱼。因为那灯织成密密的网，叠成层层的波，将我们四面包围，无论怎样跑也冲不出去。路边的酒吧、旅馆缀满细密的灯串，勾勒出美丽的轮廓。高楼大厦除顶部有灯光大字外，通体上下都是灯光广告。那霓虹灯的闪烁变幻像是一群穿着发光衣服的孩子攀着楼身捉迷藏。有的楼身上挂满巨幅招贴画，在灯光下画中人毫发毕现，女演员的短裙边就像要扫着你的鼻尖。十字路口多有广告塔，六面或八面，缓缓转动，像老和尚念经。街心花园有灯光喷

水，草坪上的探照灯光把棕榈树高高地推向夜空，好像巨人怪兽，陆陆离离，闪闪烁烁。难怪当我们昨天在旧金山被它的灯海所征服时，刚从这里飞去的丁小姐却说："去看看拉斯维加斯吧，那才叫美国呢。"奇怪的是，这城竟有光无声。问主人，答曰：都钻进赌场里去了。大凡一个城市的外貌总带有它生存环境的背景，如哈尔滨的冰雪、乌鲁木齐街头的瓜果，赌城的外貌正应了一句中国话：纸醉金迷。

城里有几个大赌场，最有名的是恺撒宫，大概是想借古罗马恺撒大帝的威名。进门就是个大喷水池，池边是罗马神话人物的群雕像。左右是两条商业街，这街在室内，却搭上天棚，绘上蓝天白云，一如在室外，两边店铺鳞次栉比，头上穹庐高阔，心旷神怡，只此一斑就可见工程浩大。中心赌场是一个漫无边际的大厅，只见一排排俗称"老虎机"的赌机，光闪闪密麻麻地排列着，漂亮的服务小姐推着车为你兑换喂"老虎"的硬币。我的第一感觉这里不像个赌场，倒像个大织布车间。过去的旧印象是赌场里烟雾腾腾，赌汉们满脸横肉，捋胳膊挽袖，脏言秽语，甚至大打出手。眼前景况却是男人大多西服革履，小姐夫人则抱一个大硬币罐静坐在赌机前，燃一支烟，像与友人喝茶谈天。除"老虎机"外，还有轮盘赌、电子赛马赌、牌赌、掷骰子赌、大屏幕上的球赛赌等等。平生进赌场还是头一回，而且绕了半个地球来这里，这才是赌翁之意不在赌。

我换了10美元的赌资，端着钱罐往"老虎机"前一坐，先小心翼翼地捏起一角一块的硬币向"虎口"里喂去，扳一下摇柄，没有反应，算是白喂了。我又一下投进两个，再扳一下，哗啦啦出来四个，不觉心中大喜，再连着投进三个，却又"虎口"紧闭毫无反应。这样断断续续，有时出来一个，有时两个，大多时候是肉包子打狗。我却总盼着它能大张虎口，长啸一声，为我吐出一满罐银子。可是它不慌不忙地，一口一口把我这一罐钱全吃了进去。又去换了10元，这次五分五分地往里喂，便也只不过是多磨一会儿时间，不到一小时我们都输个精光。席君只教我们玩，他却不赌，说："我知道肯定输，它肯定要让你输。"但是偶有赢时，那机器就会将硬币抖落到钢盘子里，丁丁当当，十分悦耳，满大厅里此起彼伏，好像丽人出游，佩环叩鸣，十分祥和。不知情者只听这声音，还以为人人都在大赢其钱呢。赌厅中央有个平台，上面放着3辆高级轿车，这也是赢头，如谁有幸赢了，开上就走。有大赌家来时可乘直升机在楼顶平台降落，赢了巨资也专有保镖护送出去。

试赌了一回（还不如说试输了一回），我们就离开赌机想去探探这赌场到底有多大。忽东忽西，楼上楼下，一会儿发现一个大剧场，一会儿又发现一个商场，或是一个餐馆。剧场每隔一个半小时就有一场演出，场场爆满。餐馆又分中国馆、日本馆、西餐馆。至于商场简直就是个博览会。手持长矛盾牌的古罗马武士，着轻纱长裙的罗马少女，还有扮成狗熊、兔子、唐老鸭的人物，在赌场进口处来回走动，主动向客人躬身施礼，你可随意与他们合影。大门口是一个小丑，手持毛掸子，为你开门掸土，做鬼脸。我们在剧场里看了一回歌舞，在市场看了一会儿商品，便找餐馆去吃饭。女招待是一个从上海来的大学生，她全家迁来此地，父母是中年知识分子，在这赌场里找到一份发牌（就是看赌摊）的工作。我边吃饭边看窗外赌机间那些像赶集一样的人。这里面也许有那个擦车的黑孩子，也许有那个站在橱窗里的模特儿，他也来这里试试运气。其实人生就是一个赌场，不过平时靠聪明、汗水来赌，来这里是靠运气来赌。而这赌场（还不如说这社会）却更聪明。你看千百个张着虎口的赌机在等着你喂美元。虽然也有个别人能从这虎口里捞到一点赢头，但是别高兴得太早。你看这些剧场、舞厅、餐馆、商场，设了层层防线，都在拉着你消费，一定要把你刚装在口袋里的那几张票子掏出来。要不门口那个小丑怎么会那样热情呢？

从赌场出来，我才注意到这赌城的大街上随便一个商店、酒吧的门口，柜台、酒桌旁，直到车站、机场的大厅里都有赌机。这真是美国的缩影，你随时随地都在赌人生，都可试试运气。你时时在想发财，而你周围又有无数双手在掏你的口袋。钱是你的也是我的，就是这样互相掏来掏去。但有一点是可以肯定的，在这种掏来掏去的竞争中有的人富起来，有的人垮下去。

原载于1994年3月《工人日报》

# 九华山悟佛

到九华山已是下午，我们匆匆安顿好住处便乘缆车直上天台。缆车缓缓而行，脚下是层层的山峦和覆满山坡、崖脚的松柏、云杉、桂花、苦楝，最迷人的是那一片片的翠竹，黄绿的竹叶一束一束，如凤尾轻摆，在黛绿的树海中摇曳，有时叶梢就探摸到我们的缆车，更有那些当年的新竹，竹干露出茁壮的新绿，竹尖却还顶着土色的笋壳，光溜溜地，带着一身稚气直向我们的脚底刺来。

天台顶是一平缓的山脊，有巨石，石间有古松，当路两石相挤，中留一缝，石壁上有摩崖大字“一线天”。侧身从石缝中穿过，又豁然一平台。台对面有奇峰突起，旁贴一巨石，跃然昂首，是为九华山一名景“老鹰爬壁”。壁上则有松八九棵，抓石而生，枝叶如盖。登台俯望山下，只见松涛竹海，风起云涌。偶有杜鹃花盛开于万绿丛中如火炽燃。遥望山峰连绵弯成一弧，如长臂一伸，将这万千秀色揽在怀中。远处林海间不时闪出一座座白色的或黄色的房子，是些和尚庙或者尼姑庵。我心中默念：好一湾山水，好一湾竹树。

流连些时候，我们踏着一条青石小路走下山来，这时薄暮已渐渐浸润山谷，左手是村落小街，右手是绿树深掩着的山涧，唯闻水流潺潺，不见溪在何处。山风习习，宁静可人，大家从都市走来，每个人都感觉到了一种久违了的静谧，谁也不说话，只是默默地享受。这时左边一个小院里突然走出一个老人，手持一个簸箕，着一身尼姑青衣，体形瘰瘦，满脸皱纹，以手拦住我们道：“善人啊，菩萨保佑你们全家平安，快请进来烧灶香。”我一抬头才发现这是一个尼姑庵，大家好奇，便折身跟了进去。老妇人高兴得嘴里不住地念道：“好人啊，贵人啊，菩萨保佑你们升官发财。”这其实是一间普通的民房，外间屋里供着一尊观音像，设一只香炉，一个蒲团。墙脚堆满一应农家用具，观音被挟持其中。我探身里屋，是一个灶房。我们向功德箱里丢了几张票子，便和老妇人聊了起来。

老人69岁，原住山下，来这里已7年。家里现有两个儿子、两个孙子。我说：“现在村里富了，你为什么不回去抱孙子？”她说：“儿媳妇骂得凶，说我出来了就别想再回去。”“儿子来不来看你？”“不来。他让我修行，说怎么都行，就是不许剃发。”老妇人指指自己稀疏的白发，一再解释。“香火好吗？”“哪有什么香火？你不请，人就不进来。”我看一眼院子，有水井、桶杖之类，可想她一人生活的艰难。同行的两位女同志唏嘘不已，我也心中悒悒。

下山时我便更留意街上的情景。整个山镇全是些大大小小的取了各种名字的庙庵、精舍、茅篷。许多还是新盖的，墙都刷成刺目的白色或黄色，门口贴副带佛味的对联，大门内供尊佛像，隐约香烟缭绕。原来这里的人世代以佛为生，人家竟以佛事相传。过一中等“精舍”，一着僧衣者立于门前与人闲话。我稍一搭讪，他便热烈地介绍开来。原来这大大小小的庙庵全山竟有七百多家，有的是正规管理的庙，而绝大部分都是起个名字就称佛，摆台香炉就迎客的“私”庙。宛如城里人，将自己临街的门窗打开，就是个小店。下山后我在招待所里谈及此事，一个当地人说：“嘿！你还不知道，有的干脆就是两口子，白天男人穿上僧衣，女人穿上尼姑服，各摆一个功德箱，晚上并床睡觉，打开箱子数钱。”我一时语塞，不由得联想起刚才那老妇人一再自我表白“儿子不让我削发”，大约怕我们以之为假。

第二天一早，我们即去拜谒这山上的名刹祇园寺。一进庙，见和尚们匆匆奔走，如有军情。一队老僧身披袈裟折入大雄宝殿，几个年轻一点的跑前跑后，就像我们地方上在开什么大会或者搞什么庆典。更奇怪的是一些世俗男女也匆匆进入一个客堂，片刻后又出来，男的

油发革履之间裹一件僧袍，女的则缠一袭尼衣，唯露朱唇金坠和高跟皮鞋，僧俗各众进入大雄宝殿后，前僧后俗站成数排。只见前侧一执棒老僧击木鱼数下，殿内便经声四起，嗡嗡如隐雷。那些披了僧袍尼衣的俗民便也两手合十跟着动嘴唇。大殿两侧有条凳，是专为我们这些更俗一些的旁观游客准备的。我拣条凳子坐下，同凳还有两位中年妇女，一个掩不住地激动，怯生生又急慌慌地拉着那位同伴要去入列诵经，那一位却挣开她的手不去。要去的这位回望一眼佛友，又睁大眼睛扫视一下这神秘、庄严又有几分恐惧的殿堂，三宝大佛端身坐在半空，双目微睁，俯瞰人间。她终于经不住这种压力，提起宽大的尼袍，加入了那二等诵经的行列。我便挪动一下身子，趁机与留下的这位聊了起来。我说："你为什么不去？"她说："人家是为自己的先人做道场，我去给他念什么经。""这个道场要多少钱？""少说也得有几十万。这是一家新加坡的富商，为自己所有的先人做超度，念《大悲咒》。"我大吃一惊，做一场佛事竟能收这么多的钱！她说："便宜一点也行，出10元钱写个死者的牌位，可在殿里放7天。"她顺手指指大殿的左后角，我才发现那里有一堆牌位叠成的小山。我说："看样子你是在家的居士吧。"她说才入佛门，知之不多。问及身上的尼姑黑袍，她说是在庙上买来的，35元一件，凡入这个大殿的信徒，必须穿僧衣，庙上有供应。我这才明白，刚才那帮俗家弟子为什么要到客堂里去，专门来一次金蝉脱壳。这有点像学校里统一制作校服，是规矩但也是一笔可观的生意。

从祇园寺出来我们拾级而上去看山顶上的百岁宫，实际上是一个山洞。相传明代有一无暇和尚来此修行，积28年刺舌血写得一部《华严经》，活到110岁坐化，肉身3年不腐，门徒奇之，以金裹身，存之至今。因为是真身所在，这里香火更旺。我们到时这里也正大做道场，问及价目，曰每场20万元。山顶风景无他，只是大兴土木，满地砖木沙石，碍眼碍脚。庙门前空地上几个石匠正在丁丁当当地刻功德牌。路边小店起劲地放着念经的录音带，高声叫卖木鱼、念珠之类的法物。梵音与市声齐飞，游客共香客一体。我们缓缓下山，走几步就会碰到扛着木头或担着砖瓦的山民，这些苦力不时停下来将木料拄地，擦着汗水。但是他们不肯静下来休息，而是向每一个擦身而过的游客伸出手：“菩萨保佑，行个好，给个茶水钱。钱给了修庙人比买了香火还灵。”一种矛盾的心理立即攫住了我的心，见苦而不救，有违人心；鼓励乞讨，又助长歪风。这种层层的堵截使人大为扫兴，那些佛心重、心肠软者更是被弄得十分尴尬，只要给了一个就会有两个、三个上身。我立即想起在印度访问时的情景，回国后愤而写了一篇《到处伸出一双乞讨的手》，想不到今天在国内的圣地名山又重陷那时的窘境。但我的心还是硬不起来，就与一个扛木头的山民聊了起来，知道他们的工钱是每扛百斤可得 4.3 元，是够苦的，便顺手掏出一张票子，那人的脸立即笑得像一朵花。可是我并没有一丝做了善事的喜悦。下山后又接着看了地藏王殿，这是九华山的主供菩萨，主管阴间轮回之事，殿内经声嗡嗡，木鱼声声。门口有一位边吃饭边当值的小僧，我问这里可做道场？他翻我一眼说：“这是地藏王亲自住的地方，他专管超度，怎么会不做？”很怪我的无知。问及价码，700 元到 20 万元不等。下山时我们从九华街穿过，路过两间储蓄所，见柜上都有和尚在存钱。从背后望去，其双手举在柜上，头向前探，腰板就拔得更直，僧袍也更显得挺括岸然。

中午吃饭时我心里总是不悦。中国四大佛教名山，前三个五台、峨眉、普陀，我早已去过，唯有九华心仪已久，不想今天却得了一个铜味极浓的印象。钱这个东西像流水，赚钱聚财如挖渠。有人挖工业之渠，借产品赚钱；有人挖农业之渠，借菜粮赚钱；有人挖商业之渠，借流通赚钱；另有书报、娱乐、旅游、饮食甚至赌博、色情，皆因各人所能而设专渠。这个世界上是处处挖渠，处处设坑，借高水低流之势，把你口袋里的那一点积蓄都要吸引过来，聚而敛之。但今天令我吃惊的是，向以慈悲、普度、舍身、苦行为本的佛，也自己或允许别人在这方圆百公里的九华山腹地引了这么多的渠，挖了这么大的坑。你看那山上卖香的，路边卖佛的，九华街上卖饭开店的，遍山开庙开庵的，拦路行乞的，据说还有经营墓地的。我突然感到昨天在山顶所陶醉的一湾山村、一湾翠竹，竟是一湾欲海。在薄暮时分于茂林修竹间所用心体会的淙淙细泉，原来都向着这个大海流了过来。我们仿佛

不是来游山，不是来欣赏山水的美，而是被人招来送钱的，宛如河面上随波逐流的一片落叶。

午饭后我怀着怅然若失的心情下山。车到山口，闪过一湾翠竹和一棵枝叶如冠遮着半天的大树。树下露出一座黄墙青瓦的古寺。这也是一座上了九华名刹榜的大庙，叫甘露寺，同时也是九华山佛学院。肃穆之象不由我驻车凭吊。正当中午，僧人午休，整座大庙寂然如灭，使人顿生忽入空门之感。大殿上杳无一人，唯几炷香袅袅自燃，几排坐禅的蒲团静列成行。佛祖端坐半空，目澄如水，静观大千。殿柱上挂有戒牌，上书《九华山佛学院坐禅规则》：“进禅堂心平气和，万缘放下……”，廊柱上有《僧伽壁训》：“为僧首要老实，接物必重慈悲……”。右侧为饭堂，十数排桌凳，原木原色，古拙简朴。桌上每隔二尺之远反扣两个碗，清洁照人。墙上有许多戒条都是当思一餐不易、一粒难得之语。饭厅之侧有平台，上植花木，红花绿叶。一小树干上悬一偈牌，上书：“绿竹黄花即佛性，炎日皓月照禅心。”我顿觉佛无处不在。我们这样穿堂入室在大庙中随意行走，偶遇一二僧人也目不斜视，既不怕我们为偷为盗，也不把我们喜作上门的财神，心情比在山上时愉悦多了。返到大殿，我虽不信佛，还是双手合十对着佛像拜了三拜，口中说道：“这才是真佛。”

从庙里出来继续下山，车子弯过一弯又一弯，峰峦叠翠，竹影绵绵。我想佛教到底是高深莫测，处处随缘，可以是立见现钱的摇钱树，也可以是一本悟不透的哲学书。你可以马上掏钱换一个安慰，换一个虔诚；也可以无限追求，以情以性去悟那四大皆空、永无止境的佛理佛心。

原载于 1995 年 8 月《文汇报》

# 天星桥：桥那边有一个美丽的地方

全国的山水也不知道去了多少处，竟没有想到还有这么美丽的地方。确实，全国知道天星桥的人很少，它在贵州黄果树瀑布旁八公里处，许多年来黄果树的名声太大，很少有人注意到它。

天星桥的美就美在你突然发现世界上的风景还有这样一种美。只要你一走进这个景区，就一步一吃惊，一步一回头，你总要问："这是真的吗？"一般的"真像""真美"之类的词在这里已经苍白无力。因为这景你从没见过，从没想过，就是在小说中，在电影上，在幻想时，在睡梦里也没有出现过。现在，突然从你的心灵深处抓出一种美，摆在你眼前。你心跳，你眼热，你奇怪自己心里什么时候还藏有这样的美。

天星桥景区不算很大，方圆五点七平方公里，三个半小时就可逛完，基本上是走平地，也不会让你很累。你可以从从容容地看，慢慢悠悠地品。整个景区前半部以山石之奇为主，后半部以水秀之美为主，而渗透在全过程的是绿色的树，绿色的风。所以当你从那个美梦中醒来，细细一想，其实这天星桥的美和其他地方一样，还是跑不了石美、水美、树美。但是它却硬能够化平淡为神奇，将几个最普通的音符谱成了一首天上的仙乐。

石头哪里没有？但这里的石头总要变出个样，变出别一种形，别一种神，像一个曲子的变奏，熟悉中透着新鲜，叫你有一种感觉到却

说不出的激动。比如石的表面经常会隆起一簇簇的皱褶。它本是个铜头铁脑、生硬冰凉的东西，却专向柔弱多情方面取貌摄形，如裙裾之褶，如秋水之纹，如美人蹙眉，如枯荷向空。这种强烈的反差，从你心里揉搓出一种从未有的美感，你忍不住要叫、要喊，难怪国画专有一种表现法叫“皴”法。再说它的形，也实在不俗，它决不肯媚身媚脸地去像什么，是什么；反而，它什么也不像，什么也不是，在你头脑的储存里根本就没有这样的构图。比如一座山石，大约有城里的一座高楼那么大，侧面看它却薄得像一本书，或者干脆是一张纸。硬是挺立在那里，水从脚下绕，藤在身上爬。它是什么？什么也不是，就是美。脚下的、头上的，还有那些在坡上、沟里随意抛掷的石头，都要美出个样儿。你可以伸手随意抚摸崖边一块突出的石，那就是一朵凝固的云。有时你走过一座小桥，这桥身是一块整石，但你怎么看也是一段枯了多年的树。有时路边或山根的石头连成灰蒙蒙一片，那就是一群抵角的山羊，前弓后绷，吹胡子瞪眼，跃然目前。

天星桥景区的前半部是石在水中。浅浅的水面托起无数错落的石山、石壁，又折映出婆娑多姿的影。有的山平光如洗，在水里是一面立着的镜子；有的中裂一缝，在水里就是一道飞来的剑影。而在这很多但并不太高的群峰之间则是三百六十五块踏石，游人踩着这些石头，鞋底贴着水面，在绿波上荡漾。当你看着水里的青山倒影时，也就惊奇地发现了自己什么时候也变得这样美。因为这石的数目暗合了一年的天数，所以在这里总会有一块正是你的生日，此园就名“数生园”。你站在生日石上可以体会一下降世以来这最美丽的一天。景区的中部是两座对峙的山峰，相距数十米之遥，他们各探出一只手臂呼唤对方。但就在相差一拳之远时，臂长莫及，徒唤奈何。这时一块巨石从天而降，上大下小，正好卡在其间，于是两手以石相连，成一座云中石桥，千年万年，苍松杂树扎根其上，枯藤野花牵挂其旁。石头能变到这等花样，也算是中外奇观。天星桥景区的名字大概就是因它而取，就像我们一本散文集取名，就拣其中最得意的一篇。

天星桥的水是为石而生的。一入景区，脚下就是水，水里倒映着各色的山石。所以这水实际上是一面大镜子，就是为了让你正面、反面、侧面，从各个角度来看山、看石。只不过这镜子太大，你无法拿在手里，于是人就走到镜子里，踏在镜面上，镜不转人转。刚入景区，在数生园一带，水面极浅，山石也不高，清秀娴静。如庭院深深。但静中有变，水一时被众山穿插成千岛之湖，一时又被变幻成漓江秋色，忽而又错落成武夷九曲，当然都是微型美景。总之随石赋形，依山而变，曲尽其态。到过了那云中之桥，山高谷深，就渐有恢弘之气了。谷底有一座深潭，方圆数里，一泓秋水深不可测。潭为四山所合，不见源头；水从深底冒出，成两米多高的水柱，又静静滑落潭面，如夜空中的礼花。问之于当地人，说这潭就叫“冒水潭”，可见开发之迟。连名字也还没有受过文人们的“污染”。潭边有一株古榕，干粗二抱，叶繁如山，物依树临潭，遥望天桥，只恨眼前不是夜晚，否则山高月小，好一篇《后赤壁赋》。

水从冒水潭里流出之后，泻在一片石滩里，没有了先前的浅静，也没有了刚才的深沉，撞在各样石上，翻起朵朵浪花，叩响潺潺轻鸣。要知这滩决不是一般的乱石滩，而是一根根直立的石柱、石笋，此景就名水上石林。云南的石林是看过的，那些无枝无叶的树，无言地伸向天空，让你感到生命的逝去；桂林的溶洞子也是看过的，那些湿漉漉、阴沉沉的石笋、石塔在幽暗中枯坐默守，让你感到岁月的凝固。当石头们只是同类相聚时，无论怎样地表现，也脱不出冰冷生硬，就像一场纯由男性表演的晚会。而现在绿水碧波欢快地冲入了这片石林，手之舞之，足之蹈之。绕过这片石轻翻细浪，撞上那座崖忽喧涛声，整个滩里笑语朗朗，湿雾蒙蒙。你再次体会到水就是生命。这些无生命的石头这时也都顾盼生辉，变出无穷的仙姿神态。游人从这块石跳到那块石，就在这水欢快的伴奏和伴唱中，舞蹈着穿过这片已有亿万年的生命之林。

天星桥的水不像我们过去随便看过的一条河、一个湖或者一座瀑布，你始终无法看到它一个完整的形。不知它从哪里出来，最后又回到何处。就像我们看一座房子，要找水泥只有到那砖与砖之间的勾缝中去寻。我只知道那水的结尾处是一个叫做珍珠泉的地方。淌过数生园，钻出冒水潭，又漫过石林的水，不知道还做了哪些事，最后汇到

了这里。这里名泉实则是一个大瀑布，但它不是一匹直垂下来的布而是一圈卷成漏斗状的布。平软的水波滑过整石为底的圆形沟坡，在石面上滚成一颗颗的珍珠，在阳光中幻出五颜六色。这时你的面前是一只大斗，一只不停地吸进金银珠宝的斗。围着这急吸灌的珍珠飞流，四周翻起细碎的浪花，奏起喧闹的乐声。然而这一切突然就消失在一块巨石之下。当你翻过这一道石梁时，仿佛刚才就没有见过什么水，也没有听到水声，只有垒垒的石和石缝中绿绿的树，这水是一个来无踪去无影的洛神。

天星桥的树以榕树为多，叶大荫浓，满谷绿风。这里的树常会变出许多的形。有一株名“美人树”，树身高大绰约，枝叶如裙裾飘动，女士们都争着与她合影。有一株叫“民族大家庭”，一从石中钻出即分成五十六根树干，大家就一根一根地去数。还有一株并不是树，是一株老藤，不知有多少年月，甚至也看不清它从哪里长出，只见从山坡上搭下来，也许当初是被风吹了下，就挂在了对面的一棵高树上又绕了几匝。生命之力竟将这藤拉得笔直，数丈之长，一腕之粗，像一根空中的单杠。当我环顾四周，贪婪地饱餐这些秀色时突然发现这里除了石就是水，基本上没有土。大大小小的树，不是抓吸在石上，就是浸泡在水中。无论是在路旁，在头上，在脚下，那些奔突蜿蜒、如雕如刻的树根招惹得你总想用手去摸一摸，用身子去靠一靠，甚至想用脸去贴一贴。这些本该深埋在土层下的不见光日的精灵一下子冒了出来，排兵布阵，作了一次惊人的展示。这实在是天星桥的个性。

从数生园出来，路边有一块一楼多高的巨石，光溜溜的石壁上却顶出一株胳膊粗的小树。远看这树就如假的一般。导游小姐总喜欢考考游人，问这树根在哪里？你俯近石壁细细一看，石上蛛丝马迹，那树根粗者如筷，细者如丝，嵌缝觅隙，纵贯南北，奔走东西。我忽觉头上轰然一响，眼前的石面成了一片广袤的平原，于无声处河网如织，水流涓涓。那红色的“之”字形须根就像一道道闪电，生命的惊雷在天际隐隐作响。面对这株亭亭玉立的榕树和这块光溜溜的寻根壁，我一下子寻到了生命的美，生命的理。

我在这里徘徊，几乎每一块巨石都立在水中，而每块石上都爬满了树根。那根贴着石面匍匐而下，纵横交错又将巨石网了个结实然后再慢慢抽紧，就像我们在码头上看到的，吊车用网绳从水里提起一件重物。那赭色的根涨满了力，像一个大木桶外条条的铜箍，像力士角斗时臂上暴突的青筋。有长得粗些的，如臂如股披挂石上，像冬天崖上的冰柱，像佛殿后守门的韦驮，凛然而不可撼。霎时我觉得天星桥全部的美都在这根与石的拥抱之中。回看刚才的水美、石美全都做了树的铺垫。这是一种多么美妙的有机结合。你看石临水巧妆，极尽其意，因水而灵；水绕石弄影，曲尽其媚，因石而秀。而这树呢，抱坚石而濯清流，展青枝而吐绿云，幻化出一团浓烈的生命。这种生命的力量和美感充盈在这条不大的山谷之中，令你流连忘返，回肠荡气。天下的好景有的是，但有的路途遥远，一生只能作一次游；有的以险取胜，只能供一部分人做冒险的旅行。只有这天星桥，路又不远，山又不险，景却特美，你可以一来再来，细品漫游。

1996 年 1 月

# 忽又重听《走西口》

正月里回家乡过年，初三那天作家赵越、亚瑜夫妇请吃饭，点的全是山西菜，不为别的，就是要个乡土味。席间，我问赵兄，最近又写了什么好歌词。我知道这几年他在词界名声大振。从中央电视台的春节晚会，到山西歌舞剧院出国演出，无不有他的新词。他说别的没有，倒有一首《走西口》，是旧瓶装新酒，还可自慰。我知道《走西口》是在山西、内蒙古、陕西一带流行极广的一首民歌。过去晋北、陕北一带生活苦寒，一些生活无着的人便西出内蒙古谋生，有的是去做点小买卖，有的是春种秋回，收一季庄稼就走。这一生活题材在民间便产生了各种版本的《走西口》，大都是叙青年男女的离别之情，且多是女角来唱，其词凄切缠绵，感人肺腑。赵君这一说，再加上这满桌莜面、山药蛋、酸菜羊肉汤，乡情浓于水，歌情动于心，我忙停箸抬头请他将新词试说一遍。他以手辗转酒杯，且吟且唱：

叫一声妹妹哟你泪莫流，
泪蛋蛋就是哥哥心上的油。
实心心哥哥不想走，
真魂魂绕在妹妹身左右。
叫一声妹妹哟你不要哭，
哭成个泪人人你叫哥哥咋上路？

人常说树挪死来人挪活，
又不是哥哥一人走西口。
啊，亲亲！
挣上那十斗八斗我就往回走。

就这么几句，我心里一惊，不觉为之动容。确实是旧瓶新酒，变女声为男声，男儿有泪不轻弹，其悲中带壮，情中有理，虽无易水之寒，却如长城上北风之号，只有在黄土地上，在那裸露的沙梁土坎上，那些坡高沟深，无草无树，风吹塬上旷，泥屋炊烟渺的黄土高原上才可能有的这种质朴的赤裸裸的爱。这是小溪流水，竹林清风，《阿诗玛》《刘三姐》等那种南国水乡式的爱情故事所无法比拟的。赵君过去写过许多洋味十足的诗，其外貌风度也多次被人错认为德国友人或墨西哥影片里的角色等，不想今日能吐出如此浑厚的黄土之声。我说你以前所有的诗集、歌词都可以烧掉了，只这一首便可使大名传世。这时一旁的亚瑜君插话：“别急，你听下面还有对妹子的呵护之情呢。”赵君接着吟唱：

叫一声妹妹你莫犯愁，
愁煞了亲亲哥哥不好受。
为你码好柴来为你换回油，
枣树圪针为你插了一墙头。
啊，亲亲！
到夜晚你关好大门放开狗。
……
叫一声妹妹哟你泪莫流，
挣上那十斗八斗我就往回走！

我是在西口外生活过整整 6 年的。大学一毕业即被分配到那里当农民，也算是走西口，不过是坐着火车走。那时当然比现在苦，但还不至于苦到生活无着，并不是为了糊口，是为了“支边”，或者是充

边，是“文革”中对“臭老九”的发配。当时我也未能享受到歌中主人翁的那份甜丝丝的苦，那份缠绵绵的愁。因为那时还没有一个能为我流泪滴油的妹妹。正是天苍苍，野茫茫，孤旅一个走四方。但那天高房矮、风起沙扬、枣刺柴门、黄泥短墙、寒夜狗吠、冷月白窗的塞外景况我实在是太熟悉了。你想孤灯长夜，小妹一人，将要走西口的哥哥心里怎么能放心得下，于是就在墙头上插满枣刺，又嘱咐夜晚小心听着狗叫。人走了，心还在啊。妹的泪“是哥哥心上的油，真魂魂绕在妹妹身左右”，这是何等痛彻心骨的爱啊。这种质朴之声，直压中国古典的《西厢记》、西方古典的《罗密欧与朱丽叶》。赵君谈得兴起，干脆打开了音响，请我欣赏著名民歌演唱家牛宝林演唱的这首《走西口》。霎时，那嘹亮的带有塞外山药蛋味的男高音越过了边墙内外和黄土高坡上的沟沟坎坎、峁峁垴垴。我的心先是被震撼，接着被深深地陶醉了。

祖逖闻鸡起舞，我今闻赵君一歌思绪起伏。爱情这东西实在属于土地，属于劳动，属于那些无产、无累、无任、无负的人。古往今来有多少专吃爱情饭的作家，从曹雪芹到张恨水到琼瑶，连篇累牍，其实都赶不上塞外这些头缠白毛巾的小伙子掏出心来对着青天一声吼。就像人类在科学上费尽心机，做了许多发明，回头一看远不如自然界早已存在的物和理，又赶快去研究仿生学。赵君也是写了大半辈子诗的人了，绕了一圈回过头来，笔墨还是落在了这一首上。人以五谷为本，艺术以生活为根。黄土地实在是我们永远虔诚着的神。这使我想起40年代在陕北那块贫瘠的土地上，一批肚子里装满了洋文、古文的知识分子，他们打着裹腿，穿着补丁褂子，抿着干裂的嘴唇，顶着黄风，在土沟里崖畔上白天晚上地寻寻觅觅，为的是寻找生活的原汁原味，寻找艺术的源头。这其中最具代表性的是李季的《王贵与李香香》：

沟湾里胶泥黄又多，
挖块胶泥捏咱两个。
捏一个你来捏一个我，

捏得就像活人脱。
摔碎了泥人再重和，
再捏一个你来再捏一个我。
哥哥身上有妹妹，
妹妹身上有哥哥。

我请赵君给我随便讲一件在晋西北采风的事。他说："一次在黄河边上的河曲县采风，晚上油灯下在一家人的土炕上吃饭，我们请主人随意唱一首歌。小伙子一只大手卡着粗瓷碗，用筷子轻敲碗沿，张口就唱'蜜蜂蜂飞在窗棂棂上，想亲亲想在心坎坎上'，不羞涩，不矫情。像吃饭喝水一样自然。"这也使我想起那一年在紧靠河曲的保德县（就是歌唱家马玉涛的家乡）采访，几位青年男女也是用这种比兴体张口就为我唱了一首怀念周总理的歌，立时催人泪下。这些伟大的歌手啊，他们才是大师，才是音乐家，就像树要长叶，草要发芽，他们有生就有爱，有爱就有歌，怎么生活就怎么唱。在他们面前我们真正自愧不如。到后来，等到我也开始谈恋爱时，虽然也是在西口古地，也是大漠孤烟，长河落日，锄禾田垄上，牧马黄河边，但是无论如何也吼不出那句"泪蛋蛋就是哥哥心上的油"。现在闻歌静思才明白，真正的爱、质朴的爱最属于那些土里生土里长的山民。他们终日面对黄土背朝天，日晒脊梁汗洗脸，在以食为天的原始劳作中油然而生的爱，还没有受过外面世界的惑扰，还保有那份纯那份真。

就像要找真人参还得到深山老林中的悬崖绝壁上去寻。像我们这些城市中的文化人每天挤汽车、找工作、评工资，还有什么迪斯科、武打片、环境污染、公共关系，早已疲惫不堪，许多事都是"欲说还休（羞）"，哪里还有什么"泪蛋蛋、真魂魂、枣圪针、实心心"，更没有什么晚上能卧在你脚下的狗。

听着歌，我不禁想起两件事。一是著名学者梁实秋，晚年丧妻后爱上了比他小20多岁的孤身一人的歌星韩菁菁。这是个人的私事本来很自然，但却舆论哗然。首先梁的学生起来反对，甚至组织了"护师团"来干预他的爱。老教授每天早晨起来手拿一页昨晚写好的情书，

仰望着情人的阳台。这位感情丰富，古文洋文底蕴极厚又曾因独立翻译完成《莎士比亚》而得大奖，装了一肚子爱情悲喜剧的老先生决不敢在静静的晨曦中向楼上喊一嗓子：“叫一声妹妹你莫犯愁。”文化的负重，倒造成了爱的弯曲，至少是爱的朦胧。

还有一件那一年我在西藏碰到的极普通但又印象极深的事。那天我在布达拉宫内沿着曲曲折折的石阶木梯正上下穿行，这座千年旧宫正在大修，到处是泥灰、木料，我仔细地看着脚下的路，忽隐隐传来一阵歌声。我初不经意，以为是哪间殿堂里在诵经。但这声音实在太美了，乐声如浅潮轻浪，一下下地冲撞着我的心。我心灵的窗户被一扇一扇地推开了，和风荡漾，花香袭人。我便翻架钻洞，上得一层楼上，原来是一群青年男女正在这里打地板。西藏楼房的地板是用当地产的一种“阿嘎”土，以水泡软平铺地上一下一下地砸，砸出的地板就像水磨石一样，能洗能擦，又光又亮。从一开始修布达拉宫到以后历朝历代翻修，地面都是这样制作，他们称为土水泥。我钻出楼梯口探头一看，只见约30个青年分成男女两组，一前一后，每人手中持一根齐眉高的细木杆，杆的上端以红绸系一个小铜铃铛，下端是一块上圆下平如碗之大的夯石。在平坦的地板上，后排方阵的小伙子都紫红脸膛，虎背熊腰，前排方阵的姑娘们则长辫盘头，腰系彩裙，面若桃花。只听男女歌声一递一进，一问一答，铃声璨璨，夯声墩墩，随着步伐的进退，腰转臂举，袍起袖落。这哪里是劳动，简直就是舞台演出，这时旁边的游人被吸引得越聚越多。青年们也越打越有劲，越唱越红火，特别是当姑娘们铃响夯落，面笑如花，转过脸去向小伙子们甩去一声歌，那群毛头小伙子就像被鞭子轻轻抽了一下，喜得一蹦一跳，手起铃响，轰然夯落，又从宽厚的胸中发出一声山呼之响，嗡嗡然，声震屋瓦绕梁不绝。和我同去的一位年轻人竟按捺不住自己，跳进人群，抢过一根夯杆也手之舞之，足之蹈之起来。我看之良久，从心里轻轻地喊出一声：“这样的劳动怎么能不产生爱情！”

爱是男女相见相知、不由得生发出的相悦相恋之情。对这种感情的表达，不同生活环境中的人会有不同的方式。李清照与其夫金石家赵明诚算是中国历史上文化层次很高的一对了。两人分居两地，十分思念，李清照便写了一首后来在中国文学史上极有名的《醉花阴》：

薄雾浓云愁永昼，瑞脑消金兽。佳节又重阳，玉枕纱橱，半夜凉初透。东篱把酒黄昏后，有暗香盈袖。莫道不消魂，帘卷西风，人比黄花瘦。

李将这首词寄给丈夫，赵明诚喜其情切词美，发誓要回写一首并超过她，便谢客三天，废寝忘食，得50首，杂李词于其中以示友人。友人玩之再三，说只有这三句最佳："莫道不消魂，帘卷西风，人比黄花瘦"。赵自叹不如。像这种爱，早已经是非要爱出个花样不可，有点斗法的味道了。梁实秋与他所爱的大歌星当着面什么不能说，非得先写好一份情书，然后再捧书上门。这真是"人生识字扭捏始"，偏要拐那十八道弯。学问越高，拐的弯就越多。

文者，纹也，装饰，花样之谓也。文人办什么事都爱包装一下，连表达爱也是这样。但物极必反，弯子拐得过多，作品就没有人看了，文人自己也会觉得没趣，于是又寻找回归。胡适说："中国文学史上何尝没有代表时代的文学？但我们不应向那古文传统史里去找。应该向旁行斜出的不肖文学里去找寻，因为不肖古人，所以能代表当世。"胡适其他观点暂不去论，他的这句话倒很合毛泽东讲的：人民生活"是一切文学艺术取之不尽，用之不竭的唯一的源泉"，"过去的文学作品不是源而是流"。所以从古到今，诗歌都有向民歌特别是向民间的情歌学习的好传统。明代出了个作家冯梦龙，清代乾隆朝有个王迁绍，专向白话俚语学习，大量收集民间创作。有一首情诗《牛女》这样写道：

闷来时
独自个在星月下过。
猛抬头，
看见了一条天河，
牛郎星、织女星俱在两边坐。

南无阿弥陀佛，
那星宿也犯着孤，
星宿儿不得成双也，
何况他与我。

用这首诗来比李清照的《醉花阴》如何？更能感觉到直接来自生活源头的清纯。而且在表现手法上，先是平平道来，最后用了逆挽之法，说是技法的成熟，不如说是真情所在，情到技到，大道无形，真情无文。其实一切好的民歌的美，正在于此。无论铺排、比兴，全在一个真实自然，见情而不露文。唐代是我国诗歌发展史上的一个高峰。像白居易那样的大家写罢诗后也要去向老太婆读，好求得民间的认同。刘禹锡在向民歌学习方面也很见成效，他的《竹枝词》就很有质朴之美："杨柳青青江水平，闻郎江上唱歌声。东边日出西边雨，道是无晴却有晴。"在诗歌创作方面，这种学习从古至今一直不衰。连那个只会写词不会治国的亡国之君李后主也有一首写得很直率的《菩萨蛮》：

花明月暗笼轻雾，今宵好向郎边去！刬（chǎn）袜步香阶，手提金缕鞋。画堂南畔见，一向偎人颤。奴为出来难，教郎恣意怜。

看来不管是皇帝老子还是风流名士，要写好诗就得向百姓学习，努力去掉文人身上的珠光色和脂粉气。当然学习也要有个度，也不是越土越好，土到《红楼梦》里的薛蟠体也就糟了。

其实，赵君的诗大多是为歌、为舞而写的。这几年在舞台上有一股不太好的风气，哪怕是唱一首很纯朴的民歌，也要光怪陆离，烟雾漫漫，然后再找一些不明不白的伴舞，在歌手的前后左右伸胳膊蹬腿，非得把那清粼粼的旋律、蓝格莹莹的舞台，搅得一团混沌才甘心。而赵君的词却自带着一份不可亵渎的清纯。所以他的词也给舞台的台风带来了可喜的回归。他这几年的一大功劳是与著名编舞王秀芳等人合作创作了两台乡土味极浓的歌舞《黄河儿女情》和《黄河一方土》。这两台戏大震京华，并多次远征国际舞台。可见人心思土，艺风贵朴。

剧中有一段《背河》舞，就是编舞在他那首极富动感的歌词的启发下编出的，效果极佳。北方的河水清浅，又多无桥，男人一般能蹚水过河，姑娘、媳妇胆小怕凉不敢蹚水。于是就专门有人在河边做起背人过河的生意，挣个小钱。前面说过，凡有劳动的地方就有爱，就在河边这种特殊劳动的小皱褶里也藏着爱。赵君的《背河》词里这样写道：

背起小妹妹河中走，
背了个欢喜扔了个愁。
妹妹的细腰扭呀扭，
扭得哥哥甜格滋滋，
像喝了蜜酒。
得儿哟，得儿哟，
莫怕那风浪三丈三，
妹妹哟，妹妹哟
哥的劲头九十九丈九！
背起小妹妹河中走，
叫声妹妹不要害羞；
小心那掉在河里头，
快把哥哥亲格热热，
紧紧地搂。
得儿哟，得儿哟，
明年再背你下花轿，
妹妹哟，妹妹哟
亲手给你揭开红盖头！

他的这首歌，又使我想起当年在口外当农民劳动锻炼时的一幕戏。春天里大地刚刚苏醒，春风吹过河套平原，有一丝丝的温馨，一丝丝

的甜润。柳条开始发软，枯草刚顶出新芽。劳动休息时，四野旷旷无以为乐，经常的节目是摔跤。让我们这些洋学生大吃一惊的是，那些还没有脱去老羊皮袄或者厚棉袄的姑娘，手大腰壮，竟敢向小伙子叫阵，一会儿就龙腾虎跃，翻滚在松软的犁沟里，羞得我们看都不敢看。在劳动中油然而生爱心，爱心萌动就以歌抒之，歌之不足，舞之蹈之。现在想来，田野上这种超出舞蹈的游戏中又一定还藏有那歌之舞之所没有表达尽的爱。

在赵君家吃了一顿饭，听了几首歌，倒惹我想了这许多。临走时赵君送我两盒《走西口》的磁带，这回赴宴真是货真价实。

原载于 1996 年第 4 期《青年文艺家》

# 读柳永

柳永是中国历史上一个并不大的人物。很多人不知道他，或者碰到过又很快忘了他。但是近年来这根柳丝却紧紧地系着我，倒不是为了他的名句“杨柳岸晓风残月”，也不为那句“衣带渐宽终不悔，为伊消得人憔悴”；只为他那人，他那身不由己的经历和那歪打正着的成就，以及由此揭示的做人成事的道理。

柳永是福建北部崇安人，他没有为我们留下太多的生平记载，以至于现在也不知道他确切的生卒年月。那年到闽北去，我曾想打听一下他的家世，找一点可凭吊的实物，但一川绿风，山水寂寂，没有一点的音息。我们现在只知道他大约在30岁时便告别家乡，到京城求功名去了。柳永像封建时代的大多数知识分子一样，总是把从政作为人生的第一目标。其实这也有一定的道理，人生一世谁不想让有限的生命发挥最大的光热？有职才能有权，才能施展抱负，改造世界，名垂后世。那时没有像现在这样成就多元化，可以当企业家，当作家，当歌星、球星，当富翁，要成名只有一条路——去当官。所以就出现了各种各样在从政大路上跋涉着的而被扭曲了的人。像李白、陶渊明那样求政不得而求山水；像苏轼、白居易那样政心不顺而求文心；像孟浩然那样躲在终南山里而窥京城；像诸葛亮那样虽说不求闻达，布衣躬耕，却又暗暗积聚内力，一遇明主就出来建功立业。柳永是另一类的人物，他先以极大的热情投身政治，碰了钉子后没有像大多数文人

那样转向山水，而是转向市井深处，扎到市民堆里，在这里成就了他的文名，成就了他在中国文学史上的地位，他是中国封建知识分子中一个仅有的类型，一个特殊的代表。

柳永大约在公元1017年，宋真宗天禧元年时到京城赶考。以自己的才华他有充分的信心金榜题名，而且幻想着有一番大作为。谁知第一次考试就没有考上，他不在乎，轻轻一笑，填词道："富贵岂由人，时会高志须酬。"等了三年，第二次开科又没有考上，这回他忍不住要发牢骚了，便写了那首著名的《鹤冲天》：

黄金榜上，偶失龙头望。明代暂遗贤，如何向。未遂风云便，争不恣狂荡。何须论得丧。才子词人，自是白衣卿相。

烟花巷陌，依约丹青屏障。幸有意中人，堪寻访。且恁偎红翠，风流事，平生畅。青春都一饷。忍把浮名，换了浅斟低唱。

他说我考不上官有什么关系呢？只要我有才，也一样被社会承认，我就是一个没有穿官服的官。要那些虚名有什么用，还不如把它换来吃酒唱歌。这本是一个在背地发的小牢骚，但是他也没有想一想，你怎么敢用你最拿手的歌词来牢骚呢，他这时或许还不知道自己歌词的分量。它那美丽的语句和优美的音律已经征服了所有的歌迷，覆盖了所有的官家的和民间的歌舞晚会，"凡有井水处都唱柳词"。这使我想起"文化大革命"中大书法家沈尹默先生被打成"黑帮"，被逼写检查。但是他写出去的检查大字报，总是浆糊未干就被人偷去，这检查总是交代不了。柳永这首牢骚歌不胫而走传到了宫里，宋仁宗一听大为恼火，并记在心里。柳永在京城又捱了三年，参加了下一次考试，这次好不容易被通过了，但临到皇帝亲自圈点放榜时，仁宗说："且去浅斟低唱，何要浮名"，又把他给勾掉了。这次打击实在太大，柳永就更深地扎到市民堆里去写他的歌词，并且不无解嘲地说："我是奉旨填词。"他终日出入歌馆妓楼，交了许多歌妓朋友，许多歌妓也因他的词而走红。她们真诚地爱护他，给他吃，给他住，还给他发稿费。你想他一介穷书生流落京城有什么生活来源？只有卖词为生。这种生活的压力，生活的体味，还有皇家的冷淡，倒使他一心去从事民间创作。他是第一个去到民间的词作家。这种扎根坊间的创作生活一直持续了17年，直到他终于在47岁那年才算通过考试，得了一个小官。

歌馆妓楼是什么地方啊，是提供享乐，制造消沉，拉你堕落，教你挥霍，引人轻浮，教人浪荡的地方。任你有四海之心、摩天之志，在这里也要魂销骨铄，化作一团烂泥。但是柳永没有被化掉，他的才华在这里派上了用场。成语言：脱颖而出。锥子装在衣袋里总要露出尖来，宋仁宗嫌柳永这把锥子不好，“啪”的一声从皇宫大殿上扔到了市井底层，不想俗衣破袍仍然裹不住他闪亮的锥尖。这真应了柳永自己的那句话：“才子词人，自是白衣卿相”，寒酸的衣服裹着闪光的才华。有才还得有志，多少人进了红粉堆里也就把才沤了粪。也许我们可以责备柳永没有大志，同为词人不像辛弃疾那样“男儿到死心如铁，看试手，补天裂”，不像陆游那样“自许封侯在万里。有谁知，鬓虽残，心未死”。时势不同，柳永所处的时代当北宋开国不久，国家统一，天下太平，经济文化正复苏繁荣。京城汴京是当时世界上最大的都市，新兴市民阶层迅速形成，都市通俗文艺相应发展。恩格斯论欧洲文艺复兴时说，这是需要巨人而且产生了巨人的时代，市民文化呼唤着自己的文化巨人。这时柳永出现了，他是中国历史上第一个专业的市民文学作家。市井这块沃土堆拥着他，托举着他，他像田禾见了水肥一样拼命地疯长，淋漓酣畅地发挥着自己的才华。

柳永于词的贡献，可以说如牛顿、爱因斯坦于物理学的贡献一样，是里程碑式的。他在形式上把过去只有几十字的短令发展到百多字的长调。在内容上把词从官词解放出来，大胆引进了市民生活、市民情感、市民语言，从而开创了市民所歌唱着的是自己的词。在艺术上他发展了铺叙手法，基本上不用比兴，硬是靠叙述的白描的功夫创造出前所未有的意境。就像超声波探测，就像电子显微镜扫描，你得佩服他的笔怎么能伸入到这么细微绝妙的层次。他常常只用几个字，就是我们调动全套摄影器材也很难达到这个情景。比如这首已传唱九百年不衰的名作《八声甘州》：

对潇潇暮雨洒江天，一番洗清秋。渐霜风凄紧，关河冷落，残照当楼。是处红衰翠减，苒苒物华休。唯有长江水，无语东流。

不忍登高临远，望故乡渺邈，归思难收。叹年来踪迹，何事苦淹留？想佳人，妆楼颙望，误几回，天际识归舟。争知我，倚阑干处，正恁凝愁。

一读到这些句子我就联想到第一次置身于九寨沟山水中的感觉，那时照相根本不用选景，随便一抬手就是一幅绝妙的山水图。现在你对着这词，任裁其中一句都情意无尽，美不胜收。这种功夫，古今词坛能有几人。

艺术高峰的产生和自然界的名山秀峰一样是不以人的意志为转移的。柳永自己也没有想到他身后在中国文学史上会占有这样一个重要位置。就像我们现在作为典范而临摹的碑帖，很多就是死人墓里一块普通的刻了主人生平的石头，大部分连作者姓名也没有。凡艺术成就都是阴差阳错，各种条件交汇而成一个特殊气候，一粒艺术的种子就在这种气候下自然地生根发芽了。柳永不是想当名作家而到市井中去的，他是怀着极不情愿的心情从考场落第后走向瓦肆勾栏，但是他身上的文学才华与艺术天赋立即与这里喧闹的生活气息、优美的丝竹管弦和多情婀娜的女子发生共鸣。他在这里没有堕落，他跳进了一个消费的陷阱，却成了一个创造的巨人。这再次证明成事成才的辩证道理。一个人在社会这架大算盘上只是一颗珠子，他受命运的摆弄；但是在自身这架小算盘上他却是一只拨着算珠的手，才华、时间、精力、意志、学识、环境统统变成了由你支配的珠子。

一个人很难选择环境，却可以利用环境，大约每个人都有他基本的条件，也有基本的才学，他能不能成才成事，原来全在他与外部世界的关系怎么处理。就像黄山上的迎客松，立于悬崖绝壁，沐着霜风雪雨，就渐渐干挺如铁，叶茂如云，游人见了都要敬之仰之了。但是如果当初这一粒松子有灵，让它自选生命的落脚地，它肯定选择山下风和日丽的平原，只是一阵无奈的山风将它带到这里，或者飞鸟将它衔到这里，托于高山之上寄于绝壁之缝。它哭天天不应，喊地地不灵，一阵悲泣（也许还有如柳永那样的牢骚）之后也就把那岩石拍遍，痛下决心，既活就要活出个样子。它拼命地吸天地之精华，探出枝叶追日，伸着根须找水，与风斗与雪斗，终于成就了自己。这时它想到多亏我留在了这里，要是生在山下将平庸一世。

生命是什么，生命就是创造，是携带着母体留下的那一点信息去与外部世界做着最大限度的重新组合，创造一个新的生命。为什么逆境能成大才，就是因为在逆境下你心里想着一个世界，上天却偏要给你另外一个世界。两个世界矛盾斗争的结果你便得到了一个超乎这两个之上的更新的更完美的世界。而顺境下，时时天遂人愿，你心里没有矛盾，没有企盼，没有一个理想中的新世界，当然也不会去为之斗争，为之创造，那就只有徒增马齿，虚掷一生了。柳永是经历了宋真宗、仁宗两朝四次大考才中了进士的，这四次共取士 916 人，其他 915 人都顺顺利利地当了官，有的或许还很显赫，但他们大都被历史忘得干干净净，而柳永至今还享此殊荣。

呜呼，人生在世，天地公心。人各其志，人各其才，无大无小，贵贱不分。只要其心不死，才得其用，就能名垂后世，就不算虚度生命。这就是为什么历史记住了秦皇汉武，也同样记住了柳永。

原载于 1997 年第 2 期《当代》

# 读韩愈

韩愈为唐宋八大家之首，其文章写得好是真的。所以，我读韩愈其人是从读韩愈其文开始的，因为中学课本上就有他的《师说》《进学解》。课外阅读、各种选本上韩文也随处可见。他的许多警句，如“师者，所以传道、授业、解惑也”，“业精于勤荒于嬉，行成于思毁于随”等，跨越了一千多年，仍在指导我们的行为。

但由文而读其人却是因一件事引起的。去年，到潮州出差，潮州有韩公祠，祠依山临水而建，气势雄伟。祠后有山曰韩山，祠前有水名韩江。当地人说此皆因韩愈而名。我大惑不解，韩愈一介书生，怎么会在这天涯海角霸得一块山水，享千秋之祀呢？

原来有这样一段故事。唐代有个宪宗皇帝十分迷信佛教，在他的倡导下国内佛事大盛，公元819年，又搞了一次大规模的迎佛骨活动，就是将据称是佛祖的一块朽骨迎到长安，修路盖庙，人山人海，官商民等舍物捐款，劳民伤财，一场闹剧。韩愈对这件事有看法，他当过监察御史，有随时向上面提出诚实意见的习惯。这种官职的第一素质就是不怕得罪人，因提意见获死罪都在所不辞。所谓“文死谏，武死战”。韩愈在上书前思想好一番斗争，最后还是大义战胜了私心，终于实现了勇敢的“一递”，谁知奏折一递，就惹来了大祸；而大祸又引来了一连串的故事，成就了他的身后名。

韩愈是个文章家，写奏折自然比一般为官者也要讲究些。于理、于情都特别动人，文字铿锵有力。他说那所谓佛骨不过是一块脏兮兮的枯骨，皇帝您“今无故取朽秽之物，亲临观之”，“群臣不言其非，御史不举其失，臣实耻之。乞以此骨付之有司，投诸水火，永绝根本……岂不盛哉，岂不快哉”！这佛如果真的有灵，有什么祸殃，就让他来找我吧。（“佛如有灵，能作祸祟，凡有殃咎，宜加臣身。”）这真有一股不怕鬼，不信邪的凛然大气和献身精神。但是，这正应了我们现时说的，立场不同，感情不同这句话。韩愈越是肝脑涂地陈利害表忠心，宪宗越觉得他是在抗龙颜，揭龙鳞，大逆不道。于是，大喝一声把他赶出京城，贬到八千里外的海边潮州去当地方小官。

韩愈这一贬，是他人生的一大挫折。因为这不同于一般的逆境，一般的不顺，比之李白的怀才不遇，柳永的屡试不第要严重得多。他们不过是登山无路，韩愈是已登山顶，又一下子被推到无底深渊，其心情之坏可想而知。他被押送出京不久，家眷也被赶出长安，年仅十二岁的小女儿也惨死在驿道旁。韩愈自己觉得实在活得没有什么意思了，他在过蓝关时写了那首著名的诗。我向来觉得韩愈文好，诗却一般，只有这首，胸中块垒，笔底波涛，确是不一样：

一封朝奏九重天，夕贬潮州路八千。
欲为圣明除弊事，肯将衰朽惜残年？
云横秦岭家何在，雪拥蓝关马不前。
知汝远来应有意，好收吾骨瘴江边。

这是给前来看他的侄孙写的，其心境之冷可见一斑。但是，当他到了潮州后，发现当地的情况比他的心境还要坏。就气候水土而言这里条件不坏，但由于地处偏僻，文化落后，弊政陋习极多极重。农耕方式原始，乡村学校不兴。当时在北方早已告别了奴隶制，唐律明确规定了不准没良为奴，这里却还在买卖人口，有钱人养奴成风。“岭南以口为货，其荒阻处，父子相缚为奴。”其习俗又多崇鬼神，有病不求药，杀鸡杀狗，求神显灵。人们长年在浑浑噩噩中生活。见此情景韩愈大吃一惊，比之于北方的先进文明，这里简直就是茹毛饮血，

同为大唐圣土，同为大唐子民，何忍遗此一隅，视而不救呢？用我们现在的话说，就是同在一片蓝天下，人人都该享有爱。按照当时的规矩，贬臣如罪人服刑，老老实实磨时间，等机会便是，决不会主动参政。但韩愈还是忍不住，他觉得自己的知识、能力还能为地方百姓做点事，觉得比之百姓之苦，自己的这点冤、这点苦反倒算不了什么。于是他到任之后，就如新官上任一般，连续干了四件事。一是驱除鳄鱼。当时鳄鱼为害甚烈，当地人又迷信，只知投牲畜以祭，韩愈“选材技吏民，操强弓毒矢”，大除其害。二是兴修水利，推广北方先进耕作技术。三是赎放奴婢。他下令奴婢可以工钱抵债，钱债相抵就给人自由，不抵者可用钱赎，以后不得蓄奴。四是兴办教育，请先生，建学校，甚至还“以正音为潮人语”，用今天的话说就是推广普通话。不可想象，从他贬潮州到再离潮而调袁州，八个月就干了这四件事。我们且不说这事的大小，只说他那片诚心。

我在祠内仔细看着题刻碑文和有关资料。韩愈的确是个文人，干什么都要用文章来表现，也正是这一点为我们留下了如日记一样珍贵的史料。比如，除鳄之前，他先写了一篇《祭鳄鱼文》，这简直就是一篇讨鳄檄文。他说我受天子之命来守此土，而鳄鱼悍然在这里争食民畜，“与刺史亢拒，争为长雄。刺史虽驽弱，亦安肯为鳄鱼低首下心”。他限鳄鱼三日内远徙于海，三日不行五日，五日不行七日，再不行就是傲天子之命吏，“必尽杀乃止”！阴雨连绵不断，他连写祭文，祭于湖，祭于城隍，祭于石，请求天晴。他说天啊，老这么下雨，稻不得熟，蚕不得成，百姓吃什么，穿什么呢？要是我为官的不好，就降我以罪吧，百姓是无辜的，请降福给他们。（“刺史不仁，可以坐罪；惟彼无辜，惠以福也。”）一片拳拳之心。韩愈在潮州任上共有十三篇文章，除三篇短信、两篇上表外，余皆是驱鳄祭天、请设乡校、为民请命祈福之作。文如其人，文如其心。当其获罪海隅、家破人亡之时，尚能心系百姓，真是难能可贵了。

一个人为文不说空话，为官不说假话，为政务求实绩，这在封建时代难能可贵。应该说韩愈是言行一致的。他在政治上高举儒家旗帜，是个封建传统思想道德的维护者。传统这个东西有两面性，当它面对革命新潮时，表现出一副可憎的顽固面孔；而当它面对逆流邪说时，又表现出撼山易撼传统难的威严。韩愈也是这样，他一方面反对宰相王叔文的改革，一方面又对当时最尖锐的两个社会问题，即藩镇割据和佛道泛滥，深恶痛绝，坚决抨击。他亲自参加平定叛乱。到晚年时还以衰朽之身一人一马到叛军营中去劝敌投诚，其英雄气概不亚于关云长单刀赴会。他出身小户，考进士三次落第，第四次才中进士，在考官时又三次碰壁，乌纱帽得来不易，按说他该惜官如命，但是他两次犯上直言，被贬后又继续尽其所能为民办事。这是中国知识分子的传统，以国为任，以民为本，不违心，不费时，不浪费生命。他又倡导古文运动，领导了一场文章革命，他要求“文以载道”“陈言务去”，开一代文章先河，砍掉了骈文这个重形式求华丽的节外之枝，而直承秦汉。所以苏东坡说他：“文起八代之衰，道济天下之溺。”他既立业又立言，全面实践了儒家道德。

当我手倚韩祠石栏，远眺滚滚韩江时，我就想，宪宗佞佛，满朝文武，就是韩愈敢出来说话，如果有人在韩愈之前上书直谏呢？如果在韩愈被贬时又有人出来为之抗争呢？历史会怎样改写？还有在韩愈到来之前潮州买卖人口、教育荒废等四个问题早已存在，地方官吏走马灯似的换了一任又一任，其任职超过八个月的也大有人在，为什么没有谁去解决呢？如果有人在韩愈之前解决了这些问题，历史又将怎样写？但是没有，什么都没有。长安大殿上的雕梁玉砌在如钩晓月下静静地等待，秦岭驿道上的风雪，南海丛林中的雾瘴在悄悄地徘徊。历史终于等来了一个衰朽的书生，他长须弓背双手托着一封奏折，一步一颤地走上大殿，然后又单人瘦马，形影相吊地走向海角天涯。

人生的逆境大约可分四种：一曰生活之苦，饥寒交迫；二曰心境之苦，怀才不遇；三曰事业受阻，功败垂成；四曰生命之危，身处绝境。处逆境之心也分四种：一是心灰意冷，逆来顺受；二是怨天尤人，牢骚满腹；三是见心明志，直言疾呼；四是泰然处之，尽力有为。韩愈是处在第二、第三种逆境，而选择了后两种心态，既见心明志，著文倡道，又脚踏实地，尽力去为。只这一点他比屈原、李白就要多一层高明，没有只停留在蜀道叹难，江畔沉吟上。他不辞海隅之小，不

求其功之显，只是奉献于民，求成于心。有人研究，韩愈之前，潮州只有进士三名，韩愈之后，到南宋时，登第进士就达一百七十二名。是他大开教育之功。所以韩祠中有诗曰：“文章随代起，烟瘴几时开。不有韩夫子，人心尚草莱！”这倒使我想到现代的一件实事。1957 年反右扩大化中，京城不少知识分子被错划为右派，并发配到基层。当时王震同志主持新疆开发，就主动收容了一批。想不到这倒促成了春风渡玉门，戈壁绽绿荫。那年我在石河子采访，亲身感受到充边文人的功劳。一个人不管你有多大的委屈，历史绝不会陪你哭泣，而它只认你的贡献。悲壮二字，无壮便无以言悲。这宏伟的韩公祠，还有这韩山韩水，不是纪念韩愈的冤屈，而是纪念他的功绩。

李渊父子虽然得了天下，大唐河山也没有听说哪山哪河易姓为李，倒是韩愈一个罪臣，在海边一块蛮夷之地施政八月，这里就忽然山河易姓了。历朝历代有多少人希望不朽，或刻碑勒石，或建庙建祠，但哪一块碑哪一座庙能大过高山，永如江河呢？这是人民对办了好事的人永久的纪念。一个人是微不足道的，但是当他与百姓利益，与社会进步连在一起时就价值无穷，就被社会所承认。我遍读祠内凭吊之作，诗、词、文、联，上自唐宋下迄当今，刻于匾，勒于石，大约不下百十来件。一千三百多年了，各种人物在这里将韩公不知读了多少遍。我心中也渐渐泛起这样的四句诗：

一封朝奏九重天，夕贬潮州路八千。
八月为民兴四利，一片江山尽姓韩。

原载于 1998 年第 6 期《十月》

# 跨越百年的美丽

1998 年是居里夫人发现放射性元素镭一百周年。

一百年前的 1898 年 12 月 26 日，法国科学院人声鼎沸，一位年轻漂亮、神色庄重又略显疲倦的妇人走上讲台，全场立即肃然无声。她叫玛丽·居里，她今天要和她的丈夫比埃尔·居里一起在这里宣布一项惊人发现，他们发现了天然放射性元素镭。本来这场报告，她想让丈夫来作，但比埃尔·居里坚持让她来讲，因为在此之前还没有一个女子登上过法国科学院的讲台。玛丽·居里穿着一袭黑色长裙，白净端庄的脸庞显出坚定又略带淡泊的神情，而那双微微内陷的大眼睛，则让你觉得能看透一切，看透未来。她的报告使全场震惊，物理学进入了一个新时代，而她那美丽庄重的形象也就从此定格在历史上，定格在每个人的心里。

关于放射性的发现，居里夫人并不是第一人，但她是关键的一人。在她之前，1896 年 1 月，德国科学家伦琴发现了 X 光，这是人工放射性。1896 年 5 月，法国科学家贝克勒尔发现铀盐可以使胶片感光，这是天然放射性。这都还是偶然的发现，居里夫人却立即提出了一个新问题，其他物质有没有放射性？物质世界里是不是还有另一块全新的领域？别人在海滩上捡到一块贝壳，她却要研究一下这贝壳是怎样生、怎样长、怎样冲到海滩上来的。别人摸瓜她寻藤，别人摘叶她问根。是她提出了放射性这个词。两年后，她发现了钋，接着发现了镭，冰

山露出了一角。为了提炼纯净的镭，居里夫妇搞到一吨可能含镭的工业废渣。他们在院子里支起了一口锅，一锅一锅地进行冶炼，然后再送到化验室溶解、沉淀、分析。而所谓的化验室是一个废弃的、曾停放解剖用尸体的破棚子。玛丽终日在烟熏火燎中搅拌着锅里的矿渣，她衣裙上、双手上，留下了酸碱的点点烧痕。一天，疲劳至极，玛丽揉着酸痛的后腰，隔着满桌的试管、量杯问比埃尔："你说这镭会是什么样子?"比埃尔说："我只是希望它有美丽的颜色。"经过三年又九个月，他们终于从成吨的矿渣中提炼出了0. 1克镭，它真的有极美丽的颜色，在幽暗的破木棚里发出略带蓝色的荧光。它还会自动放热，一小时放出的热能溶化等重的冰决。

旧木棚里这点美丽的淡蓝色荧光，是用一个美丽女子的生命和信念换来的。这项开辟科学新纪元的伟大发现好像不该落在一个女子头上。千百年来，漂亮就是一个女人的最高荣誉，最大资本，只要有幸得到这一点，其余便不必再求了。莫泊桑在他的名著《项链》中说："女人并无社会等级，也无种族差异；她们的姿色、风度和妩媚就是她们身世和门庭的标志。"居里夫人是属于那一类很漂亮的女子，她的肖像如今挂遍世界各国的科研教学机构，我们仍可看到她昔日的风采。但是她偏偏没有利用这一点资本，她的战胜自我也恰恰就是从这一点开始的。

当她还是个小学生时就显示出上帝给她的优宠，漂亮的外貌已足以使她讨得周围所有人的喜欢。但她的性格里天生还有一种更可贵的东西，这就是人们经常加于男子汉身上的骨气。她坚定、刚毅，有远大、执著的追求。为了不受漂亮的干扰，她故意把一头金发剪得很短，她对哥哥说："毫无疑问，我们家里的人有天赋，必须使这种天赋由我们中的一个表现出来!"她中学毕业后在城里和乡下当了七年家庭教师，积攒了一点学费便到巴黎来读书。当时大学里女学生很少，这个高额头、蓝眼睛、身材修长的漂亮的异国女子，很快成了人们议论的中心。男学生们为了能更多地看她一眼，或有幸凑上去说几句话，常常挤在教室外的走廊里，她的女友甚至不得不用伞柄赶走这些追慕者。但她对这种热闹不屑一顾，她每天到得最早，坐在前排，给那些追寻的目光一个无情的后脑勺。

她身上永远裹着一层冰霜的盔甲，凛然使那些“追星族”不敢靠近。她本来住在姐姐家中，为了求得安静，便一人租了间小阁楼，一天只吃一顿饭，日夜苦读。晚上冷得睡不着，就拉把椅子压在身上，以取得一点感觉上的温暖。这种心无旁骛、悬梁刺股、卧薪尝胆的进取精神，就是一般男子也是很难做到的啊。宋玉说有美女在墙头看他三年而不动心，范仲淹考进士前在一间破庙里读书，晨起煮粥一碗，冷后划作四块，是为一天的口粮。而在地球那一边的法国，一个波兰女子也这样心静，这样执著，这样的耐得苦寒。她以25岁的妙龄，面对追者如潮而毫不心动。她只要稍微松一下手，回一下头，就会跌回温软的怀抱和赞美的泡沫中，但是她有大志，有大求，她知道只有发现、创造之花才有永开不败的美丽，所以她甘愿让酸碱啃蚀她柔美的双手，让呛人的烟气吹皱她秀美的额头。

本来玛丽·居里完全可以换另外一种活法。她可以趁着年轻貌美如现代女孩吃青春饭那样，在钦羡和礼赞中活个轻松，活个痛快。但是她没有，她知道自己更深一层的价值和更远一些的目标。成语“浅尝辄止”是指人对外部世界的认识，殊不知有多少人对自己也常是浅尝辄止，见宠即喜。数年前一位母亲对我说她刚上初中的女儿成绩下降，为什么？答曰：“知道爱美了，上课总用铅笔杆做她的卷卷头。”美对人来说是一种附加，就像格律对诗词也是一种附加。律诗难作，美人难为，做得好惊天动地，做不好就黄花萎地。玛丽·居里让全世界的女子都知道，她们除了“身世”和“门庭”之外，还有更重要的东西。

1852年斯托夫人写了一本《汤姆叔叔的小屋》，导致了美国南北战争的爆发，林肯说是一个小妇人引发了一场解放黑奴的大革命。比斯托夫人约晚50年，居里夫人发现了镭，也是一个小妇人引发了一场革命，科学革命。它直接导致了后来卢瑟夫对原子结构的探秘，导致了原子弹的爆炸，导致了原子时代的到来。更重要的是这项发现的哲学意义。哲学家说事物无时无刻不在变。西方哲人说，人不能两次踏进同一条河流。公元1082年东方哲人苏东坡赤壁望月长叹道：“盖将

自其变者而观之，则天地曾不能以一瞬；自其不变者而观之，则物与我皆无尽也。”现在，居里夫人证明镭便是这样“不能以一瞬”而存在的物质，它会自己不停地发光、放热、放出射线，能灼伤人的皮肤，能穿透黑纸使胶片感光，能使空气导电，它刹那间是自己又不是自己。哲理就渗透在每个原子的毛孔里。玛丽·居里几乎在完成这项伟大自然发现的同时也完成了对人生意义的发现。

她也在不停地变化着，当工作卓有成效的同时，镭射线也在无声地侵蚀着她的肌体。她美丽健康的容貌在悄悄地隐退，她逐渐变得眼花耳鸣，苍白乏力。而比埃尔不幸早逝，社会对女性的歧视更加重了她生活和思想上的沉重负担。但她什么也不管，只是默默地工作。她从一个漂亮的小姑娘，一个端庄坚毅的女学者，变成科学教科书里的新名词“放射线”，变成物理学的一个新计量单位“居里”，变成一条条科学定理，她变成了科学史上一块永远的里程碑。“自其不变者而观之”，她得到了永恒。“长恨春归无觅处，不知转入此中来”，就像化学的置换反应一样，她的青春美丽换位到了科学教科书里，换位到了人类文化的史册里。

居里夫人的美名从她发现镭那一刻起就流传于世，迄今已经百年，这是她用全部的青春、信念和生命换来的荣誉。她一生共得了 10 项奖金、16 种奖章、107 个名誉头衔，特别是两次诺贝尔奖。她本来可以躺在任何一项大奖或任何一个荣誉上尽情地享受，但是她视名利如粪土，她将奖金赠给科研事业和战争中的法国，而将那些奖章送给 6 岁的小女儿去当玩具。上帝给的美形她都不为所累，尘世给的美誉她又怎肯背负在身呢？凭谁论短长，漫将浮名换了精修细研，她一如既往，埋头工作到 67 岁离开人世，离开了她心爱的实验室。直到她死后 40 年，她用过的笔记本里，还有射线在不停地释放。

爱因斯坦说：“在所有的世界著名人物当中，玛丽·居里是惟一没有被盛名宠坏的人。”她实事求是，超形脱俗，知道自己的目标，更知道自己的价值。在一般人要做到这两个自知，排除干扰并终生如一，是很难很难的，但居里夫人做到了。她让我们明白，人有多重价值，是需要多层开发的。有的人止于形，以售其貌；有的人止于勇，而呈其力；有的人止于心，而有其技；有的人达于理，而用其智。诸葛亮戎马一生，气吞曹吴，却不披一甲，不佩一刃；毛泽东指挥军民万众，在战火中打出一个新中国，却从不受军衔，不背一枪。大音希声，大道无形，大智之人，不耽于形，不逐于力，不恃于技。他们淡淡地生活，静静地思考，执著地进取，直进到智慧高地，自由地驾驭规律，而永葆一种理性的美丽。

居里夫人就是这样一位挺立在智慧高地的伟人。

原载于 1998 年 10 月 22 日《光明日报》

# 书与人的随想

在所有关于书的格言中，我最喜欢赫尔岑的这句话：书是行将就木的老人对刚刚开始生活的年轻人的忠告……种族、人群、国家消失了，但书却留存下去。

人类社会是一个连续发展的过程，我们常将它们比作历史长河，而每个人都是途中搭行一段的乘客。每当我们上船之时，前人就将他们的一切发现和创造，浓缩在书本中，作为欢迎我们的礼物，同时也是交班的嘱托。由于有了这根接力魔棒，所以人类几十万年的历史，某一学科积几千年而有的成果，我们便可以在短时间内将其掌握，而腾出足够的时间去进行新的创造。书籍是我们视接千载、心通四海的桥梁，是每个人来到这个世界上首先要拿到的通行证。历史愈久，文明积累愈多，人和书的关系就愈紧密相连。

现实生活中我们常常会发现一个新世界，比如海洋、太空、微生物等等。凡新世界都会给我们带来无穷的乐趣。但真正大的世界是书籍，它是平行于物质世界的另一个精神世界。有位养生家说："健康是幸福，无病最自由。"这是讲作为物质的人。正常的人刚生下来没有任何疾病，一张白纸，生机盎然，傲对现世。以后风寒相侵，细菌感染，七情六欲，就灾病渐起，有一种病就减少一分活动的自由。作为精神的人正好与此相反。他刚一降生时，对这个世界一无所知，迷蒙蒙，怯生生，茫然对来世。于是就识字读书，读一本书就获得一分自由，读的书越多，获得的自由度就越大。所以一个学者到了晚年，哪怕他是疾病缠身，身体的自由度已极小极小，精神的自由度却可达到最大最大，甚至在去世之后他所创造的精神世界仍然存在。哥白尼一生研究日心说，备受教会迫害，到晚年困顿于城堡中，双目失明，举步维艰，但他终于完成了划时代巨著《天体运行》。到去世前一刻，他摸了摸这本刚出版的新书欣然离开了人世。这时他在天文世界里已获得了最大自由，而且还使后人也不断分享他的自由。

中国古代有人之初性恶性善之争。我却说，人之初性本愚，只是后来靠读书才解疑释惑，慢慢开启智慧。凡书籍所记录、所研究的范围，所涉及的东西，他都可以到达，都可以拥有。不读书的人无法理解读书人的幸福，就像足不出户者无法理解环球旅行者或者登月人的心情。既然书总结了人类的一切财富，总结了做人的经验，那么读书就决定了一个人的视野、知识、才能、气质。当然读书之后还要实践，但这里又用到了高尔基的那句话："书籍是人类进步的阶梯"，如果你脚下不踏一梯，你的实践又能走出多远呢？那就只能像一只不停刨洞的土拨鼠，终其一生也不过是吃穿二字。你可以自得其乐，但实际上已比别人少享受了半个世界。一个人只有当他借助书籍进入精神世界，洞察万物时，他才算跳出了现实的局限，才有了时代和历史的意义。古语言：读书知理。谁掌握了真理谁就掌握了世界。所以读书人最勇敢，常一介书生敢当天下。像毛泽东当年不就是以一青年知识分子而独上井冈，面对腥风血雨坚信必能再造一个新中国，他懂得阶级分析、阶级斗争这个理。像马寅初那样，敢以一朽老翁面对汹汹批判，而坚持到胜利，他懂得人口科学这个理。他知道即使身不在而理亦存，其身早已置之度外。读书又给人最大的智慧。爱因斯坦在伽利略、牛顿之书的基础上，发现相对论，物理世界一下子进入一个新纪元。马克思穷读了他之前的所有经济学著作，发现了剩余价值规律，指出资本主义必然灭亡，一下子开辟了社会主义革命的新纪元。他们掌握了事物之理，看世界就如庖丁观牛，"以神遇而不以目视"，这是常人之所难及。所以从一定意义上讲读书造人。你要成为某方面有用的人，就得攻读某方面的书，你要有发现和创造就得先读过前人积累的书。毛

泽东讲，从孔夫子到孙中山都要给以总结，历史也就真的产生了毛泽东、邓小平这样的巨人。这就是为什么一个民族的或者世界的伟人，必定是一个知识分子，一个读书人，一个读书最多的人。

我们作为一个历史长河中的旅人，上船时既得到过前人书的赠礼，就该想到也要为下班乘客留一点东西。如果说读书是一个人有没有求知心的标志，那么写作就是一个人有没有创造力和责任感的标志。读书是吸收，是继承；写作是创造，是超越。一个人读懂了世界，吸足了知识，并经过了实践的发展之后才可能写出属于他自己而又对世界有用的东西，这就叫贡献。这样他才真正完成了继承与超越的交替，才算尽到历史的责任。写作是检验一个人的学识才智的最简单方法，写书不是抄书，你得把前人之书糅进自己的实践，得出新的思想，如鲁迅之谓吃进草，挤出牛奶。这是一种创造，如同科学技术的发现与发明，要智慧和勇气。小智勇小文章，大智勇大文章。唐太宗称以铜为镜、以史为镜、以人为镜，其实文章也是一面大镜子，验之于作者可知驽骏。古往今来，凡其人庸庸，其言云云，其政平平者，必无文章。古人云立德立言，人必得有新言汇入历史长河而后才得历史的承认。无论马、恩、毛、邓，还是李、杜、韩、柳，功在当世之德，更在传世之文，他们有思想的大发现大发明。我们不妨把每个人留给这个世界的文章或著作算作他搭乘历史之舟的船票，既然顶了读书人的名，最好就不要做逃票人。这船票自然也轻重不同，含金量不等，像《资本论》或者《红楼梦》，那是怎样一张沉甸甸的票据啊。书的分量，其实也是人的分量。

不读书愚而可哀，只读书迂而可惜，读而后有作，作而出新，是大智慧。

原载于 1999 年 5 月 21 日《光明日报》

# 把栏杆拍遍

中国历史上由行伍出身，以武起事，而最终以文为业，成为大诗词作家的只有一人，这就是辛弃疾。这也注定了他的词及他这个人在文人中的唯一性和在历史上的独特地位。

在我看到的资料里，辛弃疾至少是快刀利剑地杀过几次人的。他天生孔武高大，从小苦修剑法。他又生于金宋乱世，不满金人的侵略蹂躏，22 岁时他就拉起了一支数千人的义军，后又与耿京为首的义军合并，并兼任书记长，掌管印信。一次义军中出了叛徒，将印信偷走，准备投金。辛弃疾手提利剑单人独马追贼两日，第三天提回一颗人头。为了光复大业，他又说服耿京南归，并亲自南下临安联络。不想就这几天之内又变生肘腋，当他完成任务返回时，部将叛变，耿京被杀。辛大怒，跃马横刀，只率数骑突入敌营生擒叛将，又奔突千里，将其押解至临安正法，并率万人南下归宋。说来，他干这场壮举时还只是一个二十几岁的英雄少年。正血气方刚，欲为朝廷痛杀贼寇，收复失地。

但世上的事并不能心想事成。南归之后，他手里立即失去了钢刀利剑，就只剩下一支羊毫软笔，他也再没有机会奔走沙场，血溅战袍，而只能笔走龙蛇，泪洒宣纸，为历史留下一声声悲壮的呼喊、遗憾的叹息和无奈的自嘲。

老实说，辛弃疾的词不是用笔写成，而是用刀和剑刻成的。他永

远以一个沙场英雄和爱国将军的形象留存在历史上和自己的诗词中。时隔千年，当今天我们重读他的作品时，仍感到一种凛然杀气和磅礴之势。比如这首著名的《破阵子》：

醉里挑灯看剑，梦回吹角连营。八百里分麾下炙，五十弦翻塞外声。沙场秋点兵。

马做的卢飞快，弓如霹雳弦惊。了却君王天下事，赢得生前身后名。可怜白发生。

我敢大胆说一句，这首词除了武圣岳飞的《满江红》可与之媲美外，在中国上下五千年的文人堆里，再难找出第二首这样有金戈之声的力作。虽然杜甫也写过“射人先射马，擒贼先擒王”，军旅诗人卢纶也写过：“欲将轻骑逐，大雪满弓刀。”但这些都是旁观式的想象、抒发和描述。哪一个诗人曾有辛弃疾这样亲身在刀刃剑尖上滚过来的经历？“列舰层楼”“投鞭飞渡”“剑指三秦”“西风塞马”，他的诗词简直是一部军事辞典。他本来是以身许国，准备血洒大漠，马革裹尸的。但是南渡后他被迫脱离战场，再无用武之地。像屈原那样仰问苍天，像共工那样怒撞不周，他临江水，望长安，登危楼，拍栏杆，只能热泪横流。

楚天千里清秋，水随天去秋无际。遥岑远目，献愁供恨，玉簪螺髻。落日楼头，断鸿声里，江南游子。把吴钩看了，栏杆拍遍，无人会、登临意。

《水龙吟》

谁能懂得他这个游子，实际上有着亡国浪子的悲愤之心呢？这是他登临建康城赏心亭时所作。此亭遥对古秦淮河，是历代文人墨客赏心雅兴之所，但辛弃疾在这里发出的却是一声声悲怆的呼喊。他痛拍栏杆时一定想起过当年的拍刀催马，驰骋沙场，但今天空有一身力，一腔志，又能向何处使呢？我曾专门到南京寻找过这个辛公拍栏杆处，但人去楼毁，早已了无痕迹，唯有江水悠悠，似词人的长叹，东流不息。

辛词比其他文人更深一层的不同，是他的词不是用墨来写，而是蘸着血和泪涂抹而成的。我们今天读其词，总是清清楚楚地听到一个爱国臣子，一遍一遍地哭诉，一次一次地表白；总忘不了他那在夕阳中扶栏远眺、望眼欲穿的形象。

辛弃疾南归后为什么这样不为朝廷喜欢呢？他在一首《戒酒》的戏作中说："怨无大小，生于所爱；物无美恶，过则成灾。"这句生活小品正好刻画出他的政治苦闷。他因爱国而生怨，因尽职而招灾。他太爱国家、爱百姓、爱朝廷了。但是朝廷怕他、烦他、忌用他。他作为南宋臣民共生活了 40 年，倒有近 20 年的时间被闲置一旁，而在断断续续被使用的 20 多年间又有 37 次频繁调动。但是，每当他得到一次效力的机会，就特别认真，特别执著地去工作。本来他有碗饭吃便不该再多事，可是那颗炽热的爱国心烧得他浑身发热。40 年间无论在何地何时任何职，甚至赋闲期间，他都不停地上书，不停地唠叨，一有机会还要真抓实干，练兵、筹款、整饬政务，时刻摆出一副要冲上前线的样子。你想这能不让主和苟安的朝廷心烦？

他任湖南安抚使，这本是一个地方行政长官，他却在任上创办了一支 2500 人的"飞虎军"，铁甲烈马，威风凛凛，雄镇江南。建军之初，造营房，恰逢连日阴雨，无法烧制屋瓦。他就令长沙市民，每户送瓦 20 片，立付现银，两日内便全部筹足。其施政的干练作风可见一斑。后来他到福建任地方官，又在那里招兵买马。闽南与漠北相隔遥远，但还是隔不断他的忧民情、复国志。他这个书生、这个工作狂，实在太"过"了，"过则成灾"，终于惹来了许多的诽谤，甚至说他独裁、犯上。皇帝对他也就时用时弃。国有危难时招来用几天，朝有谤言，又弃而闲几年，这就是他的基本生活节奏，也是他一生最大的悲剧。别看他饱读诗书，在词中到处用典，甚至被后人讥为"掉书袋"。但他至死，也没有弄懂南宋小朝廷为什么只图苟安而不愿去收复失地。

辛弃疾名弃疾，但他那从小使枪舞剑、壮如铁塔的五尺身躯，何尝有什么疾病？他只有一块心病，金瓯缺，月未圆，山河碎，心不安。

郁孤台下清江水，中间多少行人泪。西北望长安，可怜无数山。

青山遮不住，毕竟东流去。江晚正愁余，山深闻鹧鸪。

《菩萨蛮》

这是我们在中学课本里就读过的那首著名的《菩萨蛮》。他得的是心郁之病啊。他甚至自嘲自己的姓氏：

烈日秋霜，忠肝义胆，千载家谱。得姓何年，细参辛字，一笑君听取。艰辛做就，悲辛滋味，总是酸辛苦。更十分，向人辛辣，椒桂捣残堪吐。世间应有，芳甘浓美，不到吾家门户。

《永遇乐》

你看“艰辛”“酸辛”“悲辛”“辛辣”，真是五内俱焚。世上许多甜美之事，顺达之志，怎么总轮不到他呢？他要不就是被闲置，要不就是走马灯似地被调动。1179 年，他从湖北调湖南，同僚为他送行时他心情难平，终于以极委婉的口气叹出了自己政治的失意。这便是那首著名的《摸鱼儿》：

更能消、几番风雨，匆匆春又归去。惜春长，怕花开早，何况落红无数。春且住，见说道，天涯芳草无归路。怨春不语。算只有殷勤，画檐蛛网，尽日惹飞絮。

长门事，准拟佳期又误。蛾眉曾有人妒。千金纵买相如赋，脉脉此情谁诉？君莫舞，君不见，玉环飞燕皆尘土。闲愁最苦。休去倚危楼，斜阳正在，烟柳断肠处。

据说宋孝宗看到这首词后很不高兴。梁启超评曰：“回肠荡气，至于此极，前无古人，后无来者。”“长门事”，是指汉武帝的陈皇后遭忌被打入长门宫里。辛以此典相比，一片忠心、痴情和着那许多辛酸、辛苦、辛辣，真是打翻了五味坛子。今天我们读时，每一个字都让人一惊，直让你觉得就是一滴血，或者是一行泪。确实，古来文人的惜春之作，多得可以堆成一座纸山。但有哪一首，能这样委婉而又悲愤地将春色化入政治、诠释政治呢？美人相思也是旧文人写滥了的题材，有哪一首能这样深刻贴切地寓意国事，评论正邪，抒发忧愤呢？

但是南宋朝廷毕竟是将他闲置了20年。20年的时间让他脱离政界，只许旁观，不得插手，也不得插嘴。辛在他的词中自我解嘲道："君恩重，且教种芙蓉！"这有点像宋仁宗说柳永："且去浅斟低唱，何要浮名？"柳永倒是真的去浅斟低唱了，结果唱出一个纯粹的词人艺术家。辛与柳不同，你想，他是一个大碗喝酒、大块吃肉、痛拍栏杆、大声议政的人。报国无门，他便到赣东北修了一座带湖别墅，咀嚼自己的寂寞。

> 带湖吾甚爱，千丈翠奁开。先生杖屦无事，一日走千回。凡我同盟鸥鹭，今日既盟之后，来往莫相猜。白鹤在何处，尝试与偕来。
>
> 破青萍，排翠藻，立苍苔。窥鱼笑汝痴计，不解举吾杯。废沼荒丘畴昔，明月清风此夜，人世几欢哀。东岸绿荫少，杨柳更须栽。
>
> 《水调歌头》

这回可真的应了他的号："稼轩"，要回乡种地了。一个正当壮年又阅历丰富、胸怀大志的政治家，却每天在山坡和水边踱步，与百姓聊一聊农桑收成之类的闲话，再对着飞鸟游鱼自言自语一番，真是"闲愁最苦"，"脉脉此情谁诉"。

说到辛弃疾的笔力多深，是刀刻也罢，血写也罢，其实他的追求从来不是要做一个词人。郭沫若说陈毅，"将军本色是诗人"。辛弃疾这个人，词人本色是武人，武人本色是政人。他的词是在政治的大磨盘间磨出来的豆浆汁液。他由武而文，又由文而政，始终在出世与入世间矛盾，在被用或被弃中受煎熬。作为封建知识分子，对待政治，

他不像陶渊明那样浅尝辄止，便再不染政；也不像白居易那样长期在任，亦政亦文。对国家民族，他有一颗放不下、关不住、比天大、比火热的心；他有一身早练就、憋不住、使不完的劲。他不计较“五斗米折腰”，也不怕谗言倾盆。所以随时局起伏，他就大忙大闲，大起大落，大进大退。稍有政绩，便招谤而被弃；国有危难，便又被招而任用。他亲自组练过军队，上书过《美芹十论》这样著名的治国方略。他是贾谊、诸葛亮、范仲淹一类的时刻忧心如焚的政治家。他像一块铁，时而被烧红锤打，时而又被扔到冷水中淬火。有人说他是豪放派，继承了苏东坡，但苏的豪放仅止于“大江东去”，山水之阔。苏正当北宋太平盛世，还没有民族仇、复国志来炼其词魂，也没有胡尘飞、金戈鸣来壮其词威。真正的诗人只有被政治大事（包括社会、民族、军事等矛盾）所挤压、扭曲、拧绞、烧炼、锤打时才可能得到合乎历史潮流的感悟，才可能成为正义的化身。诗歌，也只有在政治之风的鼓荡下，才能飞翔，才能燃烧，才能炸响，才能振聋发聩。学诗功夫在诗外，诗歌之效更在诗外。我们承认艺术本身的魅力，更承认艺术加上思想的爆发力。有人说辛词其实也是婉约派，多情细腻处不亚于柳永、李清照。

近来愁似天来大，谁解相怜？谁解相怜？又把愁来做个天。都将今古无穷事，放在愁边。放在愁边，却自移家向酒泉。

《丑奴儿》

少年不识愁滋味，爱上层楼。爱上层楼，为赋新词强说愁。而今识尽愁滋味，欲说还休。欲说还休，却道天凉好个秋。

《丑奴儿》

柳李的多情多愁仅止于“执手相看泪眼”“梧桐更兼细雨”，而辛词中的婉约言愁之笔，于淡淡的艺术美感中，却含有深沉的政治与生活哲理。真正的诗人，最善以常人之心言大情大理，能于无声处炸响惊雷。

我常想，要是为辛弃疾造像，最贴切的题目就是“把栏杆拍遍”。

他一生大都是在被抛弃的感叹与无奈中度过的。当权者不使为官，却为他准备了锤炼思想和艺术的反面环境。他被九蒸九晒，水煮油炸，千锤百炼。历史的风云，民族的仇恨，正与邪的搏击，爱与恨的纠缠，知识的积累，感情的浇铸，艺术的升华，文字的锤打，这一切都在他的胸中、他的脑海，翻腾、激荡，如地壳内岩浆的滚动鼓胀，冲击积聚。既然这股能量一不能化作刀枪之力，二不能化作施政之策，便只有一股脑地注入诗词，化作诗词。他并不想当词人，但武途政路不通，历史歪打正着地把他逼向了词人之道。终于他被修炼得连叹一口气，也是一首好词了。

说到底，才能和思想是一个人的立身之本。像石缝里的一棵小树，虽然被扭曲、挤压，成不了旗杆，却也可成一条遒劲的龙头拐杖，别是一种价值。但这前提，你必须是一棵树，而不是一棵草。从“沙场秋点兵”到“天凉好个秋”；从决心为国弃疾去病，到最后掰开嚼碎，识得辛字含义；再到自号“稼轩”，同盟鸥鹭；辛弃疾走过了一个爱国志士、爱国诗人的成熟过程。恩格斯在论述文艺复兴时期的巨人时指出：“他们几乎都处在时代运动中，在实际斗争中生活着和活动着，站在这一方面与那一方面进行斗争，有人用舌和笔，有人用剑，有些人则两者并用。”辛弃疾就是这样一位处在时代运动之中，笔和剑两者并用的人。诗，是随便什么人就可以写的吗？诗人，能在历史上留下名的诗人，是随便什么人都可以当的吗？“一将功成万骨枯”，一员武将的故事，要多少持刀舞剑者的鲜血才能写成。那么，有思想光芒又有艺术魅力的诗人呢？他的成名，要有时代的运动，像地球大板块的冲撞那样，他时而被夹其间感受折磨，时而又被甩在一旁冷静思考。所以积三百年北宋南宋之动荡，才产生了一个辛弃疾。

原稿于2000年第7期《散文》

# 最后一位戴罪的功臣

既然中国近代史是从1840年鸦片战争算起，禁烟英雄林则徐就是近代史上第一人。可惜这个第一英雄刚在南海点燃销烟烈火，就被发往新疆接受朝廷给他的处罚。功与罪在瞬间便交织在一个人身上，将其扭曲再造，像原子裂变一样，产生出一个意想不到的结果。

封建皇帝作为最大的私有者，总是以天下为私。道光帝在禁烟问题上本来就犹豫，大臣中也分两派。我推想，是林则徐那篇著名的奏折，指出若再任鸦片泛滥，几十年后中原将“无可以御敌之兵”，“无可以充饷之银”，狠狠地击中了他的私心。他感到家天下难保，所以就鞭打快牛，顺手给了林一个禁烟钦差。林眼见国危民弱，就出于公心，勇赴重任，表示“若鸦片一日未绝，本大臣一日不回，誓与此事相始终”。他太天真，不知道自己“回不回”，鸦片“绝不绝”，不是他说了算，还得听皇上的。果然他上任只有一年半，1840年9月，就被革职贬到镇海。第二年7月又被再“从重发往伊犁效力赎罪”。就在林赴疆就罪的途中，黄河泛滥，在军机大臣王鼎的保荐下，林则徐被派赴黄河戴罪治水。他是一个见害就除、见民有难就救的人，不管是烟害、夷害还是水害都挺着身子去堵。半年后治水完毕，所有的人都论功行赏，唯独他得到的却是“仍往伊犁”的谕旨。众情难平，须发皆白的王鼎伤心得泪如滂沱。林则徐就是在这样一而再、再而三的打击下西出玉门关的。他以诗言志：“苟利国家生死以，岂因祸福避趋之，谪居正是君恩厚，养拙刚于戍卒宜。”这诗前两句刻画出他的铮铮铁骨，刚直不阿，后两句道出了他的牢骚与无奈。给我一个谪贬休息的机会，这是皇上的大恩啊，去当一名戍卒正好养拙。你看这话是不是有点像柳永的“奉旨填词”和辛弃疾的“君恩重，且教种芙蓉”？但不同的是，柳被弃于都城闹市，辛被闲置在江南水乡，林却被发往大漠戈壁。辛、柳只是被弃而不用，而林则徐却被钦定为一个政治犯。

但是，自从林则徐开始西行就罪，随着离朝廷渐行渐远，朝中那股阴冷之气也就渐趋淡弱，而民间和中下层官吏对他的热情却渐渐高涨，如离开冰窖走进火炉。这种强烈的反差不仅是当年的林则徐没有想到，就是150年后的我们也为之惊喜。

林则徐在广东和镇海被革职时，当地群众就表达出了强烈的愤懑。他们不管皇帝老子怎样说，怎样做，纷纷到林则徐的住处慰问，人数之众，阻塞了街巷。他们为林则徐送靴，送伞，送香炉、明镜，还送来了52面颂牌，痛痛快快地表达着自己对民族英雄的敬仰和对朝廷的抗议。林则徐治河之后又一次遭贬，中原立即发起援救高潮，开封知府邹鸣鹤公开宣示：“有人能救林则徐者酬万金。”林则徐自中原出发后，一路西行，接受着为英雄壮行的洗礼。不论是各级官吏还是普通百姓都争着迎送，好一睹他的风采，都想尽力为他做一点事，以减轻他心理和身体上的痛苦。山高皇帝远，民心任表达。1842年8月21日，林离开西安，“自将军、院、司、道、府以及州、县、营员送于郊外者30余人”。抵兰州时，督抚亲率文职官员出城相迎，武官更是迎出10里之外。过甘肃古浪县时，县知事到离县30里外的驿站恭迎。林则徐西行的沿途茶食住行都安排得无微不至。进入新疆哈密，办事大臣率文武官员到行馆拜见林，又送坐骑一匹。到乌鲁木齐，地方官员不但热情接待，还专门为他雇了大车5辆、太平车1辆、轿车2辆。1842年12月11日，经过4个月零3天的长途跋涉，林则徐终于到达新疆伊犁。伊犁将军布彦泰立即亲到寓所拜访，送菜、送茶，并委派他掌管粮饷。这哪里是监管朝廷流放的罪臣啊，简直是欢迎凯旋的英雄。林则徐是被皇帝远远甩出去的一块破砖头，但这块砖头还未落地

就被中下层官吏和民众轻轻接住，并以身相护，安放在他们中间。

现在等待林则徐的是两个考验。

一是恶劣环境的折磨。从现存的资料看，我们知道林则徐虽有民众呵护，还是吃了不少苦头。由于年老体弱，路途颠簸，林一过西安就脾痛，鼻流血不止。当他从乌鲁木齐出发取道果子沟进伊犁时，大雪漫天而落，脚下是厚厚的坚冰，无法骑马坐车，只好徒步，蹚雪而行。陪他进疆的两个儿子，于两旁搀扶老爹，心痛得泪流满面，遂跪于地上对天祷告：若父能早日得赦召还，孩儿愿赤脚蹚过此沟。林则徐到伊犁后，“体气衰颓，常患感冒”，“作字不能过二百，看书不能及三十行”。历史上许多朝臣就是这样死在被发配之地，这本来也是皇帝的目的之一。林则徐感到一个无形的黑影向他压来，他在日记中写道：“深觉时光可惜，暮景可伤！”“频搔白发惭衰病，犹剩丹心耐折磨”，他是以心力来抵抗身病的啊。

二是脱离战场的寂寞。林是一步一回头离开中原的。当他走到酒泉时，听到清政府签订《南京条约》的消息，痛心疾首，深感国事艰难。他在致友人书中说：“自念一身休咎死生，皆可置之度外，惟中原顿遭蹂躏，如火燎原，侧身回望，寝馈皆不能安。”他赋诗感叹：“小丑跳梁谁殄灭，中原揽辔望澄清，关山万里残宵梦，犹听江东战鼓声。”他为中原局势危机，无人可用而急。果然是中原乏人吗？人才被一批一批地撤职流放。这时和他一起在虎门销烟的邓廷桢，已早他半年被贬新疆。写下名句“我劝天公重抖擞，不拘一格降人才”的龚自珍，为朝廷提出许多御敌方略，但就是不为采用。本来封建社会一切有为的知识分子，都希望能被朝廷重用，能为国家民族做一点事，这是有为臣子的最大愿望，是他们人生价值观的核心。现在剥夺了这个愿望就是剥夺了他的生命，就是用刀子慢慢地割他的肉。虎落平川，马放南山，让他在痛苦和寂寞中毁灭。

“羌笛何须怨杨柳”，“西出阳关无故人”。玉门关外风物凄凉，人情不再，实在是天设地造的折磨罪臣身心的好场所。当我们现在行进在大漠戈壁时，我真感叹于当年封建专制者这种“流放边地”的发明。你走一天是黄沙，再走一天还是黄沙；你走一天是冰雪，再走一天还是冰雪。不见人，不见村，不见市。这种空虚与寂寞，与把你关在牢中目徒四壁，没有根本区别。马克思说："人是各种关系的总和。"把你推到大漠戈壁里，一下子割断你的所有关系，你还是人吗？呜呼，人将不人！特别是对一个博学而有思想的人，一个曾经有作为的人，一个有大志于未来的人。

> 腊雪频添鬓影皤，春醪暂借病颜酡。三年漂泊居无定，百岁光阴已去多。
>
> 新韶明日逐人来，迁客何时结伴回？空有灯光照虚耗，竟无神诀卖痴呆。
>
> 《除夕书怀》

他一人这样过除夕。

> 雪月天山皎夜光，边声惯听唱伊凉。
> 孤村白酒愁无赖，隔院红裙乐未央。
>
> 《中秋感怀》

他一个人这样过中秋。

> 谪居权作探花使。忍轻抛，韶光九十，番风二十四。寒玉未消冰岭雪，毳幕偏闻花气。算修了，边城春禊。怨绿愁红成底事，任花开花谢皆天意。休问讯，春归来。
>
> 《金缕曲·春暮看花》

他在季节变换中咀嚼着春的寂寞。

当权者实在聪明，他就是要让你在这个环境里无事可做，消磨掉理想意志，不管你怎样地怒吼、狂笑、悲歌，那空旷的戈壁瞬间就将这一切吸收得干干净净，这比有回音的囚室还可怕。任你是怎样的人杰，在这里也要成为常人、庸人、废人，失魂落魄。林则徐是一个有

经天纬地之才的良臣，是可以作为历史坐标点的人物。禁烟的烈火仍在胸中燃烧，南海的涛声还在耳边回响，万里之外朝野上下还在与英国人作无奈的抗争，而他只能面对这大漠的寂寞。兔未死而狗先烹，鸟未尽而弓先藏。“何日穹庐能解脱，宝刀盼上短辕车。”他是一个被捆绑悬于壁上的壮士，心急如焚，而无可用力。

怎么摆脱这种状况？最常规的办法是得过且过，忍气苟安，争取朝廷早点召回。特别不能再惹是非，自加其罪。一般还要想方设法讨好皇帝，贿赂官员。像韩愈当年发配南海，第一件事就是向皇帝上一篇谢恩表，不管心中服不服，嘴上先要讨个好。这时内地林的家人和朋友正在筹措银两，准备按清朝法律为他赎罪。林则徐却断然拒绝，他写信说：“获咎之由，实与寻常迥异”，“此事定须终止，不可渎呈”。他明确表示，我没有任何错，这样假罪真赎，是自认其咎，何以面对历史？如今这些信稿还存在伊犁的纪念馆里，翰墨淋漓，正气凛然。当我以十二分的虔诚拜读文物柜中的这些手稿时，顿生一种仰望泰山、遥对长城的肃然之敬，不觉想起林公那句座右铭：“海纳百川，有容乃大；壁立千仞，无欲则刚。”他没有一点私欲，不必向任何人低头，为了自己抱定的主义，他能容得下一切不公平。他选择了上对苍天，下对百姓，我行我志，不改初衷，为国尽力。

一个爱国臣子和封建君王的本质区别是，前者爱国爱民，以天下为己任；后者爱自己的权位，以天下为己有。当这两者暂时统一，就表现为臣忠君贤，上下一心，并且在臣子一方常将爱国统一于忠君。当这两者不能一致时，就表现为忠臣见逐，弃而不用。在臣子一方或谨遵君命，孤愤而死，如贾谊、岳飞；或暂置君于一旁，为国为民办点实事，如韩愈、辛弃疾、林则徐。他们能摆脱权力高压和私利荣辱，直接对历史负责，所以也被历史所接受，所记录。

林则徐看到这里荒地遍野，便向伊犁将军建议屯田固边，先协助将军开垦城边的 20 万亩荒地。垦荒必先兴水利，但这里向无治水习惯与经验，林带头示范，捐出自己的私银，承修了一段河渠。历时四个月，用工 210 万人。这被后人称为“林公渠”的工程，一直使用了 120 多年，直到 1967 年新渠建成才得以退役。就像当年韩愈发配南海之滨带去中原先进耕作技术一样，林则徐也将内地的水利种植技术推广到清王朝最西北的边陲。他还发现并研究了当地人创造的特殊水利工程“坎儿井”，并大力推广。皇帝本是要用边地的恶劣环境折磨他，他却用自己的意志和才能改造了环境；皇帝要用寂寞和孤闷郁杀他，他却在这亘古荒原上爆出一声惊雷。自古罪臣被流放边地的结局有两种，大部分屈从命运，于孤闷中凄惨地死于流放地；只有少数人能挽命运狂澜于既倒，重新放出生命和事业的光芒。从周文王被拘羑里而演《周易》，到越王勾践被吴所俘后卧薪尝胆，直至邓小平“文革”被贬江西而思考中国特色的社会主义，这是生命交响曲中最强的一支，林则徐就属此支此脉。

林则徐在北疆伊犁修渠垦荒卓有成效，但就像当年治好黄河一样，皇帝仍不饶他，又派他到南疆去勘察荒地。北疆虽僻远，但雨量较多，农业尚可。南疆沙海无垠，天气燥热，人烟稀少，语言不通。且北疆南疆天山阻隔，雪峰摩天。这无疑又是对林则徐的一场更大更苦的折磨。现在南北疆已有公路可行，汽车可乘，去年 8 月盛夏我过天山时，仍要爬雪山，穿冰洞。可想当年林则徐是怎样以羸弱之躯担当此苦任的。对皇帝而言，这是对他的进一步惩罚，而在他，则是在暮年为国为民再尽一点力气。

1845 年 1 月 17 日，林则徐在三儿聪彝的陪伴下，由伊犁出发，在以后一年内，他南到喀什，东到哈密，勘遍东、南疆域。他经历了踏冰而行的寒冬和烈日如火的酷暑，走过“车箱簸似箕中粟”的戈壁，住过茅屋、毡房、地穴，风起时“彻夕怒号”，“毡庐欲拔”，“殊难成眠”，甚至可以吹走人马车辆。林则徐每到一地，三儿与随从搭棚造饭，他则立即伏案办公，“理公牍至四鼓”，只能靠第二天在车上假寐一会儿，其工作紧张、艰辛如同行军作战。对垦荒修渠工程他必得亲验土方，察看质量，要求属下必须“上可对朝廷，下可对百姓，中可对僚友”。别人十分不理解，他是一戍边的罪臣啊，何必这样认真，又哪来的这种精神。说来可怜，这次受旨勘地，也算是“钦差”吧，但这与当年南下禁烟已完全不同。这是皇帝给的苦役，活得干，名分全无。他的一切功劳只能记在当地官员的名下，甚至连向皇帝写

奏折、汇报工作、反映问题的权力也没有，只能拟好文稿，以别人的名义上奏，这和治黄有功而不上褒奖名单同出一辙。林则徐在诗中写道：“羁臣奉使原非分”，“头衔笑被旁人问”，这是何等的难堪，又是何等的心灵折磨啊！但是他忍了，他不计较，只要能工作，能为国出力就行。整整一年，他为清政府新增 69 万亩耕地，极大地丰盈了府库，巩固了边防。林则徐真是干了一场“非分”之举。他以罪臣之分，而行忠臣之事。

而历史与现实中也常有人干着另一种“非分”的事，即凭着合法的职位，用国家赋予的权力去贪赃营私。如王莽、杨国忠、秦桧直至林彪、康生、成克杰。原来社会上无论是大奸、巨贪还是小人，都是以合法的名分而行分外之奸、分外之贪、分外之私的。当然，他们最后也被历史所记录。陈毅有诗：“手莫伸，伸手必被捉”，他们被历史捉来，钉在了耻辱柱上。可知，世上之事，相差之远者莫如人格之分了。有人以罪身而忍辱负重，建功立业，有人以功位而鼠窃狗盗，自取其耻，自取其罪。确实，“分”这个界限就是“人”这个原子的外壳，一旦外壳破而裂变，无论好坏，其力量都特别的大。

林则徐还有一件更加“非分”的事，就是大胆进行了一次“土地改革”。当勘地工作将结束，返回哈密时，路遇百余官绅商民跪地不起，拦轿告状。原来这里山高皇帝远，哈密土王将辖区所有土地及煤矿、山林、瓜园、菜圃等皆霸为己有。汉、维群众无寸土可耕，就是驻军修营房拉一车土也要交几十文钱，百姓埋一个死人也要交银数两。土王大肆截留国家税收，数十年间如此横行竟无人敢管。林则徐接状后勃然大怒：“此咽喉要地，实边防最重之区，无田无粮，几成化外”，立判将土王所占一万多亩耕地分给当地汉、维农民耕种。并张出布告：“新疆与内地均在皇舆一统之内，无寸土可以自私。民人与维吾尔人均在圣恩并育之中，无一处可以异视。必须互相和睦，畛域无分。”为防有变，他还将此布告刻制成碑，“立于城关大道之旁，俾众目共瞻，永昭遵守”。布告一出，各族人民奔走相告，不但有了生计，且民族和睦，边防巩固。要知道他这是以罪臣之身又多管了一件“闲事”啊！恰这时清廷赦令亦下，林则徐在万众感激和依依不舍的祝愿声中向关内走去。

150 年后，我又来细细寻觅林公的踪迹。当年的惠远城早已毁于沙俄的入侵，在惠远城里我提出一定要拜谒一下当年先生住的城南东二巷故居。陪同说，原城已无存，现在这个城是清 1882 年，比原城后撤了 7 公里重建的。这没有关系，我追寻的是那颗闪耀在中国近代史上空的民族魂，至于其载体为何无关本质。共产党夺天下前的最后一个农村指挥部，我们现在瞻仰的西柏坡村，不也是从山下上撤几十里重建的吗？我小心地迈进那条小巷，小院短墙，瓜棚豆蔓。旧时林公堂前燕，依然展翅迎远客。我不甘心，又驱车南行去寻找那个旧城。穿过一个村镇，沿着参天的白杨，再过一条河渠，一片茂密的玉米地旁留有一堵土墙，这就是古惠远城。夕阳下沉重的黄土划开浩浩绿海，如一条大堤直伸到天际。我感到了林公的魂灵充盈天地，贯穿古今。

林则徐是皇家钦定的、中国古代最后的一位罪臣，又是人民托举出来的、近代史开篇的第一位功臣。

原载于 2001 年第 9 期《人民文学》

# 三十年的草原四十年的歌

内蒙古歌手在民族宫大剧院演出了一场“蒙古族长调歌曲演唱会”，主题是保护草原，遏制沙化。大幕未启，节目单发下来，上面赫然印着一位老歌手的名字：哈扎布。我心中猛然一惊，真的他还在世！

我没有见过哈扎布，也没有听过他的歌。记住这个名字是因为叶圣陶的一首诗《听蒙古族歌手哈扎布歌唱》。1968 年我大学毕业分配到内蒙古工作，一到当地先搜集资料，有一本名人游内蒙古的诗文集，其中有叶老这首诗。开头两句就印象极深，至今仍能背出：“他的歌韵味醇厚，/像新茶，像陈酒。/他的歌节奏自然，/像松风，像溪流。”我读这诗已是 30 多年前，这 30 多年间再未听说过哈扎布的名字，更没有想到今天还能听到他的歌。

因为是呼唤保护环境，恢复生态，晚会的气氛略有点压抑。老歌手是最后出台的，主持人介绍说他今年整 80 岁。他着一件红底暗花蒙古袍，腰束宽带，满脸沧桑，一身凝重。年轻歌手们一字排开拱列两旁。他唱的歌名叫《苍老的大雁》，嗓音略带暗哑，是典型的蒙古族长调。闭上眼睛，一种天老地荒、苍苍茫茫的情绪袭上我心。过去内蒙古闻名海内外，是因它美丽的草原，美丽的歌声。我 30 年前在那里当记者，曾在草原上驰过马，躺在草窝里仰望蓝天白云，静听那远处飘来的，不是为了演唱而唱的歌。当时一些传唱全国的著名歌词现在还能记得，“鞭儿击碎了晨雾，羊儿低吻着草香”。那时无论如何也不会想到，这种美丽几十年后就要消失。近几年沙尘暴频起草原，直捣北京。去年，北京一家大报曾发表了一整版今昔对比的照片，并配通栏大标题：《昔日风吹草低见牛羊，今天老鼠跑过见脊梁》。今晚，我闭目听歌，不觉泪涌眼眶。新茶陈酒味不再，松涛无声水不流。当年叶老因歌而起的意境已不复存在，剧场一片清寂。我仿佛看见一只苍老的大雁，在蓝天下黄沙上一圈圈地盘旋，在追忆着什么，寻找着什么。坐在我身后的是一位至今仍在草原上当记者的同志，他悄悄地说了一句：“心里堵得慌。”

晚会后回到家里深夜难眠，我起身找到30多年前的笔记本，叶老的诗还赫然其上：

他的歌韵味醇厚，
像新茶，像陈酒。
他的歌节奏自然，
像松风，像溪流。
每个字都落在人心坎上，
叫人默默颔首，
高一点低一点就不成，
快一点慢一点也不就，
唯有他那样恰好刚够，
才叫人心醉神怡，尽情享受。

语言不通又有什么关系，
但听歌声就能知情会意。
无边的草原在歌声中涌现，
草嫩花鲜，仿佛嗅到芳春气息，
静静的牧群这儿是，那儿也是，
共进美餐，昂头舔舌心欢喜。
跨马的健儿在歌声中飞跑，

独坐的姑娘在歌声中支颐，
健儿姑娘虽然远别离，
你心我心情如一，
海枯石烂毋相忘，
誓愿在天鸟比翼，在地枝连理。
这些个永远新鲜的歌啊，
真够你回肠荡气。

他的歌韵味醇厚，
像新茶，像陈酒。
他的歌节奏自然，
像松风，像溪流。
莫说绕梁，简直绕心头。
更何有我，我让歌占有。
弦停歌歇绒幕垂，
竟没想到为他拍手。

当年叶老虽听不懂蒙语，但他真切地听到了其中的草嫩花鲜，静静的牧群，还有回肠荡气的爱情。我查了一下叶老写诗的日期：1961年9月，距今正好40年。我抄这诗也过了30年。30年、40年来，当我们惊喜地看着城市里的水泥森林疯长时，却没想到草原正在被剥去绿色的衣裳，无冬无夏，羞辱地裸露在寒风与烈日中。

没有绿色哪有生命？没有生命哪有爱情？没有爱情哪有歌声？若叶老在世，再听一遍哈扎布的歌，又会为我们写一首怎样深沉的诗？归来吧，我心中的草原，还有叶老心中的那一首歌。

原载于2001年12月13日《人民日报》

# 追寻那遥远的美丽

快二十年了，总有一个强烈的向往，到青海去一趟。这不只是因为小学地理上就学到的柴达木、青海湖的神秘，也不只是因为近年来西北开发的热闹。另有一个埋藏于心底的秘密，是因为一首歌。那首《在那遥远的地方》，还有它的作者，像一个幽灵似的王洛宾。

大概是上天有意折磨，我几乎走遍了神州的每一个省，每一处名山大川，就是青海远不可及，机不可得。直到去年，才有缘去朝圣。当汽车翻过日月山口的一刹那，我像一条终于跳过龙门的鲤鱼。山下是一马平川，绿草如茵，起起伏伏地一直漫到天边，我不由想起了"天似穹庐，笼盖四野"的古老民歌。远处有一汪明亮的水，那就是青海湖，是配来映照这蓝天白云的镜子。

这里的草不像新疆的草场那样高大茂密，也不像内蒙古的草场那样在风沙中透出顽强，它细密而柔软，卷伏在地上，如毯如毡，将大地包裹得密密实实，不见黄沙不见土，除了水就是浓浓的绿。而这绿底子上又不时钻出一束束金色的柴胡和白绒绒的香茅草，远望金银相错，如繁星在空。这真是金银一般的草场。当年 26 岁的王洛宾云游到这里，只因那个 17 岁的卓玛姑娘用鞭子轻轻地抽了他一下，含羞拍马远去，他就痴望着天边那一团火苗似的红裙，脑际闪过一个美丽的旋律——在那遥远的地方。

卓玛确有其人，是一个牧主的女儿，当时王洛宾在草原上采风，

无意间捕捉到这个美丽的倩影，这倩影绕心三日，挥之不去，终于幻化为一首美丽的歌，就永远定格在世界文化史上。试想，王洛宾生活在大都市北平，走过全国许多地方，天下何处无美人，何独于此生灵感？是这绿油油的草，草地上的金花银花，草香花香，还有这湖水，这牧歌，这山风，这牛羊，万种风物万般情全在美人一鞭中。卓玛一辈子也没有想到她那轻轻的一鞭会抽出一首世界名曲。

当后人听着这首歌时，总想为它注释一个具体的爱情故事，殊不知这里不但没有具体的爱，就是在作者的实际生活中也永没有找到过歌唱中的甜蜜。王洛宾好像生来就赋有一种使命，总是去追寻美丽。美丽的旋律，美丽的女人，还有美丽的情感。王洛宾是美令智昏，乐令智昏，他认为生活甚至生命就是美丽的音乐。他一入社会就直取美的内核，而不知这核外还有许多坚硬的甚至丑陋的外壳。所以他一生屡屡受挫，直到 1982 年 69 岁时，才正式平反，恢复正常人的生活，1992 年 79 岁时，中央电视台首次向社会介绍他的作品。这时，全社会才知道那许多传唱了半个世纪的名曲原来都是出自这个白胡子老头。国内许多媒体，还有香港、新加坡纷纷为他举办各种晚会。我曾看过一次盛大的演出，在名曲《掀起你的盖头来》的伴奏下，两位漂亮的姑娘牵着一位遮着红盖头的“新娘”慢慢踱到舞台中央，她们突然揭去“新娘”的盖头，水银灯下站着一位老人，精神矍铄，满面红光。他那把特别醒目的胡须银白如雪，而手里捏着的盖头殷红似血。全场响起有节奏的掌声。人们唱着他的歌，许多观众的眼眶里已噙满泪花。这时，离他的生命终点只剩下两三年的时间。

王洛宾的生命是以歌为主线的，信仰、工作，甚至生活中的衣食住行都成了歌的附属，就像一棵树干上的柔枝绿叶。1937 年，他到西北，这本是一次采风，但他被那里的民歌所迷，就留下不走了。他在马步芳和共产党的军队里都服过役，为马步芳写过歌，也为王震将军的词配过曲。他只知音乐而不知其余。甚至他已成了一名解放军的军人，却忽发奇想要回北京，就不辞而别。正当他在北京的课堂上兴奋地教学生唱歌时，西北来人将这个开小差的逃兵捉拿归案。我们现在读这段史料真叫人哭笑不得，甚至在劳改服刑时他宁可用维持生命的一个小窝头，去换取人家唱一曲民间小调。他也曾灰心过，有一次他仰望厚墙上的铁窗，抛上一根绳，挽成一个黑洞似的套圈，就要通向另一个世界时，一声悠扬的牧歌，轻轻地飘过铁窗，他分明看到了铁窗外的白云红日，嗅到了原野上湿润的草香。他终于没有舍得钻进那个死亡隧道，三两下扯掉了死神递过来的接引之绳。音乐，民间音乐才真正是他生命的守护神。我们至今不知道这是哪一位牧人的哪一首无名的歌，这也是一根“卓玛的鞭子”，又一回轻轻地抽在了王洛宾的心上。这一鞭，为我们抽回来一只会唱歌的老山羊，一个伟大的音乐家。

为了寻找那种遥远的感觉，我们进入金银滩后选了一块最典型的草场，大家席地而坐，在初秋的艳阳中享受这草与花的温软。不知为什么，一坐到这草毯上，就人人想唱歌。我说，只许唱民歌，要原汁原味的。当地的同志说，那就只有唱情歌。青海的《花儿》简直就是一座民歌库，分许多“令”（曲牌），但内容几乎清一色歌唱爱情。一人当即唱道：

尕（gǎ）妹送哥石头坡，
石头坡上石头多。
不小心拐了妹的脚，
这么大的冤枉对谁说。

这是少女心中的甜蜜。又一人唱道：

黄河沿上牛吃水，
牛影子倒在水里。
我端起饭碗想起你，
面条捞不到嘴里。

这是阿哥对尕妹急不可耐的思念。又一人唱道：

春天来时我看她的妩媚，夏天来时我看她的丰腴，
秋天来时我看她的绰约，冬天来时却有幸窥见她的骨气。
她在回顾与思考之后，毅然收起了那些过眼繁花，
只留下这铮铮铁骨与浩浩正气。靠着这骨这气，
来年她会有更好的花叶，更浓的芳香。

菜花儿黄了，
风吹到山那边去了。
这两天把你想死了，
不知道你到哪儿去了。

黄河里的水干了，
河里的鱼娃见了。
不见的阿哥又见了，
心里的疙瘩又散了。

一个多情少女正为爱情所折磨，忽而愁云满面，忽而眉开眼笑。

秦时明月汉时关。卓玛的草原，卓玛的牛羊，卓玛的歌声就在我的眼前。现在我才明白，我像王洛宾一样鬼使神差般来到这里，是这遥远的地方仍然保存着的清纯和美丽。64 年前，王洛宾发现了它，64 年后它仍然这样保存完好，像一块闪着荧光不停放射着能量的元素；像一座巍然耸立，为大地输送着溶溶乳汁的雪山。青海湖边向来是传说中仙乐缈缈，西王母仙居的地方，现在看来这传说其实是人们对这块圣洁大地的歌颂和留恋，就像西方人心中的香格里拉。

我耳听笔录，尽情地享受着这一份纯真。

我们盘坐草地，手持鲜花，遥对湖山，放浪形骸，击节高唱，不觉红日压山。当我记了一本子，灌了满脑子，准备踏上归途时，突然想到一个问题，怎么这么多歌声里倾诉的全是一种急切的盼望、憧憬，甚至是望而不得的忧伤，为什么就没有一首来歌唱爱情结果之后的甜蜜呢?

晚上青海湖边淅淅沥沥下起当年的第一场秋雨。我独卧旅舍，静对孤灯，仔细地翻阅着有关王洛宾的资料，咀嚼着他甜蜜的歌和他那并不甜蜜的爱。

闯入王洛宾一生的有四个女人。第一位是他最初的恋人罗珊，两人都是洋学生。一开始，他们从北平出来，卿卿我我，甜甜蜜蜜，但一经风雨就时聚时散，若即若离，最终没能结合。王洛宾承认她很美，但又感到抓不住，或者不愿抓牢。他成家后，剪掉了贴在日记本上的罗珊的玉照，但随即又写上“缺难补”三个字，可想他心中是怎样的剪不断，理还乱。直到1946年王洛宾已是妻儿满堂，还为罗珊写了一首歌：

你是我黑夜的太阳，
永远看不到你的光亮。
偶尔有些微光呃，
也是我自己的想象。

你是我梦中的海棠，
永远吻不到我的唇上。
偶尔有些微香呃，
也是我自己的想象。

你是我自杀的刺刀，
永远插不进我的胸膛，
偶尔有些微疼呃，
也是我自己的想象。

你是我灵魂的翅膀，
永远飘不到天上。
偶尔有些微风呃，
也是我自己的想象。

意大利名曲《我的太阳》中的那位女郎是一个灿烂的太阳，而王洛宾的这个太阳却朦朦胧胧只是偶尔有些微光，有时又变成了梦中的海棠。留在心中的只是飘忽不定，彩色肥皂泡似的想象。

第二位便是那个轻轻抽了他一鞭的卓玛，他们相处只有三天，王洛宾就为她写了那首著名的歌。回眸一笑甜彻心，瞬间美好成永远。

卓玛不但是他的太阳，还是他的月亮。她那粉红的笑脸好像红太阳，她那美丽动人的眼睛好像晚上明媚的月亮。为了那“一鞭情”，他甚至愿意变作一只小羊，永远跟在她的身旁。但是也只跟了三天，此情此景就成了遥远的回忆。

第三位是他的正式妻子，比他小 16 岁的黄静，结婚后六年就不幸去世。

第四位，是他晚年出名后，前来寻找他的台湾女作家三毛。三毛的性格是有点执著和癫狂的。他们相处了一段后三毛突然离去，当时在社会上曾引起一阵轰动，一阵猜测。我们现在看到的是王洛宾在三毛去世之后为她写的一首歌《等待》：

> 你曾在橄榄树下等待又等待，
> 我在遥远的地方徘徊再徘徊。
> 人生本是一场迷藏的梦，
> 为把遗憾赎回来，
> 每当月圆时，
> 我对着那橄榄树独自膜拜。
> 你永远不再来，我永远在等待，
> 越等待，我心中越爱。

四个人中，只有黄静与他实实在在地结合，但他却偏偏为三个遥远处的人儿各写了一首动情的歌。

第二天我们驰车续行。雨还在下，飘飘洒洒，若有若无，草地被洗得油光嫩绿。我透过车窗看远处的草原全然是一个童话世界。雨雾中不时闪出一条条金色的飘带，那是黄花盛开的油菜；一方方红的积木，那是牧民的新居；还有许多白色的大蘑菇，那是毡房。这一切都被洇浸得如水彩、如倒影、如童年记忆中的炊烟、如黄昏古寺里的钟声。我一次次地抬头远望，一次次地捕捉那似有似无的蜃楼。脑际又隐隐闪过五彩的鲜花，美妙的歌声还有卓玛的羊群。

我突然想到这自然世界和人的内心世界在审美上是多么相通。你看遥远的东西是美丽的，因为长距离为人们留下了想象的空间，如悠悠的远山，如沉沉的夜空；朦胧的东西是美丽的，因为它舍去了事物粗糙的外形而抽象出一个美的轮廓，如月光下的凤尾竹，如灯影中的美人；短暂的东西是美丽的，因为它只截取最美的一瞬，如盛开的鲜花，如偶然的邂逅；逝去的东西也是美丽的，因为它留给我们永不能再的惆怅，也就有了永远的回味，如童年的欢乐，如初恋的心跳，如破灭的理想。王洛宾真不愧为音乐大师，对于天地间和人心深处的美丽，“提笔撮其神，一曲皆留住”。他偶至一个遥远的地方轻轻哼出一首歌，一下子就幻化成一个叫我们永远无法逃脱的光环，美似穹庐，直到永远。

原载于2002年第5期《美文》

# 乱世中的美神

李清照是因为那首著名的《声声慢》被人们所记住的。那是一种凄冷的美，特别是那句“寻寻觅觅，冷冷清清，凄凄惨惨戚戚”，简直成了她个人的专有品牌，彪炳于文学史，空前绝后，没有任何人敢于企及。于是，她便被当做了愁的化身。当我们穿过历史的尘烟咀嚼她的愁情时，才发现在中国三千年的古代文学史中，特立独行、登峰造极的女性也就只有她一人。而对她的解读又“怎一个愁字了得”。

其实李清照在写这首词前，曾经有过太多太多的欢乐。

李清照于宋神宗元丰七年（1084 年）出生于一个官宦人家。父亲李格非进士出身，在朝为官，地位并不算低，是学者兼文学家，又是苏东坡的学生。母亲也是名门闺秀，善文学。这样的出身，在当时对一个女子来说是很可贵的。官宦门第及政治活动的濡染，使她视界开阔，气质高贵。而文学艺术的熏陶，又让她能更深切细微地感知生活，体验美感。因为不可能有当时的照片传世，我们现在无从知道她的相貌。但据这出身的推测，再参考她以后诗词所流露的神韵，她该天生就是一个美人胚子。李清照几乎从一懂事，就开始接受中国传统文化的审美训练。又几乎是同时，她一边创作，一边评判他人，研究文艺理论。她不但会享受美，还能驾驭美，一下就跃上一个很高的起点，而这时她还是一个待字闺中的少女。

请看下面这三首词：

绣面芙蓉一笑开，斜飞宝鸭衬香腮，眼波才动被人猜。
一面风情深有韵，半笺娇恨寄幽怀，月移花影约重来。
（注：宝鸭，发型。）

《浣溪沙》

坦荡春光寒食天，玉炉沉水袅残烟，梦回山枕隐花钿。
海燕未来人斗草，江梅已过柳生绵，黄昏疏雨湿秋千。
（注：沉水，香名；斗草，一种游戏。）

《浣溪沙》

蹴罢秋千，起来慵整纤纤手。露浓花瘦，薄汗轻衣透。
见有人来，袜刬金钗溜，和羞走。倚门回首，却把青梅嗅。
（注：袜刬，不穿鞋。）

《点绛唇》

一个天真无邪的少女，秀发香腮，面如花玉，情窦初开，春心萌动，难以按捺。她躺在闺房中，或者傻傻地看着沉香袅袅，或者起身写一封情书，然后又到后园里去与女伴斗一会儿草。

官宦人家的千金小姐，享受着舒适的生活，并能得到一定的文化教育，这在数千年封建社会中并不奇怪。令人惊奇的是，李清照并没有按常规初识文字、娴熟针绣，然后就等待出嫁。她饱览了父亲的所有藏书，文化的汁液将她浇灌得不但外美如花，而且内秀如玉。她在驾驭诗词格律方面已经如斗草、荡秋千般随意自如。而品评史实人物，却胸有块垒，大气如虹。

唐开元天宝间的安史之乱及其被平定是中国历史上的一个大事件，后人多有评论。唐代诗人元结作有著名的《大唐中兴颂》，并请大书法家颜真卿书刻于壁，被称为“双绝”。与李清照同时的张文潜，是“苏门四学士”之一，诗名已盛，也算个大人物，曾就这道碑写了一首诗，感叹：

天遣二子传将来，高山十丈摩苍崖。

谁持此碑入我室，使我一见昏眸开。

这诗转闺阁，入绣户，传到李清照的耳朵里，她随即和一首道：

五十年功如电扫，华清宫柳咸阳草。
五坊供俸斗鸡儿，酒肉堆中不知老。
胡兵忽自天上来，逆胡亦是奸雄才。
勤政楼前走胡马，珠翠踏尽香尘埃。
何为出战辄披靡，传置荔枝多马死。
尧功舜德本如天，安用区区记文字。
著碑铭德真陋哉，乃令神鬼磨山崖。

你看这诗的气势哪像是出自一个闺中女子之手。铺叙场面，品评功过，慨叹世事，不让浪漫豪放派的李白、辛弃疾。李父格非初见此诗不觉一惊，这诗传到外面更是引起文人堆里好一阵躁动。李家有女初长成，笔走龙蛇起雷声。少女李清照静静地享受着娇宠和才气编织的美丽光环。

爱情是人生最美好的一章。它是一个渡口，一个人将从这里出发，从少年走向青年，从父母温暖的翅膀下走向独立的人生，包括再延续新的生命。因此，它充满着期待的焦虑、碰撞的火花、沁人的温馨，也有失败的悲凉。它能奏出最复杂、最震撼人心的交响，许多伟人的生命都是在这一刻放出奇光异彩的。

当李清照满载着闺中少女所能得到的一切幸福，步入爱河时，她的美好人生又更上层楼，为我们留下了一部爱情经典。她的爱情不像西方的罗密欧与朱丽叶，也不像东方的梁山伯与祝英台，不是那种经历千难万阻，要死要活之后才享受到的甜蜜，而是起步甚高，一开始就跌在蜜罐里，就站在山顶上，就住进了水晶宫里。夫婿赵明诚是一位翩翩少年，两人又是文学知己，情投意合。赵明诚的父亲也在朝为官，两家门当户对。更难得的是他们二人除一般文人诗词琴棋的雅兴外，还有更相投的事业结合点——金石研究。在不准自由恋爱，要靠媒妁之言、父母之意的封建时代，他俩能有这样的爱情结局，真是天赐良缘，百里挑一了。就像陆游的《钗头凤》为我们留下爱的悲伤一样，李清照为我们留下了爱情的另一端——爱的甜美。这个爱情故事，经李清照妙笔的深情润色，成了中国人千余年来的精神享受。

请看这首《减字木兰花》：

> 卖花担上，买得一枝春欲放。泪染轻匀，犹带彤霞晓露痕。
> 怕郎猜道，奴面不如花面好。云鬓斜簪，徒要教郎比比看。

这是婚后的甜蜜，是对丈夫的撒娇。从中也透出她对自己美丽的自信。

再看这首送别之作《一剪梅》：

> 红藕香残玉簟秋。轻解罗裳，独上兰舟。云中谁寄锦书来？雁字回时，月满西楼。
>
> 花自飘零水自流。一种相思，两处闲愁。此情无计可消除，才下眉头，却上心头。

离愁别绪，难舍难分，爱之愈深，思之愈切。另是一种甜蜜偷偷地咀嚼。

更重要的是，李清照绝不是一般的只会叹息几句“贱妾守空房”的小妇人，她在空房里修炼着文学，直将这门艺术练得炉火纯青，于是这种最普通的爱情表达竟变成了夫妻间的命题创作比赛，成了他们向艺术高峰攀登的记录。

请看这首《醉花阴·重阳》：

> 薄雾浓云愁永昼，瑞脑销金兽。佳节又重阳，玉枕纱厨，半夜凉初透。
>
> 东篱把酒黄昏后，有暗香盈袖。莫道不消魂，帘卷西风，人比黄花瘦。

这是赵明诚在外地时，李清照寄给他的一首相思词。彻骨地爱恋，痴痴地思念，借秋风黄花表现得淋漓尽致。史载赵明诚收到这首词后，先为情所感，后更为词的艺术力所激，发誓要写一首超过妻子的词。他闭门谢客，三日得词50首，将李词杂于其间，请友人评点，不料友人说只有三句最好："莫道不消魂，帘卷西风，人比黄花瘦。"赵自叹不如。这个故事流传极广，可想他们夫妻二人是怎样在相互爱慕中享受着琴瑟相和的甜蜜。这也令后世一切有才有貌却得不到相应质量爱情的男女感到一丝的悲凉。李清照自己在《金石录后序》里追忆那段生活时说："余性偶强记，每饭罢，坐归来堂，烹茶，指堆积书史，言某事在某书、某卷、第几页、第几行，以中否角胜负，为饮茶先后。中即举杯大笑，至茶倾覆怀中，反不得饮而起，甘心老乡矣。"这是何等的幸福，何等的欢乐，怎一个"甜"字了得。这蜜一样的生活，滋养着她绰约的风姿和旺盛的艺术创造力。

但上天早就发现了李清照更博大的艺术才华。如果只让她这样去轻松地写一点闺怨闲愁，中国历史、文学史将会从她的身边白白走过。于是宇宙爆炸，时空激荡，新的人格考验，新的命题创作一起推到了李清照的面前。

宋王朝经过167年"清明上河图"式的和平繁荣之后，天降煞星，北方崛起了一个游牧民族。金人一锤砸烂了都城汴京（开封）的琼楼玉苑，还掠走了徽、钦二帝，赵宋王朝于公元1127年匆匆南逃，开始了中国历史上国家民族极屈辱的一页。李清照在山东青州的爱巢也树倒窝散，一家人开始过着漂泊无定的生活。南渡第二年，赵明诚被任为京城建康的知府，不想就在这时发生了一件国耻又蒙家羞的事。一天深夜，城里发生叛乱，身为地方长官的赵明诚不是身先士卒指挥戡乱，而是偷偷用绳子缒城逃走。事定之后，他被朝廷撤职。李清照这个柔弱女子，在这件事上却表现出大节大义，很为丈夫临阵脱逃而羞愧。赵被撤职后夫妇二人继续沿长江而上向江西方向流亡，一路难免有点别扭，略失往昔的鱼水之和。当行至乌江镇时，李清照得知这就是当年项羽兵败自刎之处，不觉心潮起伏，面对浩浩江面，吟下了这首千古绝唱：

> 生当作人杰，死亦为鬼雄。
> 至今思项羽，不肯过江东。

丈夫在其身后听着这一字一句的金石之声，面有愧色，心中泛起深深的自责。第二年（1129 年）赵明诚被召回京复职，但随即急病而亡。

人不能没有爱，如花的女人不能没有爱，感情丰富的女诗人就更不能没有爱。正当她的艺术之树在爱的汁液浇灌下茁壮成长时，上帝无情地斩断了她的爱河。李清照是一懂得爱就被爱所宠、被家所捧的人，现在一下被困在了干涸的河床上，她怎么能不犯愁呢？

失家之后的李清照开始了她后半生的三大磨难。

第一大磨难就是再婚又离婚，遭遇感情生活的痛苦。

赵明诚死后，李清照行无定所，身心憔悴，不久嫁给了一个叫张汝舟的人。对于李清照为什么改嫁，史说不一，但一个人生活的艰辛恐怕是主要原因。这个张汝舟，初一接触也是个彬彬有礼的君子，刚结婚之后张对她照顾得也还不错，但很快就露出原形，原来他是想占有李清照身边尚存的文物。这些东西李视之如命，而且《金石录》也还没有整理成书，当然不能失去。在张看来，你既嫁我，你的身体连同你的一切都归我所有，为我支配，你还会有什么独立的追求？两人先是在文物支配权上闹矛盾，渐渐发现志向情趣大异，真正是同床异梦。张汝舟先是以占有这样一个美妇名词人自豪，后渐因不能俘获她的心，不能支配她的行为而恼羞成怒，最后完全撕下文人的面纱，拳脚相加，大打出手。华帐前，红烛下，李清照看着这个小白脸，真是怒火中烧。曾经沧海难为水，心存高洁不低头。李清照视人格比生命更珍贵，哪里受得这种窝囊气，便决定与他分手。但在封建社会女人要离婚谈何容易。无奈之中，李清照走上一条绝路，鱼死网破，告发张汝舟的欺君之罪。

原来，张汝舟在将李清照娶到手后十分得意，就将自己科举考试

作弊过关的事拿来夸耀。这当然是大逆不道。李清照知道，只有将张汝舟告倒治罪，自己才能脱离这张罗网。但依宋朝法律，女人告丈夫，无论对错输赢，都要坐牢两年。李清照是一个在感情生活上绝不凑合的人，她宁肯受皮肉之苦，也不受精神的奴役。一旦看穿对方的灵魂，她便表现出无情的鄙视和深深的懊悔。她在给友人的信中说："猥以桑榆之晚景，配兹驵侩之下材。"她是何等刚烈之人，宁可坐牢下狱也不肯与"驵侩"之人为伴。这场官司的结果是张汝舟被发配到柳州，李清照也随之入狱。我们现在想象李清照为了婚姻的自由，在大堂之上，扬首挺胸，将纤细柔弱的双手伸进枷锁中的一瞬，其坚毅安详之态真不亚于项羽引颈向剑时那勇敢的一刎。可能是李清照的名声太大，当时又有许多人关注此事，再加上朝中友人帮忙，李只坐了9天牢便被释放了。但这在她心灵深处留下了重重的一道伤痕。

今天男女之间分离结合是合法合情的平常事，但在宋代，一个女人，尤其是一个读书女人的再婚又离婚，就要引起社会舆论的极大歧视。在当时和事后的许多记载李清照的史书中都是一面肯定她的才华，同时又无不以"不终晚节""无检操""晚节流荡无归"记之。节是什么？就是不管好坏，女人都得跟着这个男人过，就是你不许有个性的追求。可见我们的女诗人当时是承受了多么大的心理压力。但是她不怕，她坚持独立的人格，坚持高质量的爱情，她以两个月的时间快刀斩乱麻，甩掉了张汝舟这个"驵侩"包袱，便全身心地投入到《金石录》的编写中去了。现在我们读这段史料，真不敢相信是发生在近千年以前宋代的事，倒像是一个"五四"时代反封建的新女性。

生命对人来说只有一次，那么爱情对一个人来说有几次呢？大概最美好的、最揪心彻骨的也只有一次。爱情是在生命之舟上做着的一种极危险的实验，是把青春、才华、时间、事业都要赌进去的实验。只有极少的人第一次便告成功，他们像中了头彩的幸运者一样，一边窃喜着自己的侥幸，美其名曰"缘"；一边又用同情、怜悯的目光审视着其余芸芸众生们的失败，或者半失败。李清照本来是属于这一类型的，但上苍欲成其名，必先夺其情，苦其心。于是就把她赶出这幸福一族，先是让赵明诚离她而去，再派一个张汝舟来试其心志。她驾着一叶生命的孤舟迎着世俗的恶浪，以破釜沉舟的胆力做了好一场恶斗。本来爱情一次失败，再试成功，甚而更加风光者大有人在，司马相如与卓文君就是。李清照也是准备再攀爱峰的，但可惜没有翻过这道山梁。这是一个悲剧。一个女人心中爱的火花就这样永远地熄灭了，这怎么能不令她沮丧，叫她犯愁呢？

李清照的第二大磨难是，身心颠沛流离，四处逃亡。

1129 年 8 月，丈夫赵明诚刚去世，9 月就有金兵南犯。李清照带着沉重的书籍文物开始逃难。她基本上是追随着皇上逃亡的路线，国君是国家的代表啊。但是这个可怜可恨的高宗赵构并没有这个觉悟，他不代表国家，就代表他自己的那条小命。他从建康出逃，经越州、明州、奉化、宁海、台州，一路逃下去，一直漂泊到海上，又过海到温州。李清照一孤寡妇人眼巴巴地追寻着国君远去的方向，自己雇船，求人，投亲靠友，带着她和赵明诚一生搜集的书籍文物，这样苦苦地坚持着。赵明诚生前有托，这些文物是舍命也不能丢的，而且《金石录》也还没有出版，这是她一生的精神寄托。她还有一个想法，就是这些文物在战火中靠她个人实在难以保全，希望追上去送给朝廷，但是她始终没能追上皇帝。她在当年 11 月流浪到衢州，第二年 3 月又到越州。这期间，她寄存在洪州的两万卷书、两千卷金石拓片又被南侵的金兵焚掠一空。而到越州时随身带着的五大箱文物又被贼人破墙盗走。1130 年 11 月，皇上看到身后跟随的人太多不利逃跑，干脆就下令遣散百官。李清照望着龙旗龙舟消失在茫茫大海中，就更感到无限的失望。就按封建社会的观念，国家者国土、国君、百姓。今国土让人家占去一半，国君让人家撵得抱头鼠窜，百姓四处流离。国已不国，君已不君，她这个无处立身的亡国之民怎么能不犯愁呢？李清照的身心在历史的油锅里忍受着痛苦的煎熬。

大约是在避难温州时，她写下这首《添字采桑子》：

窗前谁种芭蕉树？阴满中庭。阴满中庭，叶叶心心，舒卷有余情。

伤心枕上三更雨，点滴霖霪。点滴霖霪，愁损北人，不惯起

来听。

“北人”是什么样人呢？就是流浪之人，是亡国之民，李清照正是这其中的一个。中国历史上的异族入侵多是由北而南，所以“北人”逃难就成了一种历史现象，也成了一种文学现象。“愁损北人，不惯起来听”，我们听到了什么呢？听到了祖逖中流击水的呼喊，听到了陆游“遗民泪尽胡尘里，南望王师又一年”的叹息，听到了辛弃疾“可堪回首，佛狸祠下，一片神鸦社鼓”的无奈，更又仿佛听到了“我的家在松花江上”那悲凉的歌声。

1134 年，金人又一次南侵，赵构又弃都再逃。李清照第二次流亡到了金华。国运维艰，愁压心头。有人请她去游附近的双溪名胜，她长叹一声，无心出游。

风住尘香花已尽，日晚倦梳头。物是人非事事休，欲语泪先流。

闻说双溪春尚好，也拟泛轻舟。只恐双溪舴艋舟，载不动许多愁。

《武陵春》

李清照在流亡途中行无定所，国家支离破碎，到处物是人非，这愁就是一条船也载不动啊。这使我们想起杜甫在逃难中的诗句“感时花溅泪，恨别鸟惊心”。李清照这时的愁早已不是“一种相思，两处闲愁”的家愁、情愁，现在国已破，家已亡，就是真有旧愁，想觅也难寻了。她这时是《诗经》的《离黍》之愁，是辛弃疾“而今识尽愁滋味”的愁，是国家民族的大愁，她是在替天发愁啊。

李清照是恪守“诗言志，歌永言”古训的。她在词中所歌唱的主要是一种情绪，而在诗中直抒的才是自己的胸怀、志向、好恶。因为她的词名太甚，所以人们大多只看到她愁绪满怀的一面。我们如果参读她的诗文，就能更好地理解她的词背后所蕴含的苦闷、挣扎和追求，就知道她到底愁为哪般了。

1133年，高宗忽然想起应派人到金国去探视一下徽、钦二帝，顺便打探有无求和的可能。但听说要入虎狼之域，一时朝中无人敢应命。大臣韩肖胄见状自告奋勇，愿冒险一去。李清照日夜关心国事，闻此十分激动，满腹愁绪顿然化作希望与豪情，便作了一首长诗相赠。她在序中说："有易安室者，父祖皆出韩公门下，今家世沦替，子姓寒微，不敢望公之车尘。又贫病，但神明未衰弱。见此大号令，不能忘言，作古、律诗各一章，以寄区区之意。"当时她是一个贫病交加、身心憔悴、独身寡居的妇道人家，却还这样关心国事。不用说她在朝中没有地位，就是在社会上也轮不到她来议论这些事啊。但是她站了出来，大声歌颂韩肖胄此举的凛然大义："愿奉天地灵，愿奉宗庙威。径持紫泥诏，直入黄龙城。""脱衣已被汉恩暖，离歌不道易水寒。"她愿以一个民间寡妇的身份临别赠几句话："闾阎嫠妇亦何知，沥血投书干记室"，"不乞隋珠与和璧，只乞乡关新信息"，"子孙南渡今几年，飘零遂与流人伍。欲将血泪寄山河，去洒东山一抔土。"

浙江金华有因南北朝时沈约曾题《八咏诗》而得名的一座名楼。李避难于此，登楼遥望这残存的南国半壁江山，不禁临风感慨：

> 千古风流八咏楼，江山留与后人愁。
> 水通南国三千里，气压江城十四州。
>
> 《题八咏楼》

我们单看这诗的气势，这哪里像一个流浪中的女子所写啊，倒像一个急待收复失地的将军或一个忧国伤时的臣子所写。那一年我到金华特地去凭吊这座名楼。时日推移，楼已被后起的民房拥挤在一处深巷里，但依然鹤立鸡群，风骨不减当年。一位看楼的老人也是个李清照迷，他向我讲了几个李清照故事的民间版本，又拿出几页新搜集的手抄的李词送给我。我仰望危楼，俯察巷陌，深感词人英魂不去，长在人间。李清照在金华避难期间，还写了一篇《打马赋》。"打马"本是当时的一种赌博游戏，李却借题发挥，在文中大量引用历史上名臣良将的典故，状写金戈铁马、挥师疆场的气势，谴责宋室的无能。文

末直抒自己烈士暮年的壮志：

木兰横戈好女子，老矣不复志千里。但愿相将过淮水！

从这些诗文中可以看见，她真是“位卑不敢忘忧国”，何等地心忧天下、心忧国家啊。“但愿相将过淮水”，这使我们想起祖逖闻鸡起舞，想起北宋抗金名臣宗泽病危之时仍拥被而坐大喊：过河！这是一个女诗人，一个“閭阎嫠妇”发出的呼喊啊！与她早期的闲愁闲悲真是相差十万八千里。这愁中又多了多少政治之忧，民族之痛啊。

后人评李清照常常观止于她的一怀愁绪，殊不知她的心灵深处，总是冒着抗争的火花和对理想的呼喊。她是为看不到出路而愁啊！她不依奉权贵，不违心做事。她和当朝权臣秦桧本是亲戚，秦桧的夫人是她二舅的女儿，亲表姐。但是李清照与他们概不来往，就是在她的婚事最困难的时候，她宁可去求远亲也不上秦家的门。秦府落成，大宴亲朋，她也拒不参加。她不满足于自己“学诗漫有惊人句”，而“欲将血泪寄山河”，她希望收复失地，“径持紫泥诏，直入黄龙城”。但是她看到了什么呢？是偏安都城的虚假繁荣，是朝廷打击志士、迫害忠良的怪事，是主战派和民族义士们血泪的呼喊。1142 年，也就是李清照 58 岁这一年，岳飞被秦桧下狱害死。这件案子惊动京城，震动全国，乌云压城，愁结广宇。李清照心绪难宁，我们的女诗人又陷入更深的忧伤之中。

李清照遇到的第三大磨难是超越时空的孤独。

感情生活的痛苦和对国家民族的忧心，已将她推入深深的苦海，她像一叶孤舟在风浪中无助地飘摇。但如果只是这两点，还不算最伤最痛，最孤最寒。本来生活中婚变情离者，时时难免；忠臣遭弃，也是代代不绝，更何况她一柔弱女子又生于乱世呢？问题在于她除了遭遇国难、情愁，就连想实现一个普通人的价值，竟也是这样的难。已渐入暮年的李清照没有孩子，守着一孤清的小院落，身边没有一个亲人。国事已难问，家事怕再提，只有秋风扫着黄叶在门前盘旋，偶尔有一两个旧友来访。她有一孙姓朋友，其小女 10 岁，极为聪颖。一日孩子来玩时，李清照对她说，你该学点东西，我老了，愿将平生所学相授。不想这孩子脱口说道："才藻非女子事也。"李清照不由得倒抽一口凉气，她觉得一阵晕眩，手扶门框，才使自己勉强没有摔倒。童言无忌，原来在这个社会上有才有情的女子是真正多余啊！而她却一直还奢想什么关心国事、著书立说、传道授业。她收集的文物汗牛充栋，她学富五车，词动京华，到头来却落得个报国无门，情无所托，学无所传，别人看她如同怪物。

李清照感到她像是落在四面不着边际的深渊里，一种可怕的孤独向她袭来，这个世界上没有一个人能读懂她的心。她像祥林嫂一样茫然地行走在杭州深秋的落叶黄花中，吟出这首浓缩了她一生和全身心痛楚的、也确立了她在中国文学史上地位的《声声慢》：

> 寻寻觅觅，冷冷清清，凄凄惨惨戚戚。乍暖还寒时候，最难将息。三杯两盏淡酒，怎敌它，晚来风急。雁过也，正伤心，却是旧时相识。
>
> 满地黄花堆积，憔悴损，如今有谁堪摘？守着窗儿，独自怎生得黑！梧桐更兼细雨，到黄昏，点点滴滴。这次第，怎一个愁字了得？

是的，她的国愁、家愁、情愁，还有学术之愁，怎一个愁字了得！

李清照所寻寻觅觅的是什么呢？从她的身世和诗词文章中，我们至少可以看出，她在寻觅三样东西。一是国家民族的前途。她不愿看到山河破碎，不愿"飘零遂与流人伍"，"欲将血泪寄山河"。在这点上她与同时代的岳飞、陆游及稍后的辛弃疾是相通的。但身为女人，她既不能像岳飞那样驰骋疆场，也不能像辛弃疾那样上朝议事，甚至不能像陆、辛那样有政界、文坛朋友可以痛痛快快地使酒骂座，痛拍栏杆。她甚至没有机会和他们交往，只能独自一人愁。二是寻觅幸福的爱情。她曾有过美满的家庭，有过幸福的爱情，但转瞬就破碎了。她也做过再寻真爱的梦，但又碎得更惨，甚至身负枷锁，锒铛入狱。还被以"不终晚节"载入史书，生前身后受此奇辱。她能说什么呢？

也只有独自一人愁。三是寻觅自身的价值。她以非凡的才华和勤奋，又借着爱情的力量，在学术上完成了《金石录》巨著，在词艺上达到了空前的高度。但是，那个社会不以为奇，不以为功，连那10岁的小女孩都说“才藻非女子事”。甚至后来陆游为这个孙姓女子写墓志时都认为这话说得好。以陆游这样热血的爱国诗人，也认为“才藻非女子事”，李清照还有什么话可说呢？她只好一人咀嚼自己的凄凉，又是只有一个愁。

李是研究金石学、文化史的，她当然知道从夏商到宋，女人有才藻、有著作的寥若晨星，而词艺绝高的也只有她一人。都说物以稀为贵，而她却被看做是异类，是叛逆，是多余。她环顾上下两千年，长夜如磐，风雨如晦，相知有谁？鲁迅有一首为歌女立照的诗：“华灯照宴敞豪门，娇女严妆侍玉尊。忽忆亲情焦土下，佯看罗袜掩啼痕。”李清照是一个被封建社会役使的歌者，她本在严装靓容地侍奉着这个社会，但忽然想到她所有的追求都已失落，她所歌唱的无一实现，不由得一阵心酸，只好“佯说黄花与秋风”。

李清照的悲剧就在于她是生在封建时代的一个有文化的女人。作为女人，她处在封建社会的底层，作为一个知识分子，她又处在社会思想的制高点，她看到了许多别人看不到的事情，追求着许多别人不追求的境界，这就难免有孤独的悲哀。本来，三千年封建社会，来来往往有多少人都在心安理得、随波逐流地生活。你看，北宋仓皇南渡后不是又夹风夹雨，称臣称儿地苟延了152年吗！尽管与李清照同时代的陆游愤怒地喊道：“公卿有党排宗泽，帷幄无人用岳飞”，但朝中的大人们不是照样做官，照样花天酒地吗？你看，虽生乱世，有多少文人不是照样手摇折扇、歌咏风月、琴棋书画了一生吗？你看，有多少女性，就像那个孙姓女子一般，不学什么辞藻，不追求什么爱情，不是照样生活吗？但是李清照却不，她以平民之身，思公卿之责，念国家大事；以女人之身，求人格平等，爱情之尊。无论对待政事、学业还是爱情、婚姻，她决不随波，决不凑合，这就难免有了超越时空的孤独和无法解脱的悲哀。她背着沉重的十字架，集国难、家难、婚难和学业之难于一身，凡封建专制制度所造成的政治、文化、道德、婚姻、人格方面的冲突、磨难，都折射在她那如黄花般瘦弱的身子上。一如她的名字所昭示的，“明月松间照，清泉石上流”。李清照骨子里所追求的是一种人格上的超群脱俗，这就难免像屈原一样“众人皆醉我独醒”，难免有超现实的理想化的悲哀。有一本书叫《百年孤独》，李清照是千年孤独，环顾女界无同类，再看左右无相知，所以她才上溯千年到英雄霸王那里去求相通，“至今思项羽，不肯过江东”。还有，她不可能知道，千年之后，到封建社会气数将尽时，才又出了一个与她相知相通的女性——秋瑾，那秋瑾回首长夜三千年，也长叹了一声：“秋雨秋风愁煞人！”

如果李清照像那个孙姓女孩或者鲁迅笔下的祥林嫂一样，是一个已经麻木的人，也就算了；如果李清照是以死抗争的杜十娘，也就算了。她偏偏是以心抗世，以笔唤天。她凭着极高的艺术天赋，将这漫天愁绪又抽丝剥茧般地进行了细细地纺织，化愁为美，创造了让人们永远享受无穷的词作珍品。李词的特殊魅力就在于它一如作者的人品，于艾怨缠绵之中有执著坚韧的阳刚之气，虽为说愁，实为写真情大志，所以才耐得人百年千年地读下去。郑振铎在《中国文学史》中评价说：“她是独创一格的，她是独立于一群词人之中的。她不受别的词人的什么影响，别的词人也似乎受不到她的影响。她是太高绝一时了，庸才的作家是绝不能追得上的。无数的词人诗人，写着无数的离情闺怨的诗词；他们一大半是代女主人翁立言的，这一切的诗词，在清照之前，直如粪土似的无可评价。”于是，她一生的故事和心底的怨愁就转化为凄清的悲剧之美，她和她的词也就永远高悬在历史的星空。

随着时代的进步，李清照当年许多痛苦着的事和情都已有了答案，可是当我们偶然再回望一下千年前的风雨时，总能看见那个立于秋风黄花中的寻寻觅觅的美神。

原载于2003年第3期《十月》

# 平塘藏字石记

十月里因事过贵州黔南，甫坐未定，当地领导就急切地说，我们这里出了一件奇事。平塘县有一巨石落地，中裂为二，裂面处凸现“中国共产党”五字。我说，世上哪有这等巧事？对方说，凡初听者都不信，人家还讽刺我们说，莫不是穷疯了，编此奇事诓人，因此我们特请专家进行了鉴定。

第二天，我即驱车平塘，出县城后又蜿蜒起伏疾驰六十多公里，折入一谷地，忽山清水秀，绿风荡荡，原来已进入掌布河谷。沿谷地深入数里，弃车步行至一村，名“桃坡村”。村口矗立一巨木，是一棵有五百年树龄的枫香树。前不久，于夜深人静时，此树轰然倒裂，现留一十多米高的树桩，三人不能合抱，桩上又发新枝。而倒地的树干压折一棵老银杏后横卧于路，如壮牛猛虎，气势逼人。树枝已被削去，粗者如腰，细者如臂，散落于路下田中竟占地一亩。未见奇石先见老树，邈邈古风，幽谷中来。

绕过古木，是石砌小路。路旁有宽深一米的水渠，水清见底，水中草蔓飘舞如带，石子莹润如玉。我自少年时代一别三晋名泉晋祠之水，就再未见过这样清澈透亮的山泉。不觉心头一紧，才意识到大自然库藏的珍品真是越来越少。沿这条清水古道缓缓而上，过一滩，名浪马滩，碧水平泻，乱石如奔马。过一泉，名长寿泉，因乡人常饮此水多高寿而名。两岸陡崖如壁，竹木披拂，藤缠草覆，绿云扑地。渐行至河谷中段，隔水相望，对岸悬崖下有两棵十多米高的大树，树阴中隐隐有物，导游以手相指说那里即是藏字石。要观石，先得过一吊桥。桥迎壁飞架而去，人一过桥即与悬崖撞个满怀。我不由举首仰望，壁立如削，峰起如剑，云行高空，风吼谷底，忽觉人之渺小。桥左有一对巨石，即为藏字石。从现场来看，此石从石壁上坠落而下后分为两半，相距可容两人，两石各长七米有余，高近三米，重一百余吨。右石裂面清晰可见“中国共产党”五个横排大字，字体匀称方整。每字近一尺见方。笔划直挺，突起于石面，如人工浮雕。在这行字的前后还有一些凸出的蛛丝马迹，不成文字。我大惊大奇，实在不敢接受这个现实。天工虽巧，怎能巧到这般？虽然我们也常在石壁上发现些白云苍狗，如人如兽，如画如图，但那也只限于象形的比附。今天突然有巨石能写字，会说话，铁画银钩，颜体笔法，且言政治术语，叫人怎么能相信，怎么敢相信？

但是，面对这块一分为二、内藏五字的石头我们又不能不信。经地质专家组鉴定，该石是从山体上剥落下来无疑。现离地 15 米处的石壁上还有坠石下落后留下的凹槽。而山体、巨石及石上的字体，主要化学成分都一致，说明它们曾共生共存，浑然一体。字体也没有人工雕琢、塑造、粘贴的痕迹。这字的成因则是由海绵、腕足类等生物形成化石，偶然组成这五个大字。巨石坠落时，受力不均，沿字的节理处剖裂开来。据测算，石之生成距今已两亿八千万年，而坠落于地也已有五百年，在长年的风雨侵蚀中，化石硬度稍高，就更凸现于石面。过去于两石间长期堆秸秆树枝，石旁又有两株大树遮掩，从没有引起人的注意。今春，为推广景区风景，当地举办一次摄影活动，村支书张国富在清扫此地时无意中发现这石上的五个大字，石中藏字的消息遂即传开。

看过奇石，我又大体浏览了一下周边的风景。由奇石处上行有藤竹峡，因遍生藤竹得名。此种珍稀植物我还是第一次见到，其细如丝，其柔如藤，却属竹科，缘壁附崖，牵挂缠绕，两岸数里如金丝织就，一片灿烂。有抱石崖，崖面均匀生出圆形石卵，如鱼眼鼓突，如恐龙遗蛋，有足球之大，共三百六十六颗。当地人说此石三十年一熟，会

自然拱破石壁，接续而生。其余路边风景都十分可人，如光硬的石壁上会钻出无根之松，郁郁葱葱；滩里巨石上无土无沙，却杂树成林；水中的群鱼细小如豆，会逐人腿而吻，称“吻人鱼”，都为别处之少见。掌布河流域本就风景奇特，早在七年前就已辟为旅游开发区，今发现藏字石更锦上添花。自然中有奇巧之事本也有科学之理。因为任何事物都可以看作无数个点的排列组合，大自然在无限的时空中总能组合出最理想的图案。今石上这几个字只是一巧而已。也许某年于某石中还会发现别的字迹。著名科普作家阿西莫夫说过：“如果把一只猫放在一架打字机上，只要给它足够的时间，也能打出一部莎士比亚。”而这种万年、亿年才有一遇的巧事，竟幸临平塘县这个布依村寨。这是天赐旅游良机，助民致富。村民已借天成的“中国共产党”五字增设了红色旅游主题，于石旁空地立十六面石碑，简述中共一大至十六大的梗概。

这石两亿年前天生而成，五百年前自然坠地，其时村口一株枫香树又破土而出，而在今年，忽一日树断枝裂，石中藏字也惊现人间，这一连串巧合莫非天意？离开村口时，我又细端古树，怅然有思。地方同志见状问有何建议，我说有两条。一者，此卧地断木是天赐史书，叫我们牢记过去。可剖光断面，展其年轮，呈于游人。并可标出哪一轮是五百年前，哪一轮是1840，是1921，是1949，直至树断字现之年的2003年，当更显厚重，更有新意。二者，天降“中国共产党”五个大字，是要我们自警自策，与时俱进，当地党政部门一定更要爱民忧民，年有新政。不只让百姓感到石上“中国共产党”之奇，更要感到身边的中国共产党之亲。这样才不负天之祥瑞，民之殷情。

2003年10月8日

# 你不能没有家

近读一篇谈烈士后代赵一曼之子境遇的文章，暗吃一惊，阴影在胸挥之不去，并生出许多关于家的联想。

赵一曼受命到东北领导抗日工作时，孩子才出生不久。我们现在能看到的是烈士抱着孩子的那幅照片和那个著名的“遗言”：“宁儿，母亲于你没有尽到教育的责任，实在是遗憾的事情。……希望你，宁儿啊，赶快成人，来安慰你地下的母亲！”但是宁儿，就是后来的陈掖贤，成长情况并不理想。因母亲离开之后父亲又受共产国际派遣到国外工作，陈只好寄养在伯父家。他稍大一点，总有寄人篱下之感，性格内向，常郁郁不乐。新中国成立后，生父回国，但已另有妻室，他也未能融进这个新家。

陈的姑姑陈琮英（任弼时爱人）找到陈掖贤，送他到人民大学外交系读书。但他毕业后却未能从事外交工作，原因说来有点可笑，只因个人卫生太差，不修边幅，甚至蓬头垢面。他被分配到一所学校教书。在以后的工作中，应该说组织上对这位烈士子女还是多有照顾，但他有一个令人难以置信的致命的弱点：自己管理不了自己的个人卫生和每月几十元的工资。屋内被子从来不叠，烟蒂遍地。钱总是上半月大花，后半月借债。组织上只好派人与之同住一屋，帮助整理卫生，并帮管开支。后来甚至到了这种程度：每月工资发下，代管者先替他还债，再买饭票，再分成四份零花钱，每周给一份。但这样仍是管不

住，他竟把饭票又兑成现钱去喝酒。一次他四五天未露面，原来是没钱吃饭，饿在床上不能动了。婚姻也不理想，结了离，离了又复，家事常吵吵闹闹，最后的结局是自缢身亡。这真是一个让人心酸的故事。

陈掖贤血统不是不好，烈士后代；组织上也不是不关照，可谓无微不至；本人智力也不差，教学工作还颇受称道。但为何竟是这样的下场呢？是最基本的生存能力、生活能力过不了关！而这个能力又不是学校、社会、组织上能包办的，它只有从小教育，而且只有通过家庭教育才能得到。赵一曼烈士在遗书中已经预感到这种没有尽到教育责任的遗憾。这种情况如果烈士九泉之下有知，一颗母爱之心不知又该受怎样的煎熬。

一个人品德和能力的养成有三个来源，学校的知识灌输、社会实践的磨炼和家庭的熏陶培养。家庭是这链条上的第一环。人一落地是一张白纸，先由家庭教育来定底色。家庭教育与学校、社会教育最大的不同是：无条件的“爱”，以爱来暖化孩子，煨弯、拉直定型。学校教育有前提，讲纪律，讲成绩；社会教育有前提，讲原则，讲利害。家庭里的爱，特别是母爱是没有原则和前提的，爱就是前提，是铺天盖地，大包大容的爱。这种博大、包容的爱比社会上同志、朋友式的爱至少多出两个特点。

一是绝对的负责。父母的一切行为动机都是为了孩子，没有隔阂、猜疑，不计教育成本。大人是以牺牲自己的心态来呵护孩子，就像一只老母鸡硬是要用自己的体温把一颗冰冷的蛋焐成一只小鸡，并且一直保护到它独立。我们经常看到一个小孩子不吃饭，父母会追着哄着去喂饭；不加衣服，父母追着去给他添衣。有不懂事的孩子说：“我不吃难道你饿呀？”确实，父母肚子不饿，但心中疼。同时又因为有了这种无私的、负责的态度，才敢进行最彻底的教育，不必保留，不用多心，坚决引导孩子向最好的标准看齐，随时涤除他哪怕是最小的毛病，甚至用打骂的手段，所谓打是亲骂是爱。我们常有这样的体会，在成人社交场合看到某人吃相不雅，举止太俗时，就暗说家教不好。但说归说，这时谁也不肯去行教育责任，指破他的缺点了。因身份不便，顾虑太多。皇帝的新衣只有在皇帝小时候由他妈去说破，既已成帝，谁还敢言呢？有些毛病必须在家庭教育中去克服，有些习惯必须在家庭环境中培养，错过这个环境、氛围，永难再补。

二是无微不至的关怀。因为有了动机上的无私、负责，才会有效果上的无微不至。孩子彻底生活在一个自由王国中，他所有的潜能都可得到淋漓尽致发挥，就像一颗种子，在春季里，要阳光有阳光，要温度有温度，要水分有水分，尽情地发芽扎根。孩子有什么想法不会看人脸色而止步，不会自我束缚而罢休。甚至撒娇、恶作剧也是一种天性的舒展。这样，他的全部天才基因都会完整地保留下来，将来随着外部条件的到来，就可能长成这样那样的大家、人才，甚至伟人。但是一进入社会教育，哪怕是最初的幼儿园教育都是某种程度的修理、裁剪、规范统一，是规范教育不是舒展教育、创造教育。家庭教育中的无微不至，充分自由，潜移默化将一去不再。这就是为什么所有的孩子一说去幼儿园就大哭不止。当然，人总得从家庭教育升到学校教育阶段，但绝不能缺少家庭教育。

其实，家庭给人的温暖和关爱，以及由此产生的特殊的教育作用还不止于孩童阶段，它将一直伴随到人的终生。表现为夫妻间、兄弟姐妹间、子女与老人间的坦诚指错、批评、交流、开导、帮助等，这都是任何社会集体里所办不到的。我们细想一下，一个人成家之后在亲人面前又不知改了多少缺点，得到多少鼓励，学到了多少东西。因为家庭成员的合作克服了多少生活及事业上的难题。现在社会上有很多继续教育机构，但常忽略了这个终生家庭教育机构，一个独身的人或寄人篱下的人将失去多少继续接受教育的机会。这么想来，人真的不能没有个家。

马克思说，人是各种社会关系的总和。当一个人少了最基本的社会关系——家庭关系，少了家庭教育、家庭温暖，他至少不是一个完整的社会人，不是一个很幸福的人。佛教哲学讲结缘。在人生的众多缘分中，情缘是最基本的，因情缘而进一步结成家庭就有了血缘，进而使民族、社会得到延续。一个人没有爱过人或被人爱，就少了一大缘，是一悲哀。有爱而无家，又少了第二大缘，又是一悲哀。一个社会如果没有家庭这个细胞它将无缘发展。虽然，曾有志士仁人说过

“匈奴未灭，何以家为”的壮语，但那是特殊情况，甘愿牺牲小家为了天下人都能有一个安定的家。辛亥革命烈士林觉民牺牲前在其著名的《与妻书》中说“充吾爱汝之心，助天下人爱其所爱，所以敢先汝而死”。赵一曼烈士对儿子说：“你长大成人后，希望不要忘记你的母亲是为祖国而牺牲的。”乱世舍小家是为救国家；盛世则要思和小家而利国家。历史上也确实有过放大无家思想的实验，但都以失败告终。如太平天国，分成男营、女营，夫妻不得团聚；人民公社搞大食堂，取消小家庭的温馨；“文革”前的干部分配制度造成千万个家庭的两地分居。近读一则资料，1930 年国民党立法院甚至讨论过要不要家庭的问题。可见任何政党都有过左的行为，当然都成了历史的泡沫。最新的一份社会调查显示，人们对幸福指数的认同要素，第一是经济，第二是健康，第三是家庭，然后才是职业、社会、环境等。现在出现的老人空巢家庭，农村留守儿童，都是变革中我们不愿看到的“家”字牌悲剧。但有三分奈何，谁愿作无家之人？恩格斯说家庭就像一个苹果，切掉一半就不再是苹果。独身、单亲、离异、留守、空巢、无子女都不能算是一个完善的家庭。当年林则徐说，烟若不禁，政府将无可充之银，可征之丁。现在如果都由这样的家庭组成社会，国家将无可育之才、可用之才。社会要增加多少本该可以在家庭圈子里消化的矛盾。

《西厢记》说，愿天下有情人终成眷属，我则为天下计，愿情缘血缘总相续，小家大家皆欢喜。

原载于 2007 年第 5 期《家庭》

# 石头里有一只会飞的鹰

雕塑家用一块普通的石头雕了一只鹰，栩栩如生，振翅欲飞。观者无不惊叹。问其技，曰：石头里本来就有一只鹰，我只不过将多余的部分去掉，它就飞起来了。

这个回答很有哲理。

原子弹爆炸是因为原子核里本来就有原子能；植物发芽，是因为种子里本来就有生命。它不爆炸、不发芽，是因为它有一个多余的外壳，我们去掉它，它就实现了它自己的价值。达尔文本酷爱自然，但父亲一定要他学医，他不遵父命，就成了伟大的生物学家。居里夫人25岁时还是一名家庭教师，还差一点当了小财主家的儿媳妇。她勇敢地甩掉这些羁绊，远走巴黎，终于成为一代名人。鲁迅先是选学地质，后又学医，当把这两层都剥去时，一位文学大师就出现了。

就是宋徽宗、李后主也不该披那身本来就不属于他的龙袍，他们在公务中痛苦地挣扎，还算不错，一个画家、词人终于浮出水面。这是历史的悲剧，但是成才的规律，也是做事的规律。物各有主，人各其用，顺之则成，逆之则败。

每当我看杂技演出时，总不由联想一个问题，人体内到底有多少种潜能。同样是人，你看，我们的腰腿硬得像个木棍，而演员却软得像块面团。因为她只要一个“软”字，把那些无用的附加统统去掉。她就是石头里飞出来的一只鹰。但谁又敢说台下的这么多的观众里，

当初就没有一个身软如她的人？只是没有人发现，自己也没有敢去想。

法国作家福楼拜说："你要描写一个动作，就要找到那个唯一的动词，你要描写一种形状就要找到唯一的形容词。"那么，你要知道自己的价值，就要找到那个唯一的"我"，记住，一定是"唯一"，余皆不要。好画，是因为舍弃了多余的色彩；好歌，是因为舍弃了多余的音符；好文章，是因为舍弃了多余的废话。一个有魅力的人，是因为他超凡脱俗。超脱了什么？

常人视之为宝的，他像灰尘一样地轻轻抹去。

新中国成立后，初授军衔，大家都说该给毛泽东授大元帅。毛主席说，穿上那身制服太难受，不要。居里夫人得了诺贝尔奖，她将金质奖章送给小女儿在地上玩。爱因斯坦是犹太人的骄傲，以色列开国，想请他当第一任总统，他赶快写信谢绝。他们都去掉了虚荣，舍弃了那些不该干的事，留下了事业，留下了人格。

可惜在现实生活中，我们总是算加法比算减法多，总要把一只鹰一层层地裹在石头里。欲孩子成才，就拼命地补课训练，结果心理逆反，成绩反差；想要快发展，就去搞"大跃进"，结果欲速不达；想建设，就去破坏环境，结果生态失衡，反遭报复。何时我们才能学会以减为加，以静制动呢？

诸葛亮说："宁静致远。"当你学会自己不干扰自己时，你就成功了。老子说："无为而治。"马克思对共产主义社会的解释是"自由人联合体"，连国家机器也将消亡。当社会能省掉一切可以省掉的东西时，这个社会可能更健康美好。

原载于2007年11月15日《人民日报》

# 百年明镜季羡老

98岁的季羡林先生离我们而去了。

初识先生是在上世纪90年代的一次发奖会上。新闻出版署每两年评选一次全国优秀图书，季老是评委坐第一排，我干一点宣布谁谁讲话之类的“主持”之事。他大概看过我哪一篇文章，托助手李玉洁女士来对号，我赶忙上前向他致敬。会后又带上我的几本书到北大他的住处去拜访求教。先生的住处是在校园北边的一座很旧的老式楼房，朗润园13号楼，他住一层那天我穿树林，过小桥找到楼下，一位司机正在擦车，说正是这里，刚才老人还出来看客人来了没有。

房共两套，左边一套是他的会客间，卧室兼书房，不过这个只能叫书房之一，主要是用来写散文随笔的。我在心里给它一个名字叫“散文书屋”。著名的《牛棚杂忆》就产生在这里。一张睡了几十年的铁皮旧床，甚至还铺着粗布草垫。环墙满架是文学方面的书，还有朋友、学生的赠书。他很认真，凡别人送的书，都让助手仔细登记、编号、上架。到书多得放不下时，就送到学校为他准备的专门图书室去。他每天四时即起，就在床边的一张不大的书桌上写作。这是他多年的习惯，学校里都知道，号称“北大一盏灯”。等到会客室里客人多时，就先把熟一点的朋友让到这间房里。有一次春节我去看他，碰到教育部长来拜年，一会儿市委副书记又来，他就很耐心地让我到书房等一会儿，并没有一些大人物借新客来就逐旧客走的手段。这时你可以尽

情地仰观满架的藏书，还可低头细读他写了一半的手稿。他用钢笔，总是那样整齐的略显扁一点的小楷。学校考虑到他年高，尽量减少打扰，就在门上贴了不会客之类的小告示，助手也常出面挡驾。但先生很随和，常主动出来，请客人进屋。助手李玉洁女士说：“没办法，你看我们倒成了恶人。”

这套房子的对面还有一套东屋，我暗叫它“学术书房”。共两间房，全是季老治学时用的语言、佛教等方面的书，人要在书架夹道中侧身穿行。向南临窗也有一小书桌，是先生专著学术文章的地方。我曾带我的搞摄影的孩子，在这里为先生照过一次相。他就很慷慨地为一个孙辈小儿写了一幅勉励的字，还要写上“某某小友惠存”。他每有新书出版送我时，也要写上“老友或兄指正”之类，弄得我很紧张。他却总是慈祥地笑一笑问：“还有一本什么新书送过你没有？”有许多书我是没有的，但这份情太重，我不敢多受，受之一二本已很满足，就连忙说有了，有了。

先生年事已高，一般我是不带人，或带任务去看他的。只有一次，我住中央党校，离北大不远，党校办的《学习时报》大约正逢几周年，要我向季老求字，我就带了一个年轻记者去采访他。采访中记者很为他的平易近人和居家生活的简朴所感动。那天助手李玉洁女士讲了一件事。季老很为目前社会上的奢靡之风担忧，特别是水资源的浪费，我知道他是多次呼吁的，但没有办法。他就从自家做起，在马桶水箱里放了两块砖，这样来减少水箱的排水量。这位年轻的女记者，当时笑弯了腰，她不能理解，先生生活起居都有国家操心，自己何至于这样认真。以后过了几年，她每次见到我都提起那事，说季老可亲可爱就像她家乡农村的一位老爷爷。后来季老住进301医院，为了整理老先生的谈话我还带过我的一位学生去他处，这位年轻人回来后也说，总觉得先生就像是隔壁邻居的一位老大爷。

先生永远是一身中山装，每日三餐粗茶淡饭。他是在24岁那一年，人生可塑可造的年龄留洋的啊，一去十年。以后又一生都在搞外国文学、外语教学和中外文化交流的研究，怎么就没有一点儿洋味呢？近几年基因之说盛行，我就想大概是他身上农民子弟的基因使然。他在一篇回忆文章里讲到小时候穷得吃不饱饭，给一个亲戚家割牛草，送草后不走，磨蹭着等到中午，只为能吃一口玉米饼子。他现在仍极为节俭，害怕浪费，厌恶虚荣。每到春节，总有各级官场上的人去看他，送许多大小花篮，他对这总是暗自摇头。他住的病房门口的走廊上总是摆着一条花篮的长龙。花又大房间又放不下，要去找他的病房这成了一标志。我知道先生是最怕虚应故事的，有一年老同学胡乔木邀他同去敦煌，他当然想去，但一想沿途的官场迎送，便婉言谢绝。

知道他的所好，后来我去看他，就专送最土的最实用的东西。一次从香山下来，见到山脚下地摊上卖红薯，很干净漂亮的红薯，我就买了一些直接送到病房，他极高兴。他很喜欢我的家乡出的一种“沁州黄”小米，只能在一片小范围的土地上长，过去是专供皇上的。现在人们有了经营头脑，就打起贡品的招牌，用一种肚大嘴小的青花瓷罐包装。先生吃过米后，却舍不得扔掉罐子，在窗台上摆着，说插花很好看。后来，聊得多了，我还发现一丝微妙，虽同一批大学者，但他对洋派一些的人物，总是所言不多。

我到先生处聊天，一般是我说得多些，考虑先生年高，出门不便，我尽量通报一点社会上的信息。有时政、社会新闻，也有近期学术动态，或说到新出的哪一本书，哪一本杂志。有时出差回来，就说一说外地见闻。有时也汇报一下自己的创作，他都很认真地听。助手李玉洁说先生希望你们多来，他还给常来的人都起个“雅号”，我的雅号是“政治散文”。他还就着这个意思为我的散文集写过一篇序。如时间长了未见面，他会问，“政治散文”怎么没有来。

一次我从新疆回来，正在创作《最后一位戴罪的功臣》，我谈到在伊犁采访林则徐旧事。虎门销烟之后林被清政府发配伊犁，家人和朋友要依清律出银为他赎罪，林坚决不肯，不愿认这个罪。在纪念馆里有他就此事写给夫人的信稿。还有发配入疆，过“果子沟”时，大雪拥谷，车不能走，林氏父子只好下车趟雪而行。其子跪地向天祷告：“父若能早日得救召还，孩儿愿赤脚趟过此沟。”先生听着眼角已经饱含泪水。他对爱国和孝敬老人这两种道德观念是看得很重的。他说，爱国各国都爱，但中国人爱国观念更重些。欧洲许多小国，历史变化

很大，惟有中国有自己一以继之的历史，爱国情感也就更重。他对孝道也很看重，说“孝”这个词是汉语里特有的，外语里没有相应的单词。我因在报社分管教育方面的报道，一次到病房里看他，聊天时说到儿童教育，他说：“我主张小学生的德育标准是热爱祖国、孝顺父母、尊敬师长、和睦伙伴。”并当即提笔写下这四句话，后来发表在《人民日报》上。

先生原住在北大，房子虽旧，环境却好。门口有一水塘，夏天开满荷花。他有一文专记此事。是他的学生从南方带了一把莲子，他随手扬入池中，一年、两年、三年就渐渐荷叶连连，红花映日，在北大这处荷花水景也有个名字，就叫“季荷”。但 2003 年，就是中国大地“非典型肺炎”大流行的那一年，先生病了，年初住进了 301 医院，开始治疗一段还回家去住一两次，后来就只好以院为家了。“留得枯荷听雨声”，季荷再也没见到它的主人。

我到道院看先生时常碰到护士换药。是腿伤，要伸到伤口里洗脓涂药，近百岁老人受此折磨，令人心中不是滋味，他却说不痛。助手说，哪能不痛，但先生从不言痛，医院都说他是最好伺候的，配合最好的模范病人。他很坦然地对我说，自己已老朽，对他用药已无价值。他郑重建议医院千万不要用贵药，实在是浪费。医院就骗他说，药不贵。一次护士说漏嘴：“季老，给您用的是最好的药。”这句话倒叫他心里长时间不安。不过他的腿疾却神奇般地好了。

先生在医院享受国家领导人待遇，刚进来时住在聂荣臻元帅曾住过的病房里。我和家人去看他，一切条件都好，但有两条不便。一是病房没有电话（为安静，有意不装）；二是没有一个方便的可移动的小书桌。先生是因腿疾住院的，不能行走、站立，而他看书、写作的习惯却丢不掉。我即开车到玉泉营市场买了一个有四个小轮的可移动小桌，下可盛书，上可写字。先生笑呵呵地说，这就好了，这就好了。我再去时，小桌上总是堆满书，还有笔和放大镜。后来先生又搬到 301 南院，条件更好一些。许多重要的文章，如悼念巴金、臧克家的文章都是在小桌板上，如小学生那样伏案写成的。他住院四年，竟又写了一本《病榻杂记》。

我去看季老大部分是问病，或聊天。从不敢谈学问。在我看来他的学问高深莫测，他大学时受教于陈寅恪等这些国学大师，留德十年，回国后与胡适、傅斯年共事，朋友中有朱光潜、冯友兰、吴晗、任继愈、臧克家，还有胡乔木、乔冠华等。“文革”前他创办并主持北大东语系二十年。他研究佛教、研究佛经翻译、研究古代印度和西域的各种方言，又和英、德、法、俄等语比较。试想我们现在读古汉语已是多么吃力费解，他却去读人家印度还有西域的古语言，还要理出规律。我们平常听和尚念经，嗡嗡然，如蜂鸣，就是看翻译过来的佛经“揭谛揭谛波罗揭谛”也不知所云，而先生却要去研究分辨对比这些经文是梵文的还是那些已经消失的西域古国文字。又研究法显、玄奘如何到西天取经，这经到汉地以后如何翻译，只一个“佛”就有：佛陀、浮陀、浮图、勃陀、母陀、步他、浮屠、香勃陀等 20 多种译法。不只是佛经、佛教，他还研究印度古代文学、翻译剧本《沙恭达罗》、史诗《罗摩衍那》。他不像专攻古诗词或古汉语、古代史的学者，是直接在自己的领地上打天下，享受成果和荣誉，他是在依稀可辨的东方古文字中研究东方古文学的痕迹，在浩渺的史料中寻找中印交流与东西方交流的轨迹，及那些思想、文化的源流。比如他从梵文的“糖”字考证中竟如茧抽丝，写出一本 80 万字的《糖史》，真让人不敢相信。这些东西在我们看来像一片茫茫的原始森林，稍一涉足就会迷路而不得返。我对这些实在心存恐惧，所以很长时间没敢问及。但是就像一个孩子觉得糖好吃就忍不住要打听与糖有关的事，以后见面多了，我还是从旁观的角度提了许多可笑的问题。

我说您研究佛教，信不信佛？他很干脆地说：“不信。”这让我很吃一惊，中国知识分子从苏东坡到梁漱溟，都把佛学当作自己立身处世规则的一部分，先生却是这样坚决地说不。他说：“我是无神论。假如是研究一个宗教，结果又信这个教，说明他不是真研究，或者没有研究通。”

我还有一个更外行的问题：“季老，您研究那些外国的古代的学问，总是让人觉得很遥远，对现在的社会有什么用？”他没有正面回答，说：“学问，不能拿有用还是无用的标准来衡量，只要精深就行。

当年牛顿研究万有引力有什么用?”是的，我从来没有考虑过这个问题，牛顿当时如果只想有用无用，可能早经商发财去了。事实上，所有的科学家在开始研究一个原理时，都没有功利主义地问有何用，只要是未知，他就去探寻。研究结果出来后，有没有用，那是后人的事。先生在回答这个问题时的那一份平静，深深地印在我的脑子里。

有一次，我带一本新出的梁漱溟的书去见他。他说崇拜梁漱溟，我就趁势问：“您还崇拜谁?”他说：“并世之人，还有彭德怀。”这又让我吃一惊。一个学者怎么最崇拜的是一个将军。他说：“彭德怀在庐山会议上敢说真话，这一点不简单，很可贵。”我又问：“接着还有可崇拜的人吗?”“没有了。”他又想了一会儿：“如果有的话，马寅初算一个。”我没有再问。我知道，希望说真话一直是他心中隐隐的痛。为此他在“文革”结束后又写作出版了《牛棚杂忆》。当他知道巴金去世时，在病中写了《悼巴金》，特别提到巴老的《真话集》。

我看着他，老人端坐在小桌后面的沙发里，挺胸，目光投向窗户一侧的明亮处，两道长长的寿眉从眼睛上方垂下来，那样深沉慈祥，前额刻着的皱纹、嘴角处的棱线，连同身上那件特有的病袍，显出几分威严。我想起先生对自己概括的一个字“犟”，这一点他和彭总、马老是相通的。不知怎么，我脑子里又飞快地联想到先生的另一个形象。一次大会堂开一个关于古籍整理的座谈会。任继愈老先生讲了一个故事，说北京图书馆的善本只限定一定资格的学者才能借阅。季先生带的研究生要查阅，但不够资格。先生就亲到北图，借出书来让学生读，他端坐一旁等着，如一幅寿者课童图。渐渐，这与他眼前端坐病室的身影叠加起来，历史就这样洗磨出一位百岁老人，一个经历了由民国至中华人民共和国，其间又经历了“文革”和改革开放的中国知识分子的形象。

近几年我越来越觉得应该为先生做点事，便整理一点与先生的谈话，后来先生的眼睛又几近失明，他题字时几乎是靠惯性，笔一停就连不上了。我又想到先生不只是一个专业学者，他的思想、精神和文采应加快普及和传播。于是去年建议帮他选一本面对青少年的文集，他欣然应允，并自定题目，自题书名。在提到编辑思想时，他一再说：

"我这一生就是一面镜子。"我就写了一篇短跋，表达我对先生的尊敬和他的社会意义。去年这套《季羡林自选集》终于出版，想不到这竟是我为先生做的最后一件事。而谈话整理，总因各种打扰，惜未做完。

现在我翻着先生的著作，回忆着与他无数次的见面，先生确是一面镜子，一面百年的明镜。在这面镜子里可以照出百年来国家民族的命运，也可以照见我们自己的人生。

原载于 2009 年 7 月 14 日《人民日报》

# 母亲石

那一年我到青海塔尔寺去，被一块普通的石头深深打动。这石其身不高，约半米；其形不奇，略瘦长，平整光滑；但它却是一块真正的文化石。当年宗喀巴就是从这块石头旁出发，进藏学佛。他的母亲每天到山下背水时就在这块石旁休息，西望拉萨，盼儿想儿。泪水滴于石，汗水抹于石，背靠石头小憩时，体温亦传于石。后来，宗喀巴创立新教派成功，塔尔寺成了佛教圣地，这块望儿石就被请到庙门口。这实在是一块圣母石。现在每当虔诚的信徒们来朝拜时，都要以他们特有习惯来表达对这块石头的崇拜。有的在其上抹一层酥油，有的撒一把糌粑，有的放几丝红线，有的放一枚银针。时间一长，这石的原形早已难认，完全被人重新塑出了一个新貌，真正成了一块母亲石。就是毕加索、米开朗琪罗再世，也创作不出这样的杰作啊。

“慈母手中线，游子身上衣。”我在石旁驻足良久，细读着那一层层的，在半透明的酥油间游走着的红线和闪亮的银针。红线蜿蜒曲折如山间细流，飘忽来去又如晚照中的彩云。而散落着的细针，发出淡淡的轻光，刺着游子们的心微微发痛。我突然想起自己的母亲。那年我奉调进京，走前正在家里收拾文件书籍，忽然听到楼下有“笃笃”的竹杖声。我急忙推开门，老母亲出现在楼梯口，背后窗户的逆光勾映出她满头的白发和微胖的身影。母亲的家离我住地有好几里地，街上车水马龙，我真不知道她是怎样拄着杖走过来的。我赶紧去扶她。

她看着我，大约有几秒钟，然后说："你能不能不走？"声音有点颤抖。我的鼻子一下酸了。父亲是高级知识分子，母亲却基本上是文盲，她这一辈子是典型的贤妻良母。我生于战乱的年代，听母亲说，一次逃兵灾，抱我在怀，藏于流水洞，双手托儿到天亮；还有一次，与村民躲于麦草窑中，怕灯花引起失火，也是一夜睁眼到天明，这些我都还无记忆。我只记得，小时候每天放学，一进门母亲问的第一句话就是："肚子饿了吧？"菜已炒好，炉子上的水已开过两遍。大学毕业后我先在外地工作，后调回来没有房子，就住在父母家里。一下班，还是那一句话："饿了吧。我马上去下面。"

我又想起我第一次离开母亲的时候。那年我已是 17 岁的小伙子，高中毕业，考上北京的学校。晚上父亲和哥哥送我去火车站。我们出门后，母亲一人对着空落落的房间，不知道该做什么，就打来一盆水准备洗脚。但是直到几个小时后父亲送完我回来，她两眼看着窗户，两只脚搁在盆沿上没有沾一点水。这是寒假回家时父亲给我讲的。现在，她年近八十，却要离别自己最小的儿子。我上前扶着母亲，一瞬间我觉得我是这世上一个最不孝顺的儿子。我还想起一个朋友讲起他的故事。他回老家出差，在城里办完事就回村里看老母亲，说好明天走前就不见了。然而，当他第二天到机场时，远远地就看见老母亲扶着拐杖坐在候机厅大门口。可怜天下父母心，儿女对他们的报答，哪及他们对儿女关怀的万分之一。

我知道在东南沿海有很多望夫石，而在荒凉的西北却有这样一块温情的望儿石，一块伟大的圣母石。它是一面镜子，照见了所有慈母的爱，也照出了所有儿女们的惭愧。

原载于 2009 年 12 月 6 日《北京晚报》

# 冬季到云南去看海

年末深冬季节，到云南腾冲考察林业，主人却说，先领你去看热海。我心里一惊，这大山深处怎么会有海，而海又怎么会是热的？

车出县城便一头扎进山肚子里。公路成“之”字形，车子不紧不慢，一折一折地往上爬，走一程是山，再走一程还是山；一眼望去是树，再看还是树。只见一条条绿色的山脊，起起伏伏，一层一层，黛绿、深绿、浅绿，由近及远一直伸到天边。直到目光的尽头，才现出一抹蓝天——这蓝天倒成了这绿海的远岸。

走了些时候，渐渐车前车后就有了些轻轻的雾，再看对面的林子里也飘起一些淡淡的云。我说：“今天真算是上得高山了。”主人笑道：“正好相反，你现在是已下到热海了。”我才知道，那氤氲飘渺，穿林裹树的并不是云，也不是雾，竟是些热腾腾的水汽，我们车如船行，已是荡漾在热海之上了。

所谓热海，是一个方圆八平方公里的地热带。腾冲是一个休眠火山区。多少年前，这里曾经火山喷发，现在地面上仍留有许多旧痕。如圆形的火山口，黑色的火山石，还有奇特的“柱状节理”，那是岩浆喷出时瞬间形成的一片美丽的石柱。但最奇的是地下的热海。大约火山熄灭后还是不死心，便试探着要找一个出口，地下的岩浆就悄悄地摸到这里，一直蹿到离地表还有七八公里处，用炽热的火舌不停地向上喷舔着地面。于是这八平方公里的土地就成了一台巨大的锅炉，地下水被煮得滚烫，一个名副其实的热海。

热海虽名海，但我们并不能像苏东坡那样“纵一苇之所如，凌万顷之茫然”，也不能如曹操那样“东临碣石，以观沧海”。因为这海是藏在地下的，我们只能去找几个海眼“管中窥豹”。最大的一个海眼就是著名的“大滚锅”，单听这个名字，就知道它的威力。要看这口大锅先得爬上一个高高的“锅台”，我们拾级而上，还未见锅就已听到滚滚的沸水之声，头上热气逼人。上到锅台一看，这口石砌的大锅，直径3米，深1.5米，沸腾的热浪竟有尺许之高。由于长年累月的滚煮，锅沿上已结了一层厚厚的水碱，真是一口老锅。大锅前又开出一条数米长2尺来宽的石槽，亦是水沸有声，热气腾腾，槽上架着一排竹篮，里面蒸着土豆、鸡蛋、花生等物。这恐怕是我见过的最奇特的蒸笼了。游人可以上去随意品尝这地心之火与山泉之水的杰作，就像在城市路边的早点摊上吃小笼包子。我们看惯了日夜奔流不息的江河，可谁又见过这无年无月翻滚不止的开水大锅呢？我抬头看一眼天上的白云和锅后山崖的绿树，忽然想起张若虚的那句名诗：“江畔何人初见月，江月何年初照人？”这山上何时现滚锅，滚锅何时初见人呢？天地间悄悄地隐藏有多少秘密。

因为地处热海之上，山上山下露头的温泉就随处可见。有的潺潺而流，兀自成潭；有的点点而滴，挂垂成线；还有的间歇而喷，如城市广场上的音乐喷泉。但这泉水都脱不了一个“热”字，于是就利用来做浴池，连普通的山民家也开池营业。为了能更深一层感知热海之美，我们选了一处浴室推门而入，待穿过短廊才发现并没有“入室”，而是豁然开朗，又置身在半山之上。原来这里的浴池并不是平地之池，而是一个一个挂在半壁，就如高楼上的阳台。试想，在半山之上，绿风白云，枕石漱流是什么样子？我极兴奋，不肯下水，先披衣环顾四周做一回精神上的沐浴。只见偌大一个池子，犹抱琵琶，叫一株从石缝中探出的大叶榕树俯身遮去了大半，而一株老藤左伸右屈就做了这池子的栏杆。池边杂花弱草，青苔翠竹，池水清清见底，水面热气微微蒸腾。水先是从一个石龙头中注入池中，再漫过池沿，无声地贴着石壁滑向山下，于是过水的半面山岩就如一堵谁家宾馆大堂里的水幕

墙，淋淋漓漓。我凭栏遥望着对面林梢上升起的轻轻的雾和脚下谷底游走的云，竟有一种将军阅兵式的自豪，然后翻身入水畅游其中，仰望蓝天白云，觉得自己就是一条天上之鱼。天下真有这样的海吗？

因为刚才池边的那棵大叶榕树，下山时我就留心起这山上的植被。我知道榕树喜热，多见于福建、广东，或者西双版纳，现在能现身于偏北的腾冲定是得了地下的热气。这么一想，果然发现这方圆远近处的树的确特别，既有许多亚热带的芭蕉、棕榈，又有本地的松、柏、杉、樟，还有远古时期留存下来的曾与恐龙为伴的黑桫椤树。有一种我从未见过，枝如杨柳，叶如榆钱，在这个隆冬季节满树还缀着些红绒绒的花朵，主人说，这属柳科，就叫红丝绿柳。啊，好浪漫的名字。现在科学家已经弄清热海的来历，是这满山的绿树饱饱地蓄足了水，然后再慢慢地渗入地下，经地火加热后又悄悄送回地面，这个过程 75 年一个周期，循环往复，湍流不息。这么说来，我们现在既是行在密林之中，又是站在历史的河岸上。这块神奇的土地，我已说不清到底该叫它热海还是绿海，抑或岁月之海。其实它就是一个为地热所蒸腾、绿树所覆盖、岁月所打造的令人陶醉的生态之海。

原载于 2010 年 12 月 24 日《绿色时报》

# 人人皆可为国王

说到权力和享受，国王可算是一国之最。普天之下，莫非王土。一国之财任其索用，一国之民任其役使。所以古往今来王位就成了很多人追求的目标，国王生活的状态也成了一般人追求的最高标准。

但是不要忘了一句俗话：尺有所短，寸有所长。虽然大有大的好处，但它却不能占尽全部的风光。比如，同是长度单位，以“里”去量路程可以，去量房屋之大小则不成；用“尺”去量房间大小可以，去量一本书的厚薄则难为了它。同是观察工具，望远镜可以观数里、数十里之外，看微生物则不行，这时挥洒自如的是显微镜。以人而论，权大位显，如王如皇者亦有他的局限，比如他就不能享村夫之乐、平民之趣。《红楼梦》里凤姐说得好，“大有大的难处”。而《西游记》里孙悟空就懂得小有小的好处，钻到铁扇公主肚子里去成大事。就是在君主制度的社会里，王位也不是所有人的选择。明代仁宗皇帝的第六世孙朱载堉，就曾七次上疏，终于辞掉了自己的爵位。他一生潜心研究音乐和数学，他发现的“十二平均律”传到西方后，对欧洲音乐产生了巨大影响。对量子理论做出贡献的法国人德布罗意也出身于公爵世家，但他不要锦衣美食，终于在科学史上占有一席之地。据说现在的荷兰女王也很为继承人发愁，因为她的三个子女对王位都不感兴趣。

在现代社会里，特别是在市场经济的运行规律下，人们的利益取

向、价值取向和实现途径都变得多元化了。每一个成功者都可以享受高呼万岁式的崇敬，享受鲜花和红地毯。社会有许许多多的“国王”在各自不同的王国里享受着自己臣民的膜拜。你看歌星、球星是追星族的国王；作家、画家是他欣赏者的国王；学者、教授是他学术领域内的国王；幼儿园的阿姨、小学校的教师整天享受着孩子们的拥戴，也俨然如王——孩子王。就是牧羊人，在蓝天白云下长鞭一甩，引吭高歌，也有天地间唯我独尊的国王感。

事物总是有两面性，有所不为才能有所为；失之东隅，收之桑榆；塞翁失马，焉知非福。每个人只要努力都能得到一种王者的回报。当一个人壮志难酬或怀才不遇时，这大约是人生最低潮最无奈的时期吧。但就是在这种状态下，他仍然会有追随者，仍然可以为王。北宋时的柳永，宋仁宗不喜欢他，几次考试不第，连个做臣子的资格也拿不到，他只好去当“民”。但是在歌楼妓院、勾栏瓦肆的王国里他成了国王——词王，“凡有井水处即能歌柳词”，可见他这个王国有多大。林则徐被贬到新疆伊犁，但就是这样一个“钦犯”，沿途官民却争相拜迎，泪洒长亭，赠衣赠食，争睹尊容。到住地后人们又去慰问，去求字，以至于待写的宣纸堆积如山。在人格王国里林则徐被推举为王。

在日常生活中更是人人可以为王。我看过一场演唱会，那歌手也没有什么名，但当时着实有王者风范，台下的女孩子毫无羞涩地高喊“我爱你”，演唱结束，歌迷就冲到台上要签名、要拥抱。一次去爬山，在山脚下一位年轻人用草编成蚂蚱、小鹿之类的小动物，插满一担，惹得小孩子和家长围成几层厚厚的圆圈，很有拥兵自重的威风。等到登上半山时，又见许多人挤在一起围观，一个老者在玩三节棍，两手各持一节细棍，将那第三节不停地上下翻挑，做出各种花样，人们越是喝彩他越是得意。在这个山坡上临时组建的三节棍小王国里，他就是国王。

国王的精神享受有三：一是有成就感；二是有自由度；三是有追随者。只要做到这三点，不管你是白金汉宫里的英国女王，还是拉着小提琴的街头艺术家，在精神上都能得到同样的满足。要做到这一点并不难，只要诚实、勤奋就行——因为你虽没有王业之成，大小总有事业之成；虽没有权的自由，但有身心的自由；虽没有臣民追随，但一定有朋友、有人缘，也可能还有崇拜者，“天下谁人不识君”。所以人人皆可为国王，谁也不用自卑，谁也不要骄傲。

# 匠人与大师

在社会上常听到叫某人为“大师”，有时是尊敬，有时是吹捧。又常不满于某件作品，说有“匠气”。匠人与大师到底有何区别？

匠人在重复，大师在创造。一个匠人比如木匠，他总在重复做着一种式样的家具，高下之分只在他的熟练程度和技术精度。比如一般木匠每天做一把椅子，好木匠一天做三把、五把，再加上刨面更光，合缝更严等等。但就算一天做到一百把也还是一个木匠。大师则绝不重复，他设计了一种家具，下一个肯定又是一个新样子。判断他的高下是有没有突破和创新。匠人总在想怎么把手里的玩意儿做得更多、更快、更绝；大师则早就不稀罕这玩意儿，而在不断构思新东西。

匠人在实践层面，大师在理论层面。匠人从事具体操作水平的上限是经验丰富，但还没从经验上升到理论。虽然这些经验体现和验证了规律，但还不是规律本身。大师则站在理论的层面上，靠规律运作。面对一片瓜地，匠人忙着一个一个去摘瓜，大师只提起一根瓜藤；面对一大堆数字，匠人满头大汗，一道接一道地去算，大师只需轻轻给出一个公式。匠人常自持一技，自炫于一艺，偶有一得，守之为本；大师视鲜花掌声为过眼烟云，新题层出，开拓不停。居里夫人把诺贝尔奖章送给小女儿当玩具，但是接着她又得了一个诺贝尔奖。

匠人较单一，大师善综合。我们常说一技之长，一招鲜，吃遍天，这是指匠人，大师则不靠这，他纵横捭阖，运筹帷幄，触类旁通，举一反三。因为凡创新、创造，都是在引进、吸收、对比、杂交、重构等大综合之后才出现的。当匠人靠一技之长，享一得之利，拿人一把，压人一筹时，大师则把这一技收来只作恒河一沙，再佐以砖、瓦、土、石、泥，起一座高楼。牛顿、爱因斯坦成为物理大师并不只因物理，还有更重要的数学、哲学等。一个画家，当他成为绘画大师时，他艺术生命中起关键作用的早已不是绘画，而是音乐、文学、科学、政治、哲学等。而一个社会科学方面的大师要求更高，马克思、恩格斯是一部他们那个时代的百科全书，毛泽东则是当时中国政治、军事、文学的宝典。

这就是大师与匠人的区别。研究这个区别毫无贬损匠人之意，大师是辉煌的里程碑，匠人是可贵的铺路石。世界是五光十色的，需要大师也需要匠人，正如需要将军也需要士兵。但是我们必须承认这个世界需要人们有一个较高的追求目标。拿破仑说不想当将军的士兵不是好士兵。将军总是在优秀的士兵中成长起来的。当他不满足于打枪、投弹的重复而由单一到综合，由经验到理性，有了战役、战略的水平时他就成了将军。鲁班最初也是一名普通木匠，当他在技术层面已经纯熟，不满足于斧锯的重复，而进军建筑设计、构造原理时，就成了建筑大师。虽然从匠人而成为大师的总是少数，但这种进取精神是人类进步，社会发展的动力。古语说，法乎其上，得乎其中；法乎其中，得乎其下。要是人人都法乎其下呢？这个社会就不堪设想。

我们可能在实际业绩上达不到大师水平，但至少在思想方法上要循大师的思路，比如力求创新，不要重复，不要窃喜于小巧小技，沾沾自喜。对事物要有识别、有目标、有追求。力虽不逮，心向往之。在个人有了这样一种心理，就会有所上进；在民族有了这样一个素质，就会生机勃勃；在社会有了这样一个氛围，就是一个创新的社会。

# 冬日香山

要不是有公务，谁会在这天寒地冻的时节来香山呢？可话又说回来，要不是恰在这时来，香山性格的那一面，我又哪能知道呢？

开三天会，就住在公园内的别墅里。偌大个公园为我们独享，也是一种满足。早晨一爬起来我便去逛山。这里我春天时来过，是花的世界；夏天时来过，是浓阴的世界；秋天时来过，是红叶的世界。而这三季都游客满山，说到底是人的世界。形形色色的服装，南腔北调的话音，随处抛撒的果皮、罐头盒，手提录音机里的迪斯科音乐，将山路林间都塞满了。现在可好，无花，无叶，无红，无绿，更没有多少人，好一座空落落的香山，好一个清净的世界。

过去来时，路边是夹道的丁香，厚绿的圆形叶片，白的或紫色的小花；现在只剩下灰褐色的劲枝，枝头挑着些已弹去种籽的空壳。

过去来时，山坡上是些层层片片的灌木，扑闪着已经霜红的叶片，如一团团的火苗，在秋风中翻腾；现在远望灰蒙蒙的一片，其身其形和石和土几乎融在一起，很难觅到它的音容。

过去来时，林间树下是丰厚的绿草，绒绒地由山脚铺到山顶；现在它们或枯萎在石缝间，或被风扫卷着聚缠在树根下。如果说秋是水落石出，冬则是草木去而山石显了。在山下一望山顶的鬼见愁，黑森森的石崖，蜿蜒的石路，历历在目。连路边的巨石也都像是突然奔来眼前，过去从未相见似的。可以想见，当秋气初收，冬雪欲降之时，这山感到三季的重负将去，便迎着寒风将阔肩一抖，抖掉那些攀附在身的柔枝软叶；又将山门一闭，推出那些没完没了的闲客；然后正襟危坐，巍巍然俯视大千，静静地享受安宁。我现在就正步入这个虚静世界。苏轼在夜深人静时去游承天寺，感觉到寺之明静如处积水之中，我今于冬日游香山，神清气朗如在真空。

与春夏相比，这山上不变的是松柏。一出别墅的后门就有十几株两抱之粗的苍松直通天穹。树干粗粗壮壮，溜光挺直，直到树梢尽头才伸出几根虬劲的枝，枝上挂着束束松针，该怎样绿还是怎样绿。树皮在寒风中呈紫红色，像壮汉的脸。这时太阳从东方冉冉升起，走到松枝间却寂然不动了。我徘徊于树下又斜倚在石上，看着这红日绿松，心中澄静安闲如在涅槃，觉得胸若虚谷，头悬明镜，人山一体。此时我只感到山的巍峨与松的伟岸，冬日香山就只剩下这两样东西了。苍松之外，还有一些新松，栽在路旁，冒出油绿的针叶，好像全然不知外面的季节。与松做伴的还有柏树与翠竹。柏树或矗立路旁，或伸出于石岩，森森然，与松呼应。翠竹则在房檐下山脚旁，挺着秀气的枝，伸出绿绿的叶，远远地做一些铺垫。你看它们身下那些形容萎缩的衰草败枝，你看它们头上的红日蓝天，你看那被山风打扫得干干净净的石板路，你就会明白松树的骄傲。他不因风寒而袖手缩脖，不因人少而自卑自惭。我奇怪人们的好奇心那么强，可怎么没有想到在秋敛冬凝之后再来香山看看松柏的形象。

当我登上山顶时回望远处，烟霭茫茫，亭台隐隐。脚下山石奔突，松柏连理，无花无草，一色灰褐，好一幅天然焦墨山水图。焦墨笔法者舍色而用墨，不要掩饰只留本质。你看这山，他借着季节相助舍掉了丁香的香味，芳草的倩影，枫树的火红，还有游客的捧场。只留下这常青的松柏来作自己的山魂。山路寂寂，阒然无人。我边走边想，比较着几次来香山的收获。春天来时我看她的妩媚，夏天来时我看她的丰腴，秋天来时我看她的绰约，冬天来时却有幸窥见她的骨气。她在回顾与思考之后，毅然收起了那些过眼繁花，只留下这铮铮铁骨与浩浩正气。靠着这骨这气，来年她会有更好的花叶，更浓的芳香。

香山，这个神清气朗的冬日。

# 政治篇

# 觅渡，觅渡，渡何处？

常州城里那座不大的瞿秋白的纪念馆我已经去过三次。从第一次看到那个黑旧的房舍，我就想写篇文章。但是六个年头过去了，还是没有写出。瞿秋白实在是一个谜，他太博大深邃，让你看不清摸不透，无从写起但又放不下笔。去年我第三次访瞿秋白故居时正值他牺牲六十周年，地方上和北京都在筹备关于他的讨论会。他就义时才 36 岁，可人们已经纪念他 60 年，而且还会永远纪念下去。是因为他当过党的领袖？是因为他的文学成就？是因为他的才气？是，又不全是。他短短的一生就像一幅永远读不完的名画。

我第一次到纪念馆是 1990 年。纪念馆本是一间瞿家的旧祠堂，祠堂前原有一条河，河上有一桥叫觅渡桥。一听这名字我就心中一惊，觅渡，觅渡，渡在何处？瞿秋白是以职业革命家自许的，但从这个渡口出发并没有让他走出一条路。“八七会议”他受命于白色恐怖之中，以一副柔弱的书生之肩，挑起了统帅全党的重担，发出武装斗争的吼声。但是他随即被王明，被自己的人一巴掌打倒，永不重用。后来在长征时又借口他有病，不带他北上。而比他年纪大身体弱的徐特立、谢觉哉等都安然到达陕北，活到了新中国成立。他其实不是被国民党杀的，是被“左”倾路线所杀。是自己的人按住了他的脖子，好让敌人的屠刀来砍。而他先是仔细地独白，然后就去从容就义。

如果瞿秋白是一个如李逵式的人物，大喊一声：“你朝爷爷砍吧，二十年后又是一条好汉。”也许人们早已把他忘掉。他是一个书生啊，一个典型的中国知识分子，你看他的照片，一副多么秀气但又有几分苍白的面容。

他一开始就不是舞枪弄刀的人。他在黄埔军校讲课，在上海大学讲课，他的才华熠熠闪光，听课的人挤满礼堂，爬上窗台，甚至连学校的老师也挤进来听。后来成为大作家的丁玲，这时也在台下瞪着一双稚气的大眼睛。瞿秋白的文才曾是怎样折服了一代人。后来成为文化史专家、新中国文化部副部长的郑振铎，当时准备结婚，想求秋白刻一对印，秋白开的润格是五十元。郑付不起转而求茅盾。婚礼那天，秋白手提一手绢小包，说来送礼金五十元，郑不胜惶恐，打开一看却是两方石印，可想他当时的治印水平。秋白被排挤离开党的领导岗位后，转而为文，短短几年他的著译竟有五百万字。鲁迅与他之间的敬重和友谊，就像马克思与恩格斯一样的完美。秋白夫妇到上海住鲁迅家中，鲁迅和许广平睡地板，而将床铺让给他们。

秋白被捕后鲁迅立即组织营救，他就义后鲁迅又亲自为他编文集，装帧和用料在当时都是第一流的。秋白与鲁迅、茅盾、郑振铎这些现代文化史上的高峰，也是齐肩至顶的啊。他应该知道自己身躯内所含的文化价值，应该到书斋里去实现这个价值。但是他没有，他目睹人民沉浮于水火，目睹党濒于灭顶，他振臂一呼，跃向黑暗。只要能为社会的前进照亮一步之路，他就毅然举全身而自燃。他的俄文水平在当时的中国是数一数二的，他曾发宏愿，要将俄国文学名著介绍到中国来。他牺牲后鲁迅感叹说，本来《死魂灵》由秋白来译是最合适的。这使我想起另一件事。与秋白同时代的有一个人叫梁实秋，在抗日高潮中仍大写悠闲文字，被左翼作家批评为“抗战无关论”。他自我辩解说，人在情急时固然可以操起菜刀杀人，但杀人毕竟不是菜刀的使命。他还是一直弄他的“纯文学”，后来确实也成就很高，一人独立译完了《莎士比亚全集》。现在，当我们很大度地承认梁实秋的贡献时，更不该忘记秋白这样的，情急用菜刀去救国救民，甚至连自己的珠玉之身也扑上去的人。如果他不这样做，留把菜刀作后用，留得青山来养柴，在文坛上他也会成为一个、甚至十个梁实秋。但是他

没有。

如果瞿秋白的骨头像他的身体一样的柔弱，他一被捕就招供认罪，那么历史也早就忘了他。革命史上有多少英雄就有多少叛徒。曾是共产党总书记的向忠发、政治局委员的顾顺章，都有一个工人阶级的好出身，但是一被逮捕，就立即招供。至于陈公博、周佛海、张国焘等高干，还可以举出不少。而秋白偏偏以柔弱之躯演出一场泰山崩于前而不动的英雄戏。

他刚被捕时敌人并不明他的身份，他自称是一名医生，在狱中读书写字，连监狱长也求他开方看病。其实，他实实在在是一个书生、画家、医生，除了名字是假的，这些身份对他来说一个都不假。这时上海的鲁迅等正在设法营救他。但是一个听过他讲课的叛徒终于认出了他。特务乘其不备突然大喊一声："瞿秋白!"他却木然无应。敌人无法，只好把叛徒拉出当面对质。这时他却淡淡一笑说："既然你们已认出了我，我就是瞿秋白。过去我写的那份供词就权当小说去读吧。"

蒋介石听说抓到了瞿秋白，急电宋希濂去处理此事。宋在黄埔时听过他的课，执学生礼，想以师生之情劝其降，并派军医为之治病。他死意已决，说："减轻一点痛苦是可以的，要治好病就大可不必了。"当一个人从道理上明白了生死大义之后，他就获得了最大的坚强和最大的从容。这是靠肉体的耐力和感情的倾注所无法达到的，理性的力量就像轨道的延伸一样坚定。

一个真正的知识分子向来是以理行事，所谓士可杀而不可辱。文天祥被捕，跳水、撞墙，唯求一死。鲁迅受到恐吓，出门都不带钥匙，以示不归之志。毛泽东赞扬朱自清宁饿死也不吃美国的救济粉。秋白正是这样一个典型的已达到自由阶段的知识分子。蒋介石威胁利诱实在不能使之屈服，遂下令枪决。刑前，秋白唱《国际歌》，唱红军歌曲，泰然自行至刑场，高呼"中国共产党万岁"，盘腿席地而坐，令敌开枪。从被捕到就义，这里没有一点死的畏惧。

如果瞿秋白就这样高呼口号为革命献身，人们也许还不会这样长久地怀念他研究他。他偏偏在临死前又抢着写了一篇《多余的话》，这在一般人看来真是多余。我们看他短短的一生，斗争何等坚决。他在国共合作中对国民党右派的批驳；在党内对陈独秀右倾路线的批判何等犀利；他主持“八七会议”，决定武装斗争，永远功彪史册；他在监狱中从容斗敌，最后英勇就义，泣天地动鬼神。这是一个多么完整的句号。但是他不肯，他觉得自己实在渺小，实在愧对党的领袖这个称号，于是用解剖刀，将自己的灵魂仔仔细细地剖析了一遍。别人看到的他是一个光明的结论，他在这里却非要说一说光明之前的暗淡，或者光明后面的阴影。这又是一种惊人的平静。

就像敌人要给他治病时，他说：不必了。他将生命看得很淡。现在，为了做人，他又将虚名看得很淡。他认为自己是从绅士家庭，从旧文人走向革命的，他在新与旧的斗争中受着煎熬，在文学爱好与政治责任的抉择中受着煎熬。他说以后旧文人将再不会有了，他要将这个典型，这个痛苦的改造过程如实地录下，献给后人。他说过：“光明和火焰从地心里钻出来的时候，难免要经过好几次的尝试，试探自己的道路，锻炼自己的力量。”他不但解剖了自己的灵魂，在《多余的话》里还嘱咐死后请解剖他的尸体，因为他是一个得了多年肺病的人。这又是他的伟大，他的无私。我们可以对比一下，世上有多少人都在涂脂抹粉，挖空心思地打扮自己的历史，极力隐恶扬善。特别是一些地位越高的人越爱这样做，别人也帮他这样做，所谓为尊者讳。而他却不肯。作为领袖，人们希望他内外都是彻底的鲜红，而他却固执地说：不，我是一个多重色彩的人。在一般人是把人生投入革命，在他是把革命投入人生，革命是他人生实验的一部分。当我们只看他的事业，看他从容赴死时，他是一座平原上的高山，令人崇敬；当我们再看他对自己的解剖时，他更是一座下临深谷的高峰，风鸣林吼，奇绝险峻，给人更多的思考。他是一个内心既纵横交错，又坦荡如一张白纸的人。

我在这间旧祠堂里，一年年地来去，一次次地徘徊。我想象着当年门前的小河，河上来往觅渡的小舟。秋白就是从这里出发，到上海办学，后来又在上海会见鲁迅；到广州参与国共合作，去会孙中山；到苏俄去当记者，去参加共产国际会议；到汉口去主持“八七会议”，发起武装斗争；到江西苏区去主持教育工作。他生命短促，行色匆匆。

他出门登舟之时一定想到“野渡无人舟自横”，想到“轻解罗裳，

独上兰舟”。那是一种多么悠闲的生活，多么美的诗句，是一个多么宁静的港湾。他在《多余的话》里一再表达他对文学的热爱。他多么想靠上那个码头，但他没有，直到临死的前一刻他还在探究生命的归宿。他一生都在觅渡，但是到最后也没有傍到一个好的码头，这实在是一个悲剧。但正是这悲剧的遗憾，人们才这样以其生命的一倍、两倍、十倍的岁月去纪念他。

如果他一开始就不闹什么革命，只要随便拔下身上的一根汗毛，悉心培植，他也会成为著名的作家、翻译家、金石家、书法家或者名医。梁实秋、徐志摩现在不是尚享后人之飨吗？如果他革命之后，又拨转船头，退而治学呢，仍然可以成为一个文坛泰斗。与他同时代的陈望道，本来是和陈独秀一起筹建共产党的，后来退而研究修辞，著《修辞学发凡》，成了中国修辞第一人，人们也记住了他。可是秋白没有这样做。就像一个美女偏不肯去演戏，像一个高个儿男子偏不肯去打球。他另有所求，但又求而无获，甚至被人误会。

一个人无才也就罢了，或者有一分才干成了一件事也罢了。最可惜的是他有十分才只干成了一件事，甚而一件也没有干成，这才叫后人惋惜。你看岳飞的诗词写得多好，他是有文才的，但世人只记住了他的武功。辛弃疾是有武才的，他年轻时率一万义军反金投宋，但南宋政府不用，他只能“醉里挑灯看剑，梦回吹角连营”，后人也只知他的文才。瞿秋白以文人为政，又因政事之败而反观人生。如果他只是慷慨就义再不说什么，也许他早已没入历史的年轮。但是他又说了一些看似多余的话，他觉得探索比到达更可贵。当年项羽兵败，虽前有渡船，却拒不渡河。项羽如果为刘邦所杀，或者他失败后再渡乌江，都不如临江自刎这样留给历史永远的回味。项羽面对生的希望却举起了一把自刎的剑，秋白在将要英名流芳时却举起了一把解剖刀，他们都把行将定格的生命的价值又上推了一层。

哲人者，宁肯舍其事而成其心。

秋白不朽。

原载于1996年第8期《中华儿女》

# 这思考的窑洞

我从延安回来，印象最深的是那里的窑洞。

照理说我对窑洞并不陌生，我是在窑洞里生、窑洞里长的。我对窑洞的熟悉，就像对一件穿旧了的衣服，已经忘记了它的存在。但是，当三年前，我初访延安时，这熟悉的土窑洞却让我的心猛然一颤，以至于三年来如魔在身，萦绕不绝。因为这普通的窑洞里曾住过一位伟大的人，而那些伟大的思想也就像生产土豆、小米一样在这黄土坡上的土洞洞里奇迹般地生产了出来。

延安是中国共产党领导全国人民进行民族革命和民主革命斗争的心脏，是艰苦岁月的代名词。在大多数人的脑海里，延安的形象是战争，是大生产，是生死存亡的一种苦挣。但是当我见到延安时，历史的硝烟已经退去，眼前只有几排静静的窑洞，而每个窑洞门口又都钉有一块木牌，上面写明某年某月，毛泽东同志居住于此，著有哪几本著作。有的只有几十天，仍然有著作产生。这时，仿佛墙上的钉子不是钉着了木牌，而是钉住了我的双脚，我久久伫立，不能移步。院子里扫得干干净净，几棵柳树轻轻地垂着枝条，不远处延水在静静地流。我几乎不能想象，当年边区敌伪封锁，无衣无食，每天都在流血牺牲，每天都十万火急，毛泽东同志却稳稳地在这里思考、写作，酿造他的思想，他的与中国实际相结合的马克思主义。

我看着这一排排敞开的窑洞，突然觉得它就是一排思考的机器。

在中国，有两种窑洞，一种是给人住的，一种是给神住的。你看敦煌、云冈、龙门、大足石窟存了多少佛祖，北岳恒山上的石洞里甚至还并供着孔子、老子和释迦牟尼。这实际上是老百姓在假托一个神贮存自己的思想、自己的信仰。彻底的唯物主义者不需要偶像，眼前这土窑洞里甚至连一张毛泽东的画像也没有，但是五十年了，来这里的人络绎不绝，因为这窑洞里的每一粒空气分子中都充满着思想。我仿佛看见每个窑门上都刻着“实事求是”，耳边总是响着毛泽东同志那句话：“‘实事’就是客观存在着的一切事物，‘是’就是客观事物的内部联系，即规律性，‘求’就是我们去研究。”

自党中央从 1938 年 1 月由保安迁到延安，毛泽东同志在延安先后住过四处窑洞。这窑洞首先是一个指挥部，毛泽东和他的战友在这里运筹帷幄，决胜千里。但为了这些决策的正确，为了能给宏伟的战略找到科学的理论根据，毛泽东在这里于敌机的轰炸声中，于会议的缝隙中，拼命地读书写作，所以更确切点说这窑洞是毛泽东的书房。当我在窑洞前漫步时我无法掂量，是从这里发出的电报、文件作用大，还是从这里写出的文章、著作作用大。马克思当年献身工人运动，当他看到由于理论准备不足，工人运动裹足不前时，就宣布要退出会议，走进书斋，终于写出了《资本论》这本远远超出具体决定，跨越时空，震撼地球，推动历史的名著。但是，当时毛泽东无法退出会议，甚至无法退出战斗和生产，他在延安期间每年还有三百斤公粮的任务。他的房子里也不能如马克思一样有一条旧沙发，他只有一张旧木床，也没有咖啡，只有一杯苦茶。他只能将自己分身为二，用右手批文件，左手写文章。他是一个中国式的民族英雄，像古代小说里的那种武林高手，挥刀逼住对面的敌人，又侧耳辨听着背后射来的飞箭，再准备着下一步怎么出手。当我们与对手扭打在一起，急得用手去撕，用脚去踢，用嘴去咬时，他却暗暗凝神，调动内功，然后轻轻吹一口气，就把对手卷到九霄云外。他是比一般人更深一层，更早一步的人。他是领袖，更是思想家。随着时间的推移，他这些文章的力量已经大大超过了当时的文件、决定。像达摩面壁一样，这些窑洞确实是毛泽东和他战友修炼真功的地方，是蒋介石把他们从秀丽的南方逼到这些土窑洞里。四壁黄土，一盏油灯，这里已经简陋到不能再简陋。但是唯物质生活的最简最陋，才激励共产党的领袖们以最大的热忱，最坚韧的毅力，最谦虚的作风，去作最切实际的思考。毛泽东从小就博览群书，但是为了救国救民，他还在不停地武装自己。对艾思奇这个比他小十六岁的一介书生，毛泽东写信说："你的《哲学与生活》是你的著作中更深刻的书，我读了得益很多，抄录一些，送请一看是否有抄错的。其中有一个问题略有疑点（不是基本的不同），请你再考虑一下，详情当面告诉。今日何时有暇，我来看你。"记得在艾思奇同志逝世二十周年时，在中央党校的展柜里我还见到过毛泽东同志的另一封亲笔信，上有"与您晤谈，受益匪浅，现整理好笔记送上，请改"等字样。这不是对哪个人的谦虚，是对规律、对真理的认同。中国历史上曾有许多礼贤下士的故事，刘备三顾茅庐，诸葛亮未起床，就在雪地里静等；刘邦正在洗脚听见有人来访，就急得倒拖着鞋出迎。他们只不过是为了成自己的大事。而毛泽东这时是真正的在穷究社会历史的规律，他将一切有志者引为同志，把一切有识者奉为老师。蒋介石，这个中国历史上最后一个地主阶级的最高统治者，他何曾想到现时延安窑洞里这一批人的厉害。他以为这又是陈胜揭竿，刘邦斩蛇，朱元璋起事，他万没有想到毛泽东早就跳出了那个旧圈子而直取历史唯物主义和辩证唯物主义。

我在窑洞里徘徊，看着这些绵软的黄土，感受着这暖融融、湿润润的空气，不觉勾起一种遥远的回忆。我想起小时躺在家乡的窑洞里，身下是暖呼呼的土炕，仰脸是厚墩墩的穹顶，炕边坐着做针线的母亲，一种说不出的安全和温馨。窑洞在给神住以前，首先是给人住的，它体现着人与大地的联系。希腊神话里的英雄安泰只要脚不离地就力大无穷，任何敌人休想战胜他，而在一次搏斗中他的敌人就先设法使他脱离地面，然后击败他。斯大林曾用这故事来比喻党与人民的关系。延安岁月是毛泽东及我们党与土地、与人民联系最紧密的时期。毛泽东住在窑洞里，上下左右都是纯厚的黄土，大地紧紧地搂抱着他，四壁上下随时都在源源不断地向他输送力量。他眼观六路，成竹在胸。在一孔窑洞前的木牌上注明毛泽东在这里完成了《论持久战》。依稀

在孩童时我就听父亲讲过这本书的传奇，那时他们在边区，眼见河山沦陷，寇焰嚣张，愁云压心。一天发下了几本麻纸本的《论持久战》，几天后村内外便到处是歌声笑声，有如春风解冻一般。这个小册子在我家一直珍藏到“文化大革命”。后来读党史才知道当时连蒋介石都喜得如获至宝，发至全军每个军官一本。同时这本书很快又在美国出版。毛泽东为写这篇文章在窑洞里伏案工作九个日夜，连炭火烧了棉鞋也全然不知。第九天早晨，当他推开窑门，让警卫员把稿子送往清凉山印刷厂时，我猜想他的心情就像罗斯福签署了原子弹生产批准书一样激动。以后战局的发展果然都在他的书本之中。

一个伟人的思想是什么，是客观存在的规律，是事物间本来的联系，所以真理最朴素，伟人其实与我们最接近。一次，在延安雷电击死一头毛驴，驴主人说：“老天无眼，咋不打死毛泽东。”有人要逮捕这个农民，消息传到窑洞里，毛泽东说骂必有因，一了解，是群众公粮负担太重。他下令每年由二十万担减到十六万担，又听从李鼎铭的建议精兵简政。毛泽东在这窑洞里领导了著名的延安整风，他的许多深刻的论述挽救了党，挽救了多少干部，但是当他知道有人被伤害时，就到党校礼堂作报告，说“今天我是特意来向大家检讨错误的，向大家赔个礼”，并恭恭敬敬地把手举到帽檐下。1942 年，华侨领袖陈嘉庚访问延安，他刚在重庆吃过八百元一桌的宴席，这时却在毛泽东的窑洞里吃两毛钱的客饭，但他回去后写文章说中国的希望在延安。1945 年黄炎培访问延安，他看到边区的兴旺，想到以后的中国，问一个政权怎样才能永葆活力。毛泽东说，办法就是讲民主，就是让人民来监督。我想他说这话时一定仰头环视了一下四周厚实的黄土。“七大”前后很多人主张提毛泽东思想，他坚决不同意。他说：“这不是我个人的思想，是千百万先烈用鲜血写出来的，是党和人民的智慧。”“我这个人思想是发展的，我也会犯错误。”作家萧三要为他写传，他说还是去多写群众。他是何等的清醒啊！政局、形势、作风、对策，都装在他清澈如水的思想里。胡宗南进犯，他搬出了曾工作九年的延安窑洞，到米脂县的另一孔窑洞里设了一个沙家店战役指挥部。古今中外有哪一孔窑洞配得上这份殊荣啊，土墙上挂满地图，缸盖上摊着电报，土炕上几包烟，一个大茶缸，地上一把水壶还有一把夜壶。中外军事史上哪有这样的司令部，哪有这样的统帅。毛泽东三天两夜不出屋，不睡觉，不停地抽烟、喝茶、吃茶叶、撒尿、签发电报，一仗俘敌六千余。他是有神助啊，这神就是默默的黄土，就是拱起高高的穹庐、瞪着眼睛思考的窑洞。大胜之后他别无奢求，推开窑门对警卫说，只要吃一碗红烧肉。

当你在窑洞前徘徊默想时，耳边会响起黄河的怒吼，眼前会飘过往日的硝烟。但是你一眨眼，面前仍只有这一排静静的窑洞。自古都是心胜于兵，智胜于力。中国革命的胜利实在是一种思想的胜利，是毛泽东思想的胜利，是毛泽东那几篇文章的胜利。延安的这些窑洞真不愧为毛泽东思想的生产车间。延安时期是毛泽东展示才华思考写作的辉煌时期，收入《毛泽东选集》（四卷本）的一百五十六篇文章，有一百十一二篇是在这个时期写成的。毛泽东离开延安在陕北又转战了一年，胡宗南丢盔弃甲，哪里是他的对手。1947 年 12 月的一天，毛泽东在陕北米脂的一个窑洞里展纸研墨，他说："我好久没有写文章了，写完这一篇就要等打败蒋介石再写了。"他大笔一挥，写了《目前形势和我们的任务》，说我们要打正规战，要进攻大城市了。这是他在陕北窑洞里写的最后一篇文章，写罢掷笔，便挥师东渡黄河，直捣黄龙，为人民政权定都北京去了。他再没有回延安，只是在宝塔山下留下了这一排永远思考的窑洞。思想这面铜镜总是靠岁月的擦磨来现其光亮，半个世纪过去了，作为政治家、军事家的毛泽东离我们渐走渐远，而作为思想家的毛泽东却离我们越来越近。

原载于 1997 年第 1 期《散文》

# 红毛线，蓝毛线

政治者，天下之大事，人心之向背也。向来政治家之间的斗争就是天下之争，人心之争。孙中山说："天下为公。"一个政治家总是以他为公的程度，以他对社会付出的多少来换取人民的支持度，换取社会的承认度。有人得天下，有人失天下。中国从有纪年的公元前841年算起，不知有多少数得上名的君臣、政客，他们也讲操守，也讲牺牲，以换取人心，换取天下。唐太宗爱玩鹞子，魏征来见，忙捏在手里背在身后，话谈完了，鹞子也死在手中；王莽篡位前为表明不徇私情，甚至将自己的儿子处死；汪精卫年轻时也曾有行刺清廷大臣的壮举。人来人去，政权更替，这种戏演了几千年，但真正把私心减到最小最小，把公心推到最大最大的只有共产党和她的领袖们。当历史演进到20世纪40年代末，又将有一次政权大更替时，河北平山县西柏坡这个小山村，再次为我们提供了这个证明。

如今，在西柏坡村口立着五位伟人的塑像，他们是当时党的五大书记：毛泽东、刘少奇、周恩来、朱德、任弼时。五大领袖刚从村里走出来，正匆匆忙忙像是要到哪里去。这时中国革命已到了最关键的时候。曾经将中国的河山觊觎并蹂躏了达半个世纪之久的日寇终于心衰力竭，无可奈何地举手投降了，中国大地上突然又只剩下两大势力集团：毛泽东为首的共产党和蒋介石为首的国民党。20年前，蒋介石就"剿共"，现在日本人走了，蒋介石又重做这个梦，你看"东北剿总”“华北剿总”，又到处扯起“剿”字旗，他想在北方重演一场当年在江西的戏。但这时，早已南北易位，时势相异。毛泽东从从容容地将五位书记一分为二，他说，我和恩来、弼时在陕北拖住胡宗南，少奇和朱老总可先到河北平山去组织一个工作班子。平山者，晋陕与北平间一块过河的踏石，此时一收天下之势已明矣。

虽然已经有人马数百万，土地数千里，就要开国进京了，但是当五大领袖住进这个小村时，并没有什么金银细软。他们和其他所有的干部一样只有一身灰布棉制服。刘少奇带着那只跟随了他多年的文件箱，那是一个如农家常用的小躺柜，粗粗笨笨，一盖上盖子就可以坐人。这箱子后来进了北京，在“文化大革命”抄家中，幸亏保姆在上面糊了一层花纸才为我们保存了这件文物。现在这小木箱又按原样放在少奇同志房间的右角，而左角则是一个只有二尺宽、齐膝高的小桌，这是当时从老乡家借来的。少奇同志就是伏在这个小桌上起草了《中国土地法大纲》。他写好《大纲》后，就去村口召开全国土改工作会。露天里搭了一个白布棚算是主席台，从各边区来的代表就搬些石头块子散坐在棚前。座中一位最年轻的代表，是毛泽东的长子毛岸英。这将是一次要把全国搅得天翻地覆，有里程碑意义的大会啊。会场没有沙发，没有麦克风，没有茶水，更没有热毛巾。这是一个真正的会议，一个舍弃了一切形式，只剩下内容，只剩下思想的会议。今天，当我们看这个小桌，这个会场时，才顿然悟到，开会本来只有一个目的，那就是工作，大家来到一起是为了接受新思想，通过交流碰撞产生新思想，其他都是多余的，都是附加上去的。可惜后来这种附加越来越多。

这个朴素的会议讲出了中国农民一千多年来一直压在心里的一句话：平分土地。这话经太行山里的风一吹，便火星四溅，燃遍全国。而全国早已是布满了干柴，这是已堆了一千多年的干柴啊，从陈胜吴广到洪秀全，这场火着了又熄，熄了又着，总没有着个透。现在终于大火熊熊，铺天盖地。土改极大地调动了农民的积极性。三大战役中民工支前参战就达 886 万人，800 多万啊，相当于国民党的全部陆海空军。陈毅说淮海战役是农民用小推车推出来的。只平山县，土改后，

王震同志振臂一呼："保卫胜利果实！"一次就参军1500人，组成著名的平山团，这个团一直打到新疆，现在还驻扎在阿克苏。解放战争实质上是十年土地革命的继续，是中国农民一千多年翻身闹革命的总胜利，而土改则是开启这股洪流的总闸门。但开启这个闸门的仪式竟是这样的平静，没有红绸金剪的剪彩，没有鼓乐，没有宴会，摆在我们面前的只是这个木柜，这张二尺小桌，和河滩里这一片曾作为会场的光秃秃的石头。

1948年5月，毛泽东和周恩来、任弼时在陕北转战一年，拖垮了胡宗南后也来到了这里。五位书记又重新会合了。毛泽东决定在这里摆两着棋。第一着是打三大战役。他在隔壁的院子里布置了一间作战室，国共两党已经斗了20年，他要在这里再最后斗一斗蒋介石。这是一间普通的农家房舍，大约不到30平方米，里面摆着三张大桌子：一张作战科用，一张情报科用，一张资料科用。大屋子里彻夜灯火通明（那时已开始有电灯，但又常离不开油灯）。来自全国各战场的电报汇集到这里，参谋们紧张地分析、研究、报告。讲解员说当时很难买到红蓝铅笔，为了节省使用，参谋们就用红毛线、蓝毛线在地图上标识敌我势态。虽然我们这时已在进行着百万大军的总决战了，但其实还穷得很呢。这时南京国防部的大楼里呢绒大桌，真皮沙发，咖啡香烟，他们也绝对想不到共产党会这样穷。其实到这时共产党还从来没有富过，尤其是党中央最不富。当年中央红军走到陕北时只剩万数人马，1000元钱，人均一毛钱。毛泽东只好向红二十五军去借，徐海东也没有想到中央会这么困难，忙从全军7500元的积蓄中抽出5000元。毛、周留在陕北，晋察冀吃穿用都比陕北强。贺龙过河来看毛泽东，毛的警卫员看着贺老总警卫员身上的枪直眼馋。贺胡子也大吃一惊，他无论如何想不到中央机关会这么苦，赶快对警卫说："换一下。"共产党是穷惯了，党的最高层是穷惯了。不是他们爱穷，他们守一个原则：只要中国的老百姓还穷，党就耻于高过百姓；只要党还穷，第一线还穷，中央机关、党的领袖就决不肯优于他们。这种生活的清贫，工作条件的清苦，清澈见底地表示着他们的一片心，这就是只有解放全人类才能最后解放自己。

九百年前封建名臣范仲淹就提出“先天下之忧而忧，后天下之乐而乐”，但真正实现了这句名言的只有共产党。现在毛泽东和他的参谋班子就是在这间最简陋的指挥部里和蒋介石斗法。这反倒生出一种神秘，就像武侠小说上写的，突然有一个貌不惊人的高手随便抽出一把扇子或者一根旱烟管就挑飞了对方手中的七星宝刀。作战室旁那个有一盘小石磨的小院子里，毛泽东在石磨旁抽烟、踱步，不分日夜地草拟电报，据统计，三大战役毛泽东亲手写了 190 封电报。电报发出了，作战参谋们就在地图上用红毛线一圈一圈地去拴，先是拴住了沈阳，接着又套住了徐州、淮海，最后红毛线干脆套到了平津的脖子上。三大战役共歼敌 154 万。共产党的每个普通干部在延安大生产时就学会了纺毛线，想不到这粗糙的毛线今天派上了这样一个大用场。黄维在淮海战役被俘，改造出狱后坚持要来西柏坡看一看，当他看到这间简陋的作战室时，感慨唏嘘，连呼：“蒋先生当败！蒋先生当败！”蒋介石怎么能不败呢？共产党克己为民，其公心弥盖天下，已经盖住并熔化了敌人的营垒，连蒋介石派来的谈判代表邵力子、张治中都服而不归了。

一着武棋下完，再下一着文棋。1949 年 3 月 5 日，著名的七届二中全会在中央机关的一间大伙房里召开了。现在会议室里还保留着原来主席台上的样子。说是主席台，其实没有台，就是在伙房一头的墙上挂一面党旗，旗下摆一张长方桌，后面放一把旧藤椅。台两侧各有一张桌子是记录席。会场没有麦克风，更没有录音机。出席会议的共 34 名中央委员，19 名候补中央委员，毛主席坐在长桌后面，其余的人都坐在台下。台下也没有固定的椅子，开会时个人就从自己的家里或办公室带个凳子。会议开了 8 天，委员们仔细地讨论军事、政治、党务、政权接收等大事。轮到谁发言时就走到那张长桌旁面向大家站着讲话，讲完后又回到自己的凳子上。毛泽东亲自记录，不时插话。领袖与代表咫尺之近，寸许之间。

其实这已是老习惯了，许多人都见过一张照片，毛泽东在延安窑洞前站着作报告，黄土地上摆一个小凳子，凳子上放一只大瓷缸子。大家在木凳前席地而坐，据说前排的人口渴了，就端起毛泽东的茶缸

喝一口水。不但是党内，就是领袖和百姓也亲密无间。西柏坡坡下有水，有稻田，毛泽东是从小干惯了稻田活的，工作之余就挽起裤腿去和农民插秧。朱老总一脸敦厚，在村头背着手散步，常被误认为是下地回来的老乡。任弼时全家人睡的土炕上至今还放着一架纺车。五大领袖走过雪山草地，到过东洋西洋，统率千军万马，熟悉中国的经济，遍读经史子集和马恩列斯，有的还坐过国民党的大牢，他们知识渊如海，业绩高如山。但是他们却这样自自然然地融在革命队伍中，作为普普通通的一分子。伟人者，其思想、作风、境界、业绩已经自然地达到了一个高度，如日升高，如木参天，如水溢岸，你想让它降都降不下来，他当然不会再另外摆什么架子，装什么样子。

1949 年春的中国共产党，他的五大领袖，他的三十四名中央委员就这样平平静静地坐在北方小山村的这间旧伙房里决定着中国的命运，也决定着党在历史的转折关头该怎么办。住了 20 年山沟，现在要进城了，党没有忘记存在决定意识这条哲学的基本原理，没有忘记党员在改造客观世界的同时也要改造主观世界这个准则。在这间简陋的会议室里，共产党通过了自己的"陋室铭"。毛泽东说：要警惕"糖衣炮弹"，"夺取全国胜利，这只是万里长征走完了第一步"，"务必使同志们继续地保持谦虚、谨慎、不骄、不躁的作风，务必使同志们继续地保持艰苦奋斗的作风"。本来会议开始时主席台上并排挂着马恩列斯毛的像，到闭幕时就不这样挂了。会议过程中渐渐形成了一个共识，并通过五项决定：不以人名命名，不祝寿，中国同志不与马恩列斯并列，少拍巴掌，少敬酒。这真让人吃惊了，党的中央全会竟决定如此细小的事。战战兢兢，如履薄冰，其心之诚，其行之慎，天地可鉴。当年袁世凯筹备登基，光龙袍上的两颗龙眼珠就值 30 万大洋，而共产党为新共和国奠基却只借用了一间旧伙房。我们常说像真理一样朴素，只要道理是真的，裹着这道理的形式是不需多讲究的。这话是用镀金的话筒说出来的还是扯着嗓子喊出来的，关系并不大。真理不要过多的形式来打扮，不要端着架子来公布，它只要客观真实，只要朴素。清皇室册封嫔妃是用金页写成，每页就用 16 两黄金。可她们的名字有哪一个被后人记住了呢？红毛线、蓝毛线、二尺小桌、石头会场、小石磨、旧伙房，谁能想到在两个政权最后大决战的时刻，共产党就是祭起这些法宝，横扫江北，问鼎北平的。真是撒豆成兵，指木成阵，怎么打怎么顺了。其实那时使用什么都已无关紧要了，因为我们的心早已到了，任何一件普通东西上都附着我们的理想、信念和为人民服务的宗旨，心诚则灵，天下来归，传檄而定，望风披靡。而蒋政权人心已去，好比一株树，水分跑光了，叶子早已枯黄，不管谁来轻轻摇一下都会枝折叶落的。

当参观结束后，几乎每一个人都要到村口和五大领袖合影一张。五位书记昂首向前，似将远行。到哪里去？当年在村口毛泽东说了一句风趣的话：我们上京赶考去，要考好，不要做李自成。周恩来说：要及格，不要被退回来。

原载于 1997 年 1 月 23 日《人民日报》

经典所以经得起重复是因为它有丰富的内涵，
人们每重复它一次都能从中开发出有用的东西，
像一块糖，
因为有甜味人才会去嚼。

# 特利尔的幽灵

《共产党宣言》的第一句话就是："一个幽灵，一个共产主义的幽灵在欧洲上空徘徊。"我不知道德文的原意，中文翻译时为什么用了这个词。中国人的习惯，幽灵者，幽远神秘，缥缈不定，威力无穷。看不见，摸不着，似有似无，信又不信，几分敬重里掺着几分恐惧，冥冥中看不清底细，却又摆不脱对它的依赖。大概这就是幽灵。

或许就是这幽灵的魅力，我一到德国就急着去看马克思的故居。马克思出生在德国西南部的特利尔小城。那天匆匆赶到时已近黄昏，我们在一条小巷里找到了一座灰色的小楼，在清静的街道上，在鳞次栉比的住宅区，这是一处很不引人注意的房舍，落日的余晖正为它洒上一层淡淡的金黄。我推门进去，正面一个小小的柜台，陈列着说明书、纪念品，门庭很小，窗明几净，散发出一种家庭式的温馨。最引人注目的是墙上的一张马克思像，不是照片，也不是绘画，是一部用《共产党宣言》的文字组成的肖像。连绵不断的英文字母排成长长的线，勾勒出马克思的形象——我们所熟悉的大胡子、宽额头和那双深邃的眼睛。我在这张特殊的肖像前默站了好大一会儿。一个人能用自己驰名世界的著作来标志和勾勒自己的形象，这真是难得的殊荣。

故居的小楼共分三层，环形，中间有一个小小的天井。一层原是马克思父亲从事律师职业时的办公室，现在做了参观的接待室；二层是马克思出生的地方，现在陈列着各种资料，介绍马克思的生活情况和当时国际共运的背景；三层陈列马克思的著作。其实，马克思出生后在这里只住了一年半，他父亲1818年4月租下这座房子，5月5日马克思出生，第二年10月全家便搬走了。马克思于此地可以说毫无记忆，他以后也许再没有来过。但是后人记住了它。1904年，这座房子被特利尔一位社会民主党人确认为就是马克思的出生地，党组织多次想买下它，限于财力，未能如愿。到1928年才用10万金马克从私人手中买下并进行修复，计划在1931年5月5日对外开放。但接着政治形势恶化，希特勒上台，1933年5月，房子被没收，并做了法西斯地方组织的党部。直至第二次世界大战结束，社会民主党才重新收回了这座房子，1947年5月5日终于第一次开放。

世事沧桑，从马克思1818年在这座房子里出生到现在已过了170年，这期间世界变化之大，超过了这之前的1700年。但是世界仍然在马克思的脑海里运行。陈列馆里有一张当年马克思投身工人运动和为研究学问四处奔波的路线图，一条条细线在欧洲大地来回穿梭，织成一张密网。英国伦敦是细线交会最集中的地方。我目光移驻在这个点上，自然想到那个著名的故事：马克思在大英博物馆读书、写作，时间长了，脚下的石板给蹭出了一条浅沟。就像少林寺石板上留下了武僧的脚窝一样，不管是文功还是武功，都是要下功夫的。马克思从一开始就把整个地球，把地球上的经济形态、生产关系、科学技术、人的思维，及这个世界上的哲学等，全部作了他的研究对象。他要为世界究出个道理，理出个头绪。他是如阿基米德或者像中国的老子那样的哲人。他看到了工人阶级的贫困，但他决不只是想改变一时一地工人的境况。他不是像欧文那样去搞一个具体的慈善实验，就是巴黎公社，他一开始也不同意。他是要从根本上给这个乱糟糟的世界求一个解法。这座楼里保存最多的资料是马克思的各种手稿和著作的版本。我们最熟悉的当然是《共产党宣言》和《资本论》了。这里有最珍贵的《共产党宣言》第一版。在这之前还没有哪一本书能这样明确地告诉人们换一种活法，能在全世界范围内掀起一场持续百年而不衰的运动。我们只要看一看这橱窗里所陈列的从1848年首次出版以来，各地层出不穷的《宣言》版本，就知道它的生命力。它怎样为世界所接

受，又怎样推动着世界。据统计，《宣言》共出版过70多种文字的1000多种版本，它传到中国是1920年，由陈望道先生译出第一个中文本。从此，起起落落经历了两千年农民起义的神州大地卷起了一股崭新的风暴——共产主义的风暴。那些在油灯下捧读了麻纸本《宣言》的泥腿子，他们再不准备打倒皇帝做皇帝，而是头戴斗笠，肩扛梭镖，高喊着“全世界无产者联合起来”，呼啸着冲过山林原野。

三楼的第22展室是专门收藏和展出《资本论》的，最珍贵的版本是《资本论》第一卷的平装本。《资本论》是一本最彻底地教人认识社会的巨著，全书160万字，马克思为它耗费了40年的心血，为了写作，前后研究书籍达1500种。在这之前谁也没有像他这样讲清资本和劳动的关系。恩格斯在马克思的墓前说，马克思一生有两大发现：一是发现物质生产是精神活动的基础；二是发现了资本主义的生产规律。这本书不只是教人认清剥削，消灭剥削，它还教人认识生产力和生产关系、组织经济、发展经济。甚至它的光焰逼得资本家也不得不学《资本论》，不得不承认劳资对立，设法缓和矛盾。《资本论》是一个海，人类社会的全部知识，经过了在历史河床上的长途奔流，又经过了在各种学科山林间的吸收过滤，最后都汇到了马克思的脑海里来，汇到了这本大书里来。我看着这些发黄的卷了边的著作，和各种文字的密密麻麻的手稿，看着墙上大段的书摘，还有规格大小不一、出版时间地点不同的各种版本，一种神圣的感觉爬上心头。我仿佛是从大海里游上来，长途跋涉，溯流而上来到青藏高原，来到了长江、黄河的源头，这时水流不多，一条条亮晶晶的水线划过亘古高原，清流漫淌，纯净透明，整个世界静悄悄的，头上是举手可得的蓝天白云。夕阳从天井里折射进来，给室内镀上了一层灿烂的金黄。

150多年前马克思宣布了“共产主义幽灵”的出现，欧洲一切反动势力真是茫茫然，吓得手忙脚乱。150多年后，当我站在特利尔这座小房子里时，西方人已经不怕马克思了，这窗户外面就是资本主义世界。这个世界完整地保存了这座房子，还在它的旁边开辟了马克思纪念图书馆。在对马克思主义的幽灵经过了那个“神圣的围剿”后，现在已不得不承认它的存在，并认真地从中汲取着养分。1983年马克思逝世100周年时，当时的西德曾专门发行832万枚铸有马克思头像的硬币，其中35万枚专供收藏。而在此前，西德马克上只铸历届总统的头像。联邦政府国务秘书就此事在议会答辩说：“马克思的政治观点在西方虽有争论，但他无疑是一位重要的学者，应该受到人民的尊敬。”牛津大学希腊文教授休·劳力埃德琼斯说：“现有的大量文献，包括一部分很有价值的，都是在马克思主义的基础上产生的。不仅在历史、政治、经济和社会各门学科中，而且在美学和文学批评领域中，马克思主义都是每个有常识的读者必须与之打交道的一种学说。”他们就像一位输在对方剑下的武士，恭手垂剑，平心静气地讨教技艺。

从留言簿上看，来这里参观最多的是中国人。马克思主义于中国有太多太多的悲欢。这个幽灵在中国一登陆，旧中国的一切反动势力立即学着欧洲的样子“对这个幽灵进行神圣的围剿”。就是共产党内，在经历了十月革命一声炮响送来马克思主义的一刹那兴奋之后，接着便有无穷的磨难。这个幽灵一入国门，围绕着怎样接纳它，运用它，便开始了痛苦的争论。幽灵是万灵之药，是看不见的，是来自遥远欧洲的提示，是冥冥中的规定，是马克思的在天之灵。中国这个封建文化深厚、崇神拜上、习惯一统的国度，总是喜欢有一个权威来简化行动的程序，省却思考的痛苦。中国历次农民起义总要先托出一个神来。陈胜吴广起义托狐仙传话，刘邦起义假斩蛇树威，直到洪秀全创拜上帝会自称上帝的代言人。总之，要从幽冥之处借来一个威严的声音，才好统一行动。于是传播共产主义幽灵的书一到中国，便立即有了革命的“本本主义”，这种借天上的声音来指导地上的革命所造成的悲剧，择其大者有两次。一次是土地革命时期，王明的“左”倾路线，导致根据地和红军损失殆尽。是毛泽东摈弃了洋本本，包括摈弃了共产国际派来的那个马克思的老乡，军事指挥官李德，而只用其神，只用其魂。他不要德国的、欧洲的外壳，他用中国语言，甚至还带点湖南味道大声说：“打得赢就打，打不赢就走，农村包围城市。”一下就讲清了中国革命的战略问题。幽灵才真的显灵了，革命重又“六盘山上高峰，红旗漫卷西风”。第二次是新中国成立后，对生产关系的错误估计导致了大跃进、公社化对生产力的破坏，直至全面崩溃的“文

化大革命”。是邓小平再次摈弃了洋本本，他再一次甩开强加给共产主义幽灵的沉重的外壳，用中国语言，甚至还有点四川味道说了一声“不管白猫黑猫，抓住老鼠就是好猫”，并大胆问了一句：“到底什么是社会主义？”一下子就使中国这个老大社会主义跳出了共产主义的狂想，跳出了红色纯正的封闭。

当我们这几年逐渐追上了发展着的世界时，回头一看，不禁一身冷汗，一阵后怕。马克思当年批评大清帝国说：“一个人口几乎占人类三分之一的大帝国，不顾时势，安于现状，人为地隔绝于世，并因此竭力以天朝尽善尽美的幻想自欺。这样一个帝国注定最后要在一场殊死的决斗中被打垮。”如果我们还是那样封闭下去，将要重蹈大清帝国的覆辙。

读了几十年马克思的书，走了几十年曲曲折折的路，难得有缘来到马克思最初降临人间的地方，观看这些最早出现在人世的福音珍本。但这时我已不像当年在课堂里捧读时那样，面前一片空白。心中的思考犹如眼前这些藏书一样的沉重。我注视着墙上用《宣言》文字组成的马克思肖像，他像佛光中的佛祖一样，忽然清晰，又忽然模糊。一会儿浮现出来的是马克思的形象，他的宽额头、大胡子，一会儿人不见了，只是一行行的字母，字里行间是百年工运的洪流和席卷全球的商业大潮。我想，我们还是不了解马克思，许多年来我们对他若即若离，似懂非懂。这几年，我们也曾急切地追问：“资本主义为什么腐而不朽，打而不倒呢？这个幽灵为什么不灵了呢？”但是就在这个房间里，打开这尘封褪色的书稿，马克思早在1859年就指出：“无论哪一个社会形态，在它所能容纳的全部生产力发挥出来以前，是决不会灭亡的；而新的更高的生产关系，在它存在的物质条件在旧社会的胞胎里成熟以前，是决不会出现的。”过去我们也曾认真地对照马克思的书，计算过雇几个工人就算是资本主义，数过农民家养几只鸡就算是资本主义。但是我们又忽略了，仍然在这些书稿里，马克思面对人们急切地询问他社会主义的步骤时说：“现在提出这个问题是虚无缥缈的。”恩格斯说得更明白：“我们不打算把什么最终规律强加给人类。关于未来社会组织方面的详细情况和预定看法嘛，您在我这里连它们的影子也找不到。”马克思是一个伟大的思想家，而我们却硬要把他降低为一个行动家。共产主义既然是一个“幽灵”就幽深莫测，它是一种思想而不是一个方案。可是我们急于对号入座，急于过渡，硬要马克思给我们说下个长短，强捉住幽灵要显灵。现在回想我们的心急和天真实在让人脸红，这就像一个刚会走路说话的毛孩子嚷嚷着说：“我要成家娶媳妇。”马克思老人慈祥地摸着他的头说：“孩子，你先得吃饭，先得长大。”到一个半世纪后，中国共产党在北京召开十五大，认真地总结20世纪以来的经验教训，指出党决不能提什么超越现阶段的任务和政策。江泽民同志说：社会主义初级阶段的历史进程至少需要一百年。这就是历史唯物主义。中国俗话讲：日久见人心。心者，思想也。常人之心，年月可现；哲人之心，世纪方知。马克思实在是太高深博大了，在过去的岁月里，无论是东方的还是西方的学者，无论是资本主义的还是社会主义的实践者，其实都才刚刚从皮毛上理解了他的一小部分，便就立即或好或恶地注入感情，生吞活剥地付之行动。他们经过许多跌跌撞撞、磕磕碰碰之后，再又来到他的肖像前、他的故居、他的墓旁、他的著作里重新认识马克思。

从故居出来，天已擦黑。特利尔很小，只有10万人口，却是德国最古老的城市。街上灯火辉煌，我们找了一家很有现代味道的旅馆，便匆匆安歇了。如今我从东半球飞到西半球，就像唐僧非得要到释迦牟尼的老家去一趟不可，跋涉万里，终于还了这个愿。我带着圣地给我的兴奋和沉思慢慢进入梦乡。第二天早晨一醒来，满屋阳光。推开窗户，惊奇地发现街对面竟是一座古罗马的城堡，一座完整的城门和向两边少许延展的残墙，距今已2400年。城堡全由桌子大小的石块砌成，石面已长满绿苔，石缝间也已长出了手臂粗的小树。就像一位已经石化了的罗马老人，好一派幽远的苍凉，我感觉到了历史的灵魂。而越过城堡的垛口向南望去，还有一座尖顶的古教堂，据说也已经1400年。沉重的红墙，窄窄的窗口，里面安置着主的灵魂。城堡和教堂只隔几条街，历史却跋涉了1000年，到它再走进我们住的这座旅馆，又用了500年。咫尺方寸地，岁月2000年啊。我注视着这个宁静的历史的港湾，不禁想到，凡先驱者的思想，总是要留给我们一段长

时间的理解和等待。就在离特利尔不远的乌尔姆还诞生了德国的另一个大哲人爱因斯坦，他的相对论发表之初，据说全欧洲只有 8 个人懂，到 40 年后第一颗原子弹爆炸，人们才信服了他。而就是现在，许多人对其深奥也还是似懂非懂。我又想起一件事。也是马克思的老乡，天文学家开普勒经过 16 年的呕心沥血，终于发现了行星运行规律，他欣喜若狂，在实验笔记上大书道："大事告成，书已写出，可能当代就有人读它，也可能后世才有人读它，甚至可能要等一个世纪才有读者，就像上帝等了六千年才有信奉者一样，这我就管不着了。"

思想家只管想，具体该怎么做，是我们这些后人的事。既然是灵魂，它就该有不同的躯壳，它就有永远的生命。

原载于 1997 年 10 月 18 日《光明日报》

# 一座小院和一条小路

作为伟人的邓小平，一生不知住过多少宅院宾馆，但唯有这个小院最珍贵，这是“文化大革命”中他突然被打倒、被管制时住的地方。作为伟人的邓小平，一生辗转南北，不知走过多少路，唯有这条小路最宝贵，这是他从中央总书记、国务院副总理任上突然被安排到一个县里当钳工时，上班走的路。在小平同志去世后两个月，我有缘到江西新建县拜谒这座小院和轻踏这条小路。

这是一座大约有六七百平方米的院子，原本是一所军校校长的住宅，“文化大革命”中军校停办。1969 年 10 月小平同志在中南海被软禁，三年之后和卓琳还有他的养母又被转到江西，三个平均年龄近七十岁的老人守着这座孤楼小院。仿佛是一场梦，他从中南海的红墙内，从总书记的高位上被甩到了这里，开始过一个普通百姓的生活，不，比普通百姓还要低一等的生活。他没有自由，要受监视，要被强制劳动。我以崇敬之心，轻轻地踏进院门。

现在单看这座院子，应该说是一处不错的地方。楼前两棵桂花树簇拥着浓绿的枝叶，似有一层浮动的暗香，地上的草坪透出油油的新绿。人去楼空，二层的窗户静静地垂着窗帘，储存着一段珍贵的历史。整个院子庄严肃穆，甚至还有几分高贵。但是当我绕行到楼后时，心就不由一阵紧缩，只见在青草秀木之间斜立着一个发黑的柴棚和一个破旧的鸡窝，稍远处还有一块菜地，这一下子破坏了小院的秀丽与平

静，将军楼也无法昂起它高贵的头。小院的主人曾经是受到了一种怎样的屈辱啊。

当时三位老人中，六十五岁的邓小平成了唯一的壮劳力，因此劈柴烧火之类的粗活就落在他的身上。他曾经是指挥过淮海战役的直接统帅啊，当年巨手一挥收敌六十五万，接着又挥师过江，再收半壁河山。可是现在，他这双手只能在烟熏火燎的煤炉旁劈柴，只能弯下腰去，到鸡窝里去收那只还微微发热的鸡蛋，到菜地里去泼一瓢大粪，好收获几苗青菜，聊补菜金的不足。要知道，这时他早已停发工资，只有少许生活费。就这样还得节余一些，捎给那一双在乡下插队的小儿女。这不亚于韩信的胯下之辱，但是他忍住了。士可杀而不可辱，名重于命固然可贵，但仍然是为一己之名。士之明大义者，命与名外更有责，是以责为重，名为轻，命又次之。有责未尽时，命不可轻抛，名不敢虚求。司马迁所谓："耻辱者，勇之决也。"自古能担大辱而成大事者是为真士，大智大勇，真情真理。人生有苦就有乐，有得意就有落魄。共产党人既然自许只有解放全人类才能最后解放自己，就忍得人间所有的苦，受得世上所有的气。共产党从诞生那一天起就开始受挤压，受煎熬。有时一个国家都难逃国耻，何况一个人呢？世事沧桑不由己，唯有静观待变时。

一年后，他的长子，"文化大革命"中被迫害致残的邓朴方也送到这里。多么壮实的儿子啊，现在却只能躺在床上了。他替他翻身，背他到外面去晒太阳。他将澡盆里倒满热水，为儿子一把一把地搓澡。热气和着泪水一起模糊了老父的双眼，水滴顺着颤抖的手指轻轻滑落，父爱在指间轻轻地流淌，隐痛却在他的心间阵阵发作。这时他抚着的不只是儿子摔坏的脊梁，他摸到了国家民族的伤口，他心痛欲绝，老泪纵横。我们刚刚站立不久的国家，我们正如日之升的党，突然遭此拦腰一击，其伤何重，元气何存啊！后来邓小平说，"文化大革命"是他一生最痛苦的时刻。痛苦也能产生灵感，伟人的痛苦是和国家的命运连在一起的。作家的灵感能产生一部作品，伟人的灵感却可以产生一个时代。小平在这种痛苦的灵感中看到了历史又到了一个拐弯处。

我在院子里漫步，在楼上楼下寻觅，觉得身前身后总有一双忧郁的眼睛。二楼的书橱里，至今还摆着小平同志研读过的《列宁全集》。楼前楼后的草坪，早已让他踩出一道浅痕，每晚饭后他就这样一圈一圈地踱步，他在思索，在等待。他戎马一生，奔波一生，从未在一个地方闲处过一年以上。现在却虎落平川，闲踏青草，暗落泪花。如今沿着这一圈踩倒的草痕已经铺了方砖，后人踏上小径可以细细体味一位伟人落难时的心情。我轻轻踏着砖路行走，前面总像有一个敦实的身影。"居庙堂之高则忧其民，处江湖之远则忧其君"，贬臣无己身，唯有忧国心。当年屈原在汨罗江边大概就是这个样子。现在，赣江边又出现一颗痛苦的灵魂。

但上面决不会满足于就让小平在这座院子里种菜、喂鸡、散步，也不能让他有太多的时间去遐想。按照当时的逻辑，"走资派"的改造，是重新到劳动中去还原。小平又被安排到住地附近的一个农机厂去劳动。开始，工厂想让他去洗零件，活轻，但人老了，腿蹲不下去；想让他去看图纸，眼又花了太费神。这时小平自己提出去当钳工，工厂不可理解。不想，几天下来，老师傅伸出大拇指说："想不到，你这活够四级水平。"小平脸上静静的没有任何表情。他的报国之心，他的治国水平，该是几级水平呢？这时全国所有报纸上的大标题称他是中国二号"走资派"（但是奇怪，"文化大革命"后查遍所有的党内外文件，却找不到任何一个对他处分的决定）。金戈铁马东流水，治国安邦付西风，现在他只剩下了钳工这个老手艺了。钳工就是他十六岁刚到法国勤工俭学时学的那个工种，时隔半个世纪，恍兮，惚兮，历史竟绕了这么大一个圈子。

工厂照顾小平年迈，就在篱笆墙上开了一个口子，这样他就可以抄近路上班，大约走二十分钟。当时决定撕开篱笆墙的人决没有想到，这一举措竟为我们留下一件重要文物，现在这条路已被当地人称为"小平小路"。工厂和住地之间有浅沟、农田，"小平小路"蜿蜒其间，青青的草丛中袒露出一条红土飘带。我从工厂围墙（现已改成砖墙）的小门里钻出来，放眼这条小路，禁不住一阵激动。这是一条再普通不过的乡间小路，我还是在儿时，就在这种路上摘酸枣、抓蚂蚱，看着父辈们背着牛腰粗的柴草，腰弯如弓，在路上来去。路上走过牧归

的羊群，羊群荡起尘土，模糊了天边如血的夕阳。中国乡间有多少条这样的路啊。有三年时间，小平每天要在这条小路上走两趟。他前后跟着两个负监视之责的士兵，他不能随便和士兵说话，而且也无法诉说自己的心曲。他低头走路时只有默想，想自己过去走的路，想以后将要走的路。他肚里已经装了太多太多的东西，他有许多许多的想法。他是与中国现代史、与中国共产党党史同步的人。

五四运动爆发那年，他十五岁就考入留法预备学校，中国共产党成立的第二年，他就在法国加入少年共产党。以后到苏联学习，回国领导百色起义，参加长征、太行抗日、淮海决战、成立新中国，当总书记、副总理。党和国家走过的每一步，都有他的脚印。但是他想走的路，并没有全部能走成，相反，还因此而受打击，被贬抑。他像一只带头羊，有时刚想领群羊走一条捷径，背后却突然飞来一块石头，砸在后脖颈上，他一惊，只好作罢，再低头走老路。第一次是1933年，“左”倾的临时中央搞军事冒险主义，他说这不行，挨了一石头，从省委宣传部长任上一下被贬到边区一个村里去开荒。第二次是1962年，“大跃进”、公社化严重破坏了农村生产力，他说这不行，要让群众自己选择生产方式，“不管白猫黑猫，抓住老鼠就是好猫”，结果又换了一石头，这次他倒没有被贬职，只是挨了批评，当然他的建议也没有被接受。

第三次就是“文化大革命”了，他不能同意林彪、江青一伙胡来，就被彻底贬了下来，贬到了江西老区，他第一次就曾被贬过的地方，也是他当年开始长征的地方。历史又转了一个圈，他重新踏到了这块红土地。

这里地处郊县，还算安静。但是报纸、广播还有串联的人群不断传递着全国的躁动。到处是大字报的海洋，到处在喊“砸烂党委闹革命”，在喊“宁要社会主义的草，不要资本主义的苗”。疯了，全国都疯了。这条路再走下去，国将不国，党将不党了啊。难道我们从江西苏区走出去的路，从南到北长征万里，又从北到南铁流千里，现在却要走向断崖，走入死胡同了吗？他在想着历史开的这个玩笑。他在小路上走着，细细地捋着党的七大、八大、九大，我们到底出了什么问题？曾作为国家领导人，一位惯常思考大事的伟人，他的办公桌没有了，会议室没有了，文件没有了，用来思考和加工思想的机器全被打碎了，现在只剩下这条他自己踩出来的小路。他每天循环往复走在这条远离京都的小路上，来时二十分钟，去时还是二十分钟。秋风乍起，衰草连天，田园将芜。他一定想到了当年被发配到西伯利亚的列宁。海天寂寂，列宁在湖畔的那间草棚里反复就俄国革命的理论问题做着痛苦的思考，写成了《俄国社会民主党人的任务》，提出了一个著名的原理："没有革命的理论就不会有革命的运动。"那么，我们现在正遵从着一个什么样的理论呢？他一定也想到了当年的毛泽东，也是在江西，毛泽东被"左"倾的党中央排挤之后，静心思考写作了《中国的红色政权为什么能够存在》。那是从这红土地的石隙沙缝间汲取养分而成长起来的思想之苗啊。实践出理论，但是实践需要总结，需要拉开一定的距离进行观察和反思。就像一个画家挥笔作画时，常常要退后两步，重新审视一番，才能把握自己的作品一样，革命家有时要离开运动的漩涡，才能看清自己事业的脉络。他从十五岁起就寻找社会主义，从法国到苏联，再到江西苏区，直到后来掌了权，自己动手搞社会主义，搞合作化、大跃进、公社化，"文化大革命"。现在离开了运动本身，又由领袖降成了平民，他突然问自己到底什么是社会主义？中国需要什么样的社会主义？

整整三年，小平就在这条路上来来回回地思索，他脑子里闪过一个题目，渐渐有了一个轮廓。就像毛泽东当年设计一个有中国特色的武装斗争道路一样，他在构思一个有中国特色的社会主义。这思想种子的发芽破土，是在十年后党的十二大上，他终于发出一声振聋发聩的呼喊："走自己的道路，建设有中国特色的社会主义，这就是我们总结长期历史经验得出的基本结论。"伟人落难和常人受困是不一样的。常人者急衣食之缺，号饥寒之苦；而伟人却默穷兴衰之理，暗运回天之力。所谓西伯拘而演《周易》，孔子厄而作《春秋》，屈原赋《骚》，孙子论《兵》，置己身于度外，担国家于肩上，不名一文，甚至生死未卜，仍忧天下。整整三年时间，小平种他的菜，喂他的鸡，在乡间小路上日出而作，日入而息。但是世纪的大潮在他的胸中，风

起云涌，湍流激荡，如长江在峡，如黄河在壶，正在觅一条出路，正要撞开一个口子。可是他的脸上静静的，一如这春风中的田园。只有那双眼睛透着忧郁，透着明亮。

1971年9月的一天，当他又这样带着沉重的思考步入车间，正准备摇动台钳时，厂领导突然通知大家到礼堂去集合。军代表宣布一份文件：林彪仓皇出逃，自我爆炸。全场都惊呆了，空气像凝固了一样。小平脸上没有表情，只是努力侧起耳朵。军代表破例请他坐到前面来，下班时又允许他将文件借回家中。当晚，人们看到小院二楼上那间房里的灯光一直亮到很晚。一年多后小平同志奉召回京。江西新建县就永远留下了这座静静的院子和这条红土小路。而这之后中国又开始了新的长征，走出了一条改革开放、为全世界震惊的大道。

原载于1997年第10期《人民文学》

# 大无大有周恩来

——纪念周恩来诞辰100周年

周恩来离开我们已经20多年。但是他的身影却时时在我们身边，至今，许多人仍是一提总理双泪流，一谈国事就念总理。陆放翁诗："何方可化身千亿，一树梅前一放翁。"是什么办法化作总理身千亿，人人面前有总理呢？难道世界上真的有什么灵魂的永恒？伟人之魂竟是可以这样地充盈天地，浸润万物吗？就像老僧悟禅，就如朱子格物，自从1976年1月国丧以来，我就常穷思默想这个费解的难题。20多年了，终于有一天我悟出了一个理：总理这时时处处的"有"，原来是因为他那许许多多的"无"，那些最不该，最让人想不到、受不了的"无"啊。

总理的惊人之无有六。

总理的一无是死不留灰。

周恩来是中国历史上第一个提出死后不留骨灰的人。总理去世的时候，正是中国政治风云变幻的日子，林彪集团被粉碎不久，"四人帮"集团正自鸣得意，中国上空乌云压城，百姓肚里愁肠千结。1976年新年刚过，一个寒冷的早晨，广播里传出了哀乐。人们噙着泪水，对着电视一遍遍地看着那个简陋的遗体告别仪式。突然江青那副可憎的面孔出现了，她居然不脱帽鞠躬，许多人在电视机旁都发出了怒吼："江青脱掉帽子！"过了几天，报上又公布了总理遗体到八宝山火化的消息，并且遵总理遗嘱不留骨灰。许多人都不相信这个事实，认定一

定是江青这个臭婆娘又在搞什么阴谋。直到多少年后，我们才清楚，这确实是总理遗愿。1 月 15 日下午追悼会结束后，邓颖超就把家属召集到一起，说总理在十几年前就与她约定死后不留骨灰，灰入大地，可以肥田。当晚，邓颖超找来总理生前党小组的几个成员帮忙，一架农用飞机在清冷的夜色中起飞，飞临天津，这个总理少年时代生活和最早投身革命的地方，又沿着渤海湾飞临黄河入海口，将那一捧银白的灰粉撒入海空，也许就是这一撒，总理的魂魄就永远充满人间，贯通天地。

但人们还是不能接受这一事实。多少年后还是有人疑问，难道总理的骨灰就真的一点也没有留下吗？中国人和世界上大多数民族都习惯修墓土葬，这对生者来说，可以寄托哀思，对死者来说，则希望还能长留人间。多少年来，越有权的人就越下力气去做这件事。中国的十三陵、印度的泰姬陵、埃及的金字塔，还有一些埋葬神父的大教堂，我都看过。共产党人是无神论者，又是以解放全人类为己任，当然不会为自己的身后事去费许多神。所以一解放，毛泽东就带头签名火葬，以节约耕地，但彻底如周恩来这样连骨灰都不留的却还是第一人。你看一座八宝山上，不就是存灰为记吗？历史上有多少名人，死后即使无尸，人们也要为他修一个衣冠冢。老舍先生的追悼会上，骨灰盒里放的是一副眼镜、一支钢笔。纪念死者总得有个纪念物，有个引子啊。

没有灰，当然也谈不上埋灰之处，也就没有碑和墓，欲哭无泪，欲祭无碑，魂兮何在，无限相思寄何处？中外文学史上有许多名篇都是碑文、墓志和在名人墓前的凭吊之作，有许多还发挥出炽热的情和永恒的理。如韩愈为柳宗元写的墓志痛呼“士穷乃见节义”，如杜甫在诸葛亮祠中所叹“出师未捷身先死，长使英雄泪满襟”，都成了千古名言。明代张溥著名的《五人墓碑记》“扼腕墓道，发其志士之悲”，简直就是一篇正义对邪恶的宣言。就是空前伟大如马克思这样的人，死后也有一块墓地，恩格斯在他墓前的演说也选入马恩文选，成了国际共运的重要文献。马克思的形象也因这篇文章更加辉煌。为伟人修墓立碑已成中国文化的传统，中国百姓的习惯。你看明山秀水间，市井乡村里，还有那些州县府志的字里行间，有多少知名的、不知名的故人墓、碑、庙、祠、铭、志。怎么偏偏轮到总理，这个前代所有的名人加起来都不足抵其人格伟大的人，就连一个我们可以为之扼腕、叹息、流泪的地方也没有呢？于是人们难免生出一丝丝的猜测，有的说是总理英明，见“四人帮”猖狂，政局反复，不愿身后有伍子胥鞭尸之事；有的说是总理节俭，不愿为自己的身后事再破费国家钱财。但我想，他主要的就是要求一个干净：生时鞠躬尽瘁，死后不留麻烦。他是一个只讲奉献，献完转身就走的人，不求什么纪念的回报和香火的馈饷。也许隐隐还有另一层意思。以他共产主义者的无私和中国传统文化的“忠君”，他更不愿在身后出现什么“僭越”式的悼念，或因此又生出一些政治上的尴尬。果然，地球上第一个为周恩来修纪念碑的，并不是在中国，而是在日本。第一个纪念馆也不是建在北京，而是在他的家乡。日本的纪念碑是一块天然的石头，上面刻着周恩来留学日本时写的那首《雨中岚山》。1994 年，我去日本时曾专门到樱花丛中去寻找过这块诗碑。我双手抚石，西望长安，不觉泪水涟涟。回天无力，斯人长逝已是天大的遗憾，而在国内又无墓可寻，叫人又是一种怎样的惆怅？一个曾叫世界天翻地覆的英雄，一个为民族留下了一个共和国的总理，却连一点骨灰也没有留下，这强烈的反差，让人一想，心里就犹如坠落千丈似的空茫。

总理的二无是生而无后。

中国人习惯续家谱，重出身，爱攀名人之后也重名人之后。刘备明明是个编席卖履的小贩，却攀了个皇族之后，被尊为皇叔，诸葛亮和关、张、赵、马、黄等一批文臣武将，就捧着这块招牌，居然三分天下。一般人有后无后，还是个人和家族的事，名人无后却成了国人的遗憾。不孝有三，无后为大。纪念古人也有三：故居、墓地、后人，后人为大。虽然后人不能尽续其先人的功德才智，但对世人来说，有一条血缘的根传下来，总比无声的遗物更惹人怀旧。人们尊其后，说到底还是尊其本人。这是一种纪念，一种传扬。对越是功高德重为民族作出牺牲的逝者，人们就越尊重他们的后代，好像只有这样才能表达对他们的感激，赎回生者的遗憾。总理并不脱俗，也不寡情。我在他的绍兴祖居，亲眼见过抗战时期他和邓颖超回乡动员抗日时，恭恭

敬敬地续写在家谱上的名字。他在白区经常做的一件事，就是搜求烈士遗孤，安排抚养。他常说："不这样，我怎么对得起他们的父母？"他在延安时亲自安排将瞿秋白、蔡和森、苏兆征、张太雷、赵世炎、王若飞等烈士子女送到苏联好生教育、看护，并亲自到苏联与斯大林谈判，达成了一个谁也想不到的协议：这批子弟在苏联只求学，不上前线（而苏联国际儿童院中其他国家的子弟，有21名牺牲在战争前线）。这恐怕是当时世界上两个最大的人物达成的一个最小的协议。总理何等苦心，他是要为烈士存孤续后啊。20世纪六七十年代，中日民间友好往来，日本著名女运动员松崎君代，多次受到总理接见。当总理知道她婚后无子时，便关切地留她在京治病，并说有了孩子可要告诉一声啊。1976年总理去世，她悲呼道："周先生，我们已经有了孩子，但还没有来得及告诉您！"

确实，子孙的繁衍是人类最实际的需要，是人最基本的情感反映。但是天何不公，轮到总理却偏偏无后，这怎么能不使人遗憾呢？是残酷的地下斗争和战争夺去了邓颖超同志腹中的婴儿，以后又摧残了她的健康。但是以总理之权、之位、之才和他的倾倒多少女性的风采，何愁不能再建家室、传宗接代呢？这在解放初党的中高级干部中不乏其人，并几乎成风。但总理没有，他以倾国之权而坚守平民之德。后来有一个厚脸皮的女人写过一本书，称她自己就是总理的私生女，这当然经不起档案资料的核验。举国一阵哗然之后，如风吹黄叶落，复又秋阳红。但人们在愤怒之余心里仍然隐隐存着一丝的惆怅。中国人的传统文化是求全求美的，如总理这样的伟人该是英雄美人、父英子雄、家运绵长的啊。然而，这一切都没有。这怎么能不在国人心中凿下一个空洞呢？人们的习惯思维如列车疾驶，负着浓浓的希望，却一下子冲出轨道，跌入了一个无底的深渊。

总理的三无是官而不显。

千百年来，官和权是连在一起的。在某些人看来，官就是显赫的地位，就是特殊的享受，就是人上人，就是福中福。官和民成了一个对立的概念，也有了一种对立的形象。但周恩来作为一国总理则只求不显。在外交、公务场合他是官，而在生活中，在内心深处，他是一个最低标准甚至不够标准的平民。他是中国有史以来第一个平民宰相，是世界上最平民化的总理。一次他出国访问，内衣破了送到我驻外使馆去缝洗。大使夫人抱着这一团衣服时，泪水盈眶，她怒指着工作人员道："原来你们就这样照顾总理啊！这是一个大国总理的衣服吗？"总理的衬衣多处打过补丁，领子和袖口已换过几次，一件毛巾睡衣本来白底蓝格，但早已磨得像一件纱衣。后来我见过这件睡衣，瞪大眼睛也找不出原来的纹路。这样寒酸的行头，当然不敢示人，更不敢示外国人。所以总理出国总带一只特殊的箱子，不管住多高级的宾馆，每天起床，先由我方人员将这套行头收入箱内锁好，才许宾馆服务生进去整理房间。人家一直以为这是一个最高机密的文件箱呢。这专用箱里锁着一个平民的灵魂。而当总理在国内办公时就不必这样遮挡"家丑"了，他一坐到桌旁，就套上一副蓝布袖套，那样子就像一个坐在包装台前的女工。许多政府工作报告、国务院文件和震惊世界的声明，都是在这蓝袖套下写出的啊。只有总理的贴身人员才知道他的生活实在太不像个总理。总理一入城就在中南海西花厅办公，一直住了25年。这是座老平房，又湿又暗，工作人员多次请示总理，总理都不准维修。终于有一次，工作人员趁总理外出时将房子小修了一下，于是《周恩来年谱》便有了这一段记载：1960年3月6日，总理回京，发现房已维修，当晚即离去暂住钓鱼台，要求将房内的旧家具（含旧窗帘）全部换回来，否则就不回去住。工作人员只得从命。一次，总理在杭州出差，临上飞机时地方上送了一筐南方的时鲜蔬菜，到京时被他发现，就严厉批评了工作人员，并命令折价寄钱去。一次，总理在洛阳视察，见到一册碑帖，问秘书身上带钱没有，见没钱，就摇摇头走了。总理从小随伯父求学，伯父的坟迁移，他不能回去，先派弟弟去，临行前又改派侄儿去，为的是尽量不惊动地方。一国总理啊，他理天下事，管天下财，住一室，食一蔬，用一物，办一事算得了什么？

多少年来，在人们的脑子里，做官就是显耀。你看，封建社会的官帽，不是乌纱便是红顶；官员出行，或鸣锣开道，或静街回避，不就是要一个"显"字？这种显耀或为显示权力，或为显示财富，总之

是要显出高人一等。古人一考上进士，就要鸣锣报喜，一考上状元就要骑马披红走街，一当上官就要回乡到父老面前转一圈。所谓衣锦还乡，为的是显一显。刘邦做了皇帝后，曾痛痛快快地回乡显示过一回，元散曲名篇《高祖还乡》即挖苦此事。你看那排场："红漆了叉，银铮了斧，甜瓜苦瓜黄金镀。明晃晃马镫枪尖上挑，白雪雪鹅毛扇上铺。这几个乔人物，拿着些不曾见的器仗，穿着些大作怪的衣服。"西晋时有个石崇官做到个荆州刺史，也就是地委书记吧，就敢于同皇帝司马昭的小舅子王恺斗富。他平时生活，"丝竹尽当时之精，庖膳穷水陆之珍"；招待客人，以锦围步幛五十里，以蜡烧柴做饭，王恺自叹不如。现在这种显弄之举更有新招，比座位，比上镜头，比好房，比好车，比架子。一次一位县级小官到我办公室，身披呢子大衣，刚握完手，突然后面蹿上一小童，双手托举一张名片，原来这是他的跟班。连递名片也要秘书代劳，这个架子设计之精，我万没有想到。刚说几句话又抽出"大哥大"，向千里之外的穷乡僻壤报告他现已到京，正在某某办公室，连我也被他编入了显耀自己的广告词。我不知他在地方上有多大政绩，为百姓办了多少实事，看这架子心里只有说不出的苦和酸。想总理有权不私，有名不显，权倾一国，两袖清风，这种近似残酷的反差随着岁月的增加，倒叫人更加不安和不忍了。

总理的四无是党而不私。

列宁讲：人是分为阶级的，阶级是由政党来领导的，政党是由领袖来主持的。大概有人类就有党，除政党外还有朋党、乡党等小党。毛泽东同志就提到过党外有党，党内有派。同好者为党，同利者为党。在私有制的基础上，结党为了营私，党成了求权、求荣、求利的工具。项羽、刘邦为楚汉两党，汉党胜，建刘汉王朝；三国演义就是曹、孙、刘三党演义；朱元璋结党扯旗，他的对立面除元政权这个执政党外，还有张士诚、陈友谅各在野党，结果朱党胜而建朱明王朝。只有共产党成立以后才宣布，它是专门为解放全人类而做牺牲的党，除了人民利益、国家民族利益，党无私利，党员个人无私求。无数如白求恩、张思德、雷锋、焦裕禄这样的基层党员，都做到了入党无私，在党无私。但是当身处要位甚至领袖之位，权握一国之财，而要私无一点，利无一分，却是最难最难的。权用于私，权大一分就私大一丈，失之毫厘差之千里。做无私的战士易，做无私的官员难，做无私的大官更难。像总理这样军政大权在握的人，权力的砝码已经可以使他左偏则个人为党所用，右偏则党为个人所私，或可为党员，或可为党阀了。王明、张国焘不都成了党阀吗？而总理的可贵正在党而不私。

1974年，康生被查出癌症住院治疗。周恩来这时也有绝症在身，还是拖着病体常去看他。康一辈子与总理不和，总理每次一出病房他就在背后骂。工作人员告诉总理，说既然这样您何必去看他。但总理笑一笑，还是去。这种以德报怨、顾全大局、委曲求全的事，在他一生中举不胜举。周总理同胞兄弟三人，他是老大，老二早逝，他与三弟恩寿情同手足。恩寿解放前经商，为我党提供过不少经费。解放后安排工作到内务部，总理指示职务要安排得尽量低些，因为他是我弟弟。后恩寿胃有病，不能正常上班，总理又指示要办退休，不上班就不能领国家工资。曾山部长执行得慢了些，总理又严厉批评说："你不办，我就要给你处分了。""文革"中，总理尽全力保护救助干部。一次范长江的夫人沈谱（著名民主人士沈钧儒之女）找到总理的侄女周秉德，希望能向总理转交一封信，救救长江。周秉德是沈钧儒长孙儿媳，沈谱是她丈夫的亲姑姑。范长江是我党新闻事业的开拓者，又是沈老的女婿，总理还是他的入党介绍人。以这样深的背景，周秉德却不敢接这封信，因为总理有一条家规：任何家人不得参与公事。

如果说总理要借党的力量谋大私，闹独立，闹分裂，篡权的话，他比任何人都有更多的机会，更好的条件。但是他恰恰以自己坚定的党性和人格的凝聚力，消除了党内的多次摩擦和四次大的分裂危机。50年来他是党内须臾不可缺少的凝固剂。第一次是红军长征时，当时周恩来身兼五职，是中央三人团（博古、李德、周恩来）成员之一、中央政治局常委、书记处书记、军委副主席、红军总政委。在遵义会议上，只有他才有资格去和博古、李德争吵，把毛泽东请了回来。王明派对党的干扰基本排除了（彻底排除要到延安整风以后），红一、四方面军会师后又冒出个张国焘。张兵力远胜中央红军，是个实力派。有枪就要权，不给权就翻脸，党和红军又面临一次分裂。这时周恩来

主动将自己担任的红军总政委让给了张国焘。红军总算统一，得以顺利北进，扎根陕北。

第二次是“大跃进”和三年困难时期。1957 年底，冒进情绪明显抬头，周恩来、刘少奇、陈云等提出反冒进，毛泽东大怒，说不是冒进，是跃进，并多次让周恩来检讨，甚至说到党的分裂。周恩来立即站出来将责任全部揽在自己身上，几乎逢会就检讨，目的只有一个，就是保住党的团结，保住一批如陈云、刘少奇等有正确经济思想的干部，留得青山在，为党渡危机。而在他修订规划时，又小心地坚持原则，实事求是。他藏而不露地将“十五年赶上英国”，改为“十五年或者更多的一点时间”，加了 9 个字。将“在今后十年或者更短的时间内实现全国农业发展纲要”一句删去了“或者更短的时间内”8 个字。不要小看这一加一减八九个字，果然，一年以后，经济凋敝，毛泽东说：国难思良将，家贫思贤妻。搞经济还得靠恩来、陈云，多亏恩来给我们留了三年余地。

第三次是“文革”中，林彪骗取了毛主席的信任。这时本应为二把手的周恩来再次让出了自己的位置。他这个当年黄埔军校的政治部主任，毕恭毕敬地向他当年的学生、现在的“副统帅”请示汇报，在天安门城楼上、在人民大会堂等公众场合为之领座引路。林彪的威望，或者就以他当时的投机表现、身体状况，总理自然知道他是不配接这个班的，但主席同意了，党的代表大会通过了，他只有服从。果然，“九大”之后只有两年多，林彪自我爆炸，总理连夜坐镇大会堂，弹指一挥，将其余党一网打尽，为国为党再定乾坤。让也总理，争也总理，一屈一伸又弥合了一次分裂。

第四次，林彪事件之后总理威信已到绝高之境，但“四人帮”的篡权阴谋也到了剑拔弩张的境地。这时已经不是拯救党的分裂，而是拯救党的危亡了。总理自知身染绝症，一病难起，于是他在抓紧寻找接班人，寻找可以接替他与“四人帮”抗衡的人物，他找到了邓小平。1974 年 12 月，他不顾危病在身，飞到韶山与毛泽东商量邓小平的任职。小平一出山，双方就展开拉锯战，当时总理躺在医院里，就像诸葛亮当年卧病军帐之中，仍侧耳静听着帐外的金戈铁马声。“四人帮”唯一忌惮的就是周恩来还在世。当时主席病重，全党的安危系于周恩来一身，他生命延缓一分钟，党的统一就能维持一分钟。他躺在床上，像手中没有了弹药的战士，只能以重病之躯扑上去堵枪眼了。癌症折磨得他消瘦、发烧，常处在如针刺刀割般的疼痛中，后来连大剂量的镇痛、麻醉药都不起作用。但是他忍着，他知道多坚持一分钟，党的希望就多一分。因为人民正在觉醒，叶帅他们正在组织反击。他已到弥留之际，当他清醒过来时，对身边的人员说：“你去给中央打一个电话，中央让我活几天，我就活几天！”就这样一直撑到1976年1月8日。当时消息还未正式公布，但群众一看医院内外的动静就猜出大事不好。这天总理的保健医生外出办事，一个熟人拦住问：“是不是总理出事了，真的吗？”他不敢回答，稍一迟疑，对方转身就走，边走边哭，终于放声大哭起来。9个月后，百姓心中的这股怨气，在一举掀翻了“四人帮”后得到了尽情的释放。总理在死后又一次救了党。

宋代欧阳修写过一篇著名的《朋党论》，指出有两种朋党：一种是小人之朋，“所好者禄利，所贪者财货”；一种是君子之朋，“所守者道义，所行者忠信，所惜者名节”。而只有君子之朋才能万众一心，“周武王之臣，三千人为一大朋”，以周公为首。这就是周灭商的道理。周恩来在重庆时就被人称周公，直到晚年，他立党为公，功同周公的形象更加鲜明。“周公吐哺，天下归心”。周公只不过是“一饭三吐哺”，而我们的总理在病榻上还心忧国事，“一次输液三拔针”啊。如此忧国，如此竭诚，怎么能不天下归心呢？

总理的五无是劳而无怨。

周总理是中国革命的第一受苦人。上海工人起义，“八一”起义，万里长征，三大战役，这种真刀真枪的事他干；地下“特科”斗争，国统区长驻虎穴，这种生死置之度外的事他干；解放后政治工作、经济工作、文化工作，这种大管家的烦人杂事他干；“文化大革命”中上下周旋，这种在夹缝中委曲求全的事他干。他人生的最后一些年头，直到临终，身上一直佩着的一块徽章，是“为人民服务”。如果计算工作量，他真正是党内之最。周恩来是1974年6月1日住进医院的，

据资料统计，1至5月共139天，他每天工作12至14小时有9天；14至18小时有74天；19至23小时有38天；连续24小时有5天。只有13天工作在12小时之内。而从3月中旬到5月底，2个半月，日常工作之外，他又参加中央会议21次，外事活动54次，其他会议和谈话57次。他像一头牛，只知道负重，没完没了地受苦，有时还要受气。

1934年，因为王明的“左”倾路线和洋顾问李德的指挥之误，红军丢了苏区，血染湘江，长征北上。这时周恩来是军事三人团成员之一，他既要负失败之责，又要说服博古恢复毛泽东的指挥权，惶惶然，就如《打金枝》中的皇后，劝了金枝，回过头来又劝驸马。1938年，他右臂受伤，两次治疗不愈，只好远走苏联。医生说为了彻底好，治疗时间就要长一些。他却说时局危急，不能长离国内，只短住了6个月，最后还是落下个臂伸不直的残疾。而林彪也是治病，也是这个时局，却在苏联从1938年住到了1941年。

“文化大革命”中，周恩来成了救火队长，他像老母鸡以双翅护雏，防老鹰叼食一样，尽其所能保护干部。红卫兵要揪斗陈毅，周恩来苦苦说服无效，最后震怒道：“我就站在大会堂门口，看你们从我身上踩过去！”这时国家已经瘫痪，全国除少数造反派，许多人都成了逍遥派，而周恩来始终是一个苦撑派，一个苦命人。他像扛着城门的力士，放不下，走不开。每天无休止地接见，无休止地调解，饭都来不及吃，服务员只好在茶杯里调一点面糊。“文革”中干部一层层地被打倒，他周围的战友、副总理、政治局委员已被打倒一大片，连国家主席刘少奇都被打倒了，但偏偏留下了他一个。他连这种“休息”的机会也得不到啊！全国到处点火，留一个周恩来东奔西跑去救火，这真是命运的捉弄。他坦然一笑说：“我不下地狱，谁下地狱？”大厦将倾，只留下一根大柱。这柱子已经被压得吱吱响，已经出现裂纹，但他还是咬牙苦撑。由于他的自我牺牲，他的厚道宽容，他的任劳任怨，革命的每一个重要关头，每一次进退两难，都离不开他。许多时候他都左右逢源，稳定时局，但许多时候，他又只能被人们作为平衡的棋子，或者替罪的羔羊。历史上向来是一朝天子一朝臣，共产党的领导人换了多少，却人人要用周恩来。他的过人才干“害”了他，他的任劳任怨的品质“害”了他，多苦、多难、多累、多险的活，都由他去顶。

1957年底，中国经济出现急功近利的苗头，周恩来提出反冒进。毛泽东大怒，连续开会发脾气。1958年1月初杭州会议，毛主席说：“你脱离了各省、各部。”1月中旬南宁会议，毛主席说：“你不是反冒进吗？我是反反冒进的。”这时柯庆施写了一篇升虚火的文章，毛主席说：“恩来，你是总理，这篇文章你写得出来吗？”8月成都会议，周恩来检查，毛主席还不满意，表示仍然要作为一个犯错误的例子再议。从成都回京后，一个静静的夜晚，西花厅夜凉如水，周恩来把秘书叫来说：“我要给主席写份检查，我讲一句，你记一句。”但是他枯对孤灯，常常五六分钟说不出一个字。冒进造成的险情已经四处露头，在对下与对上、报国与“忠君”之间，他陷入了深深的矛盾，深深的痛苦。他对领袖的忠诚与服从绝不是封建式的愚忠。他是基于领袖是党的核心、是党统一的标志这一原则和毛主席的威信这一事实，从唯物史观和党性标准出发来严格要求自己的。连毛主席都说过，真理有时在少数人手中，卑贱者最聪明。但是你必须等待多数人或者高贵者的觉醒。为了大局，在前几次会上他已把反冒进的责任全揽在自己身上，现在还要怎样深挖呢？而这游走的笔刃又怎样才能做到既解剖自己又不伤实情、不伤国事大局呢？天亮时，秘书终于整理成一篇文字，其中加了这样一句：“我与主席多年风雨同舟，朝夕与共，还是跟不上主席的思想。”周恩来指着“风雨同舟，朝夕与共”八个字说，怎么能这样提呢？你太不懂党史，说时眼眶里已泪水盈盈了。秘书不知总理苦，为文犹用昨日辞。几天后，他在八大二次会议上作完检讨，并委婉地请求辞职。结论是不许辞。哀莫大于心死，苦莫大于心苦，但痛苦更在于心虽苦极又没有死。周恩来对国对民对领袖都痴心不死啊，于是，他只有负起那让常人看来无论如何也负不动的委屈。

总理的六无是去不留言。

1976年元旦前后总理已经到了弥留之际。这时中央领导对总理病情已是一日一问，邓颖超同志每日必到病房陪坐。可惜总理将去之时正是中央领导核心中鱼龙混杂、忠奸共处的混乱之际。奸佞之徒江青、

王洪文常假惺惺地慰问却又暗藏杀机。这时忠节老臣中还没有被打倒的只有叶剑英了。叶帅与总理自黄埔时期起便患难与共，又共同经历过党史上许多是非曲直。眼见总理已是一日三厥，气若游丝，而“四人帮”又趁危乱国，叶帅心乱如麻，老泪纵横。一日，他取来一沓白纸，对病房值班人员说，总理一生顾全大局，严守机密，肚子里装着很多东西，死前肯定有话要说，你们要随时记下。但总理去世后，值班人员交到叶帅手里的仍然是一沓白纸。

当真是总理肚中无话吗？当然不是。在会场上，在向领袖汇报时，在对“四人帮”斗争时，在与同志谈心时，该说的都说过了，他觉得不该说的，平时不多说一字，现在并不因为要撒手而去就可以不负责任，随心所欲。总理的办公室和卧室同处一栋，邓颖超同志是他一生的革命知己，又同是中央高干，但总理工作上的事邓颖超自动回避，总理也不与她多讲一字。总理办公室有三把钥匙，他一把，秘书一把，警卫一把，邓颖超没有，她要进办公室必须先敲门。周总理把自己一劈两半，一半是公家的人，党的人，一半是他自己。他也有家私，也有个人丰富的内心世界，但是这两部分泾渭分明，绝不相混。周恩来与邓颖超的爱可谓至纯至诚，但也不敢因私犯公。他们两人，丈夫的心可以全部掏给妻子，但决不能搭上公家的一点东西；反过来，妻子对丈夫可以是十二分的关心，但决不能关心到公事里去。总理与邓大姐这对权高德重的伴侣堪称是正确处理家事国事的楷模。

诗言志，为说心里话而写。总理年轻时还有诗作，现在东瀛岛的诗碑上就刻着他那首著名的《雨中岚山》。“皖南事变”骤起，他愤怒地以诗惩敌：“千古奇冤，江南一叶；同室操戈，相煎何急。”但解放后，他除了公文报告，却很少有诗。当真他的内心情感之门关闭了吗？没有。工作人员回忆，总理工作之余也写诗，用毛笔写在信笺上，反复改。但写好后又撕成碎片，碎碎的，投入纸篓，宛如一群梦中的蝴蝶。除了工作，除了按照党的决定和纪律所做的事，他不愿再表白什么，留下什么。瞿秋白在临终前留下一篇《多余的话》，将一个真实的我剖析得淋漓尽致，然后昂然就义，舍身成仁。坦白是一种崇高。周恩来在临终前只留下一沓白纸。“菩提本无树，明镜亦非台”，本来就无我，我复何言哉？不必再说，又是一种崇高。

周恩来的六个“大无”，说到底是一个无私。公私之分古来有之，但真正的大公无私自共产党始。1998 年是周恩来诞辰 100 周年，也是划时代的《共产党宣言》发表 150 周年。是这个“宣言”公开提出要消灭私有制，要求每个党员只有解放全人类才能最后解放自己。我敢大胆说一句，150 年来，实践《宣言》精神，将公私关系处理得这样彻底、完美，达到如此绝妙之境者，周恩来是第一人。因为即使如马克思、恩格斯、列宁，也没有他这样长期处于手握党权、政权的诱惑和身处各种矛盾的煎熬。总理在甩脱自我，真正实现“大无”的同时却得到了别人没有的“大有”。有大智、大勇、大才和大貌——那种倾城倾国，倾倒联合国的风貌，特别是他的大爱大德。

他爱心博大，覆盖国家、人民和整个世界。你看他大至处理国际关系，小至处理人际关系，无不充满浓浓的、厚厚的爱心。美帝国主义和中国人民、中国共产党曾是积怨如山的，但是战争结束后，1954 年周恩来第一次与美国代表团在日内瓦见面时就发出友好的表示，虽然美国国务卿杜勒斯拒绝了，或者是不敢接受，但周恩来还是满脸的宽厚与自信。就是这种宽厚与自信，终于吸引尼克松在我们立国 21 年后，横跨太平洋到中国来与周恩来握手。国共两党是曾有血海深仇的，蒋介石曾以巨额大洋悬赏要周恩来的头。当“西安事变”发生时，蒋介石已成阶下囚，国人皆曰可杀，连曾经向蒋介石右倾过的陈独秀都高兴地连呼“打酒来”，蒋介石必死无疑。但是周恩来只带了十个人，进到刀枪如林的西安城去与蒋介石握手。周恩来长期代表中共与国民党谈判，在重庆，在南京，在北平。到最后，这些敌方代表竟为他的魅力所吸引，投向了中共。只有团长张治中说，别人可以留下，从手续上讲他应回去复命。周却坚决挽留，说“西安事变”已对不起一位姓张的朋友（张学良），这次不能重演悲剧，并立即通过地下党将张的家属也接到了北平。他的爱心征服了多少人，温暖了多少人，甚至连敌人也不得不叹服。宋美龄连问蒋介石，为什么我们就没有这样的人。美方与他长期打交道后，甚至后悔当初不该去扶植蒋介石。至于他对人民的爱，对革命队伍内同志的爱，更是如雨润田，如土载物般

的浑厚深沉。曾任党的总书记、犯过“左”倾路线错误的博古，可以说是经周恩来亲手“颠覆”下台的，但后来他们相处得很好，在重庆，博古成了周的得力助手。甚至像陈独秀这样曾给党造成血的损失的人，当他对自己的错误已有认识，并有回党的表示时，周恩来立即着手接洽此事，可惜未能谈成。恩格斯在马克思墓前讲话说：“他可能有过许多敌人，但未必有一个私敌。”这话移来评价周恩来最合适不过。当周恩来去世时，无论东方西方，同声悲泣，整个地球都载不动这许多遗憾、许多愁。

他的大德，再造了党，再造了共和国，并且将一个共产主义者的无私和儒家传统的仁义忠信糅合成一种新的美德，为中华文明提供了新的典范。如果说毛泽东是中国共产党和中华人民共和国的缔造者，周恩来则是党和国家的养护人。他硬是让各方面的压力，各种矛盾将自己压成了粉，挤成了油，润滑着党和共和国这架机器，维持着它的正常运行。50 年来他亲手托起党的两任领袖，又拯救过共和国的三次危机。遵义会议他扶起了毛泽东，“文革”后期他托出邓小平。作为两代领袖，毛、邓之功彪炳史册，而周恩来却静静地化作了那六个“无”。新中国成立后他首治战争创伤，国家复苏；二治“大跃进”灾难，国又中兴；三抗林彪江青集团，铲除妖孽。而他在举国狂庆的前夜却先悄悄地走了，走时连一点骨灰也没有留下。

周恩来为什么这样地感人至深，感人至久呢？正是这“六无”，“六有”，在人们心中撞击、翻搅和掀动着大起大落、大跌大荡的波浪。他的博爱与大德拯救、温暖和护佑了太多太多的人。自古以来，爱民之官受人爱。诸葛亮治蜀 27 年，而武侯祠香火不断 1500 年。陈毅游武侯祠道：“孔明反胜昭烈（刘备）其何故也，余意孔明治蜀留有遗爱。”遗爱愈厚，念之愈切。平日常人相处尚投桃报李，有恩必报，而一个伟人再造了国家，复兴了民族，润泽了百姓，后人又怎能轻易地淡忘了他呢？我们是唯物论者，但我心里总觉得大概有一天还是会有人要来为总理修一座庙。庙是神的殿堂，神是后人在所有的前人中筛选出来的模范，比如忠义如关公，爱民如诸葛亮。周总理无论在自身修养和治国理政方面，功德、才智、得民心等都很像诸葛亮。

诸葛亮教子很严，他那篇有名的《诫子书》，教子“非淡泊无以明志，非宁静无以致远”。他勤俭持家，上书后主说，自己家有桑树800棵，薄田15顷，供给一家人的生活，余再无积蓄。这两件事都常为史家称道。呜呼，总理何如？他没有后，当然也没有什么教子格言；他没有遗产，去世时，家属各分到几件补丁衣服作纪念；他没有祠，没有墓，连骨灰都不知落在何方；他不立言，没有一篇《出师表》可以传世。他越是这样的没有，后人就越感念他的遗爱；那一个个没有也就越像一条条鞭子抽在人们的心上。鲁迅说，悲剧是把人生有价值的东西撕裂给人看。是命运从总理身上一条条地撕去许多本该属于他的东西，同时也在撕裂后人的心肺肝肠。那是永远无法弥补的遗憾，这遗憾又加倍转化为深深的思念。

渐渐的26年过去了，思念又转化为人们更深的思考，于是总理的人格力量在浓缩，在定格，在突现。而人格的力量一旦形成便是超时空的。不独总理，所有历史上的伟人，中国的司马迁、文天祥，外国的马克思、列宁，我们又何曾见过呢？爱因斯坦生生将一座物理大山凿穿而得出一个哲学结论：当速度等于光速时，时间就停止；当质量足够大时，它周围的空间就弯曲。那么，我们为什么不可以再提出一个“人格相对论”呢？当人格的力量达到一定强度时，它就会迅如光速而追附万物，囊括空间而护佑生灵。我们与伟人当然就既无时间之差又无空间之别了。

这就是生命的哲学。

周恩来还会伴我们到永远。

原载于1998年第3期《中华散文》

# 提倡写大事大情大理

近年编书之风日甚。一编者送来一套文选，皇皇三百万言，分作家卷、学者卷、艺术家卷，共八大本。我问："何不有政治家卷?"问罢，我不由回视书架，但见各种散文集，探头伸脖，挤挤攘攘，立于架上，其分集命名有山水、咏物、品酒、赏花、四季、旅游，只一个"情"字便又分出爱情、友情、亲情、乡情、师生情等等，恨不能把七情六欲、一天二十四小时、天下三百六十景都掰开揉碎，一个颗粒名为一集。"选家"既是一种职业，当然要尽量开出最多最全的名目，标新立异，务求不漏，这也是一种尽职。但是，既然这样全，以人而分，歌者、舞者、学者、画者都可立卷；以题材而分，饮酒赏月，卿卿我我，都可成书，而政治大家之作，惊天动地之事，评人说史之论，反倒见弃，岂不怪哉?如果把文学艺术看作是政治的奴仆，每篇文章都要与政治上纲挂线，文学必须为政治服务，当然不对。过去也确曾这样做过。但是如果文学远离政治，把政治题材排除在写作之外，敬而远之，甚至鄙而远之，也不对。

政治者，天下大事也。大题材、深思想在作品中见少，必定导致文学的衰落。什么事能激励最大多数的人?只有当时当地最大之事，只有万千人利益共存同在之事，众目所瞩，万念归一，其事成而社会民族喜，其事败而社会民族悲。近百年来，诸如抗日战争胜利、中华人民共和国成立、"四人帮"覆灭、十一届三中全会、改革开放、中国确立社会主义市场经济体制、香港回归等，都是社会大事，都是政治，无一不牵动人心、激动人心。

夫人心之动，一则因利，二则因情。利之所在，情必所钟。于一人私利私情之外，更有国家民族的大利大情，即国家利益、民族感情。只有政治大事才能触发一个国家民族所共有的大利大情。君不见延安庆祝抗战胜利的火炬游行，1949 年共和国成立庆典上的万众欢声雷动，1976 年天安门广场上怒斥“四人帮”的黑纱白花和汪洋诗海，香港回归全球所有华人的普天同庆，这都是共同利益使然。一事所共，一理同心，万民之情自然地爆发与流露。文学家、艺术家常幻想自己的作品洛阳纸贵，万人空巷，但即便是一万部最激动人心的作品加起来，也不如一件涉及国家、民族利益的政治事件牵动人心。作家、艺术家既求作品的轰动效应，那么最省事的办法，就是找一个好的依托，好的坯子，亦即好的题材，借势发力，再赋予文学艺术的魅力，从大事中写人、写情、写思想，升华到美学价值上来，是为真文学、大文学。好风凭借力，登高声自远，何乐而不为呢？文学和政治，谁也代替不了谁，它们有各自的规律。从思想上讲，政治引导文学；从题材上讲，文学包括政治。政治为文学之骨、之神，可使作品更坚、更挺，光彩照人，卓立于文章之林；文学为政治之形、之容，可使政治更美丽、更可亲可信。他们是相辅相成的，不能绝对分开。

但是，目前政治题材和有政治思想深度的作品较少。这原因有二：

一是作家对政治的偏见和疏远。由于我们曾有过一段时间搞空头政治，又由于这空头政治曾妨碍了文学艺术的规律，影响了创作的繁荣。更有的作家曾在政治运动中挨整，身心有创伤，于是就得出一个错误的结论，政治与文学是对立的，转而从事远离政治的“纯文学”。确实文学离开政治也能生存，因为文学有自身的规律，有自身存在的美学价值。正如绿叶没有红花，也照样可以为其叶。许多没有政治内容或政治内容很少的山水诗文、人情人性的诗文不是存在下来了吗？有的还成为名作经典。如《洛神赋》《赤壁赋》《滕王阁序》，近代如朱自清的《背影》《荷塘月色》等。但这并不能得出另一极端的结论：文学排斥政治。既然山水闲情都可入文，生活小事都可入文，政治大

事、万民关注的事为什么不可以入文呢？无花之叶为叶，有花之叶岂不更美？作家对政治的远离是因为政治曾有对文学的干扰，如果相得益彰互相尊重呢？不就是如虎添翼、锦上添花、珠联璧合了吗！我们曾经历过“文化大革命”时期什么都讲阶级斗争的“革命文艺”，弄得文学索然无味。但是，如果作品中只是花草闲情，难见大情、大理，也同样会平淡无味。如杜甫所言“但见翡翠兰苕上，未掣鲸鱼碧海中”。事实上，每一个百姓都从来没有离开过政治，作家也一天没有离开过政治。上述谈到的近百年内的几件大事，凡我们年龄所及赶上了的，哪个人没有积极参与，没有报以非常之关切呢？应该说，我们现在政治的民主空气比以前几十年是大大进步了。我们应该从余悸和偏见（主要是偏见）中走出来，重新调整一下文学和政治的关系。

二是作家把握政治与文学间的转换功夫尚差。政治固然是激动人心的，开会时激动，游行庆祝时激动，但是照搬到文学上，常常要煞风景。如鲁迅所批评的口号式诗歌。正像科普作家要把握科学逻辑思维与文学形象思维间的转换一样，作家也要能把握政治思想与文学审美间的转换，才会达到内容与艺术的统一。这确实是一道难题。它要求作家一要有政治阅历，二要有思想深度，三要有文学技巧。对作家来说首先是不应回避政治题材，要有从政治上看问题的高度。这种政治题材的文章可由政治家来写，也可由作家来写，正如科普作品可由科学家写，也可由作家来写。中国文学有一个好传统，特别是散文，常保存有最重要的政治内容。中国古代的官吏先读书后为仕，先为仕后为官。他们要先过文章写作关。因此一旦为政，阅历激荡于胸，思想酝酿于心，便常发而为好文，是为政治家之文。如古代《过秦论》《岳阳楼记》《出师表》，近代林觉民《绝笔书》、梁启超《少年中国说》，现代毛泽东的《为人民服务》《纪念白求恩》《别了，司徒雷登》等许多论文，还有陶铸的《松树的风格》。我们不能要求现在所有的为官为政者都能写一手好文章，但是也不是我们所有的官员就没有一个人能写出好文章。至少我们在创作导向上要提倡写大事、大情、大理，写一点有磅礴正气、党心民情、时代旋律的黄钟大吕式的文章。要注意发现一批这样的作者，选一些这类文章，出点选本。我们不少的业余作者，不弄文学也罢，一弄文学，也回避政治，回避大事大情大理，而追小情小景，求琐细，求惆怅，求朦胧。已故老作家冯牧先生曾批评说，便是换一块尿布也能写它三千字。对一般作家来说，他们深谙文学规律、文学技巧，但是时势所限，环境责任所限，常缺少政治阅历，缺少经大事临大难的生活，亦乏有国运系心、重责在身的煎熬之感。技有余而情不足。所以大文章就凤毛麟角了。但历史、文学史，就是这样残酷，十年之后，二十年之后，留下的只有凤毛麟角，余者大都要淹到尘埃里去。

我们现在所处的时期叫新时期，改革开放的新时期。毛泽东领导中国共产党建立人民政权，翻天覆地，为中国有史以来之未有，是新中国。邓小平开创有中国特色的社会主义，是新时期。新中国开创之初，曾出现过一大批好作品问世，至今为人乐道。新时期又该再有一轮新作品问世。凡历史变革时期，不但有大政大业，也必有大文章好文章。恩格斯论文艺复兴，说是一个需要巨人，而且产生了巨人的时代。我们期盼着新人，期盼着好文章、大文章。中国共产党和中国人民过去的革命斗争及现在改革开放的业绩不但要流传千古，她还该转化为文学艺术，让这体现了时代精神的艺术也流传千古。

原载于1998年7月11日《人民日报》

# 说经典

什么是经典？常念为经，常数为典。经典就是经得起重复，常被人想起，不会忘记。

常言道“话说三遍淡如水”，一般的话多说几遍人就会烦。但经典的语言人们一遍遍地说，一代代地说；经典的书，人们一遍遍地读，一代代地读。不但文字的经典是这样，就是音乐、绘画等一切艺术品都是这样。一首好歌，人们会不厌其烦地唱；一首好曲子会不厌其烦地听；一幅好字画挂在墙上，天天看不够。甚至像唐太宗那样，喜欢王羲之的字，一生看不够，临死又陪葬到棺材里。许多人都在梦想自己的作品、事业成为经典，政治的、文学的、艺术的、工程的等，好让自己被历史记住，实现永恒。但这永恒之梦，总是让可怕的重复之手轻轻一劈就碎。修炼不够，太轻太薄，不耐用甚至经不起念叨第二遍。倒是许多不经意之说、之作，无心插柳柳成荫，一不经意间成了经典。说到“柳”，想起至今生长在河西走廊上的“左公柳”。100多年前，左宗棠带着湘军去征讨沙俄，收复新疆。他一路边行军边栽柳，现在这些合抱之木成了历史的见证，成了活的经典，凡游人没有不去凭吊的。“统一战线，武装斗争，党的建设”是中国革命的三大法宝，是中国共产党打天下的经典。但它的产生是毛泽东不经意间脱口说出的。1939年陕北公学的一批学生毕业要上前线，毛泽东去讲话说：“《封神演义》里姜子牙下山，元始天尊送他三样法宝：打神鞭、杏黄旗、四不像。今天我也送你们三件宝：统一战线、武装斗争、党的领导。”经典就这样产生了。莎士比亚有许多话，简直就是大白话，比如“是生还是死，这是一个问题”，还有托尔斯泰《安娜·卡列尼娜》的开头，“幸福的家庭都是相似的，不幸的家庭各有各的不幸”，这些话被人千百次地模仿。就是《兰亭序》也是在一次普通的文人聚会上，王羲之一挥而就。当然，经典也有呕心沥血、积久而成的。像米开朗琪罗的壁画《末日的宣判》，一画就是 8 年。不管是妙手偶成还是苦修所得，总之，它达到了那个水平，后人承认它，就常想起它，提起它，借用它。它如铜镜愈磨愈亮，要是一只纸糊灯笼呢？用三五次就破了。

经典所以经得起重复，原因有三：一是达到了空前的高度；二是有绝后的效果；三是上升到了理性，有长远的指导意义。

经典不怕后人重复，但重复前人却造不成经典。

文化的发展总是一层一层，积累而成。在这个积累过程中要有个性，能占一席之地必须得有新的创造。比如教师一遍一遍讲数理化常识，如果他只教书而不从事科研，一生也不会成为数学或物理科学方面的经典。因为只有像牛顿发现了万有引力，像伽利略发现了重力加速度，像爱因斯坦发现了相对论等，才算是科学发展史上的经典。马克思创造了无产阶级专政理论，毛泽东创立了农村包围城市理论，邓小平创立了中国特色社会主义理论等，这都是无产阶级革命和建设的经典。它是创新，不是先前理论的重复。唐诗、宋词、元曲，书法上的欧、颜、柳、赵，王羲之的行书、宋徽宗的瘦金书，都是中国文学艺术史上的经典。因为在这之前没有过，实现了“空前”，有里程碑的效果。只要写史，只要再往前走，就要回望一下这些高峰，它们是一个永远的参照点。

经典又是绝后的，你可以重复它、超越它，但不能复制它。

后人时时地想起、品味、研究经典的目的是为了吸收借鉴它，以便去创造自己新的经典。就像爱因斯坦超越牛顿，爱翁和牛顿都不失为经典。齐白石谈到别人学他的画说：“学我者生，像我者死。”因为每一个经典都有它那个时代、环境及创造者的个性烙印。哲学家讲，

人不能同时踏进两条河流。比如我们现在写古诗词，无论如何也不会有李白、李商隐、李清照的神韵，岂止唐宋，就是郭小川、贺敬之也无法被克隆。时势异也，条件不再。你只能创造你自己的高峰。唯其这种“绝后”性，才使它高标青史，成为永远的经典。

我们对经典的重复不只是表面的阅读，更是一次新的挖掘。

经典之所以总能让人重复、不忘，总要提起，是因为它对后人有启示和指导价值。“绣出鸳鸯凭君看，莫把金针度与人”，经典不只是一双绣鸳鸯，还是一根闪闪的金针。凡经典都超出了当时实践的范围而有了理性的意义，有观点、立场方法、思想、哲理的内涵，唯理性才可以指导以后的实践。理论之树常绿。只有理性的东西才经得起一遍一遍地挖掘、印证，而它又总能在新的条件下释放出新的能量。如天然放射性铀矿一样，有释放不完的能量。范仲淹说：“先天下之忧而忧，后天下之乐而乐。”司马迁说：“人固有一死，或重于泰山，或轻于鸿毛。”邓小平说：“不管白猫黑猫，抓住老鼠就是好猫。”这都是永远的经典，早超出了当时的具体所指而有了哲理的永恒。就是达·芬奇的《蒙娜丽莎》的微笑，朱自清《背影》中父亲饱经风霜的背影，小提琴曲《梁祝》中爱的旋律，还有毕加索油画中的哲理，张旭狂草中的张力，也都远远超出自身的艺术价值而有了生命的启示。

总之，经典所以经得起重复是因为它有丰富的内涵，人们每重复它一次都能从中开发出有用的东西，像一块糖，因为有甜味人才会去嚼。同样，一篇文章，一幅画或一个理论，能经得起人反复咀嚼而味终不淡，这就是经典与平凡的区别。一块黄土，风一吹雨一打就碎；而一颗钻石，岁月的打磨只能使它愈见光亮。

原载于2005年5月10日《京华时报》

# 二死其身的彭德怀

中国古代有一句为政格言："文死谏，武死战"。国家的稳定全赖文武官员各司其职，各守其责。神武之勇，战功卓著，名扬疆场者被尊为开国功臣、民族英雄，如韩信，如岳飞。敢说真话，为民请命，犯颜直谏者为诤谏之臣，如魏征，如海瑞。进入现代社会，讲民主，讲法制，但个人的政治操守仍然是从政者必不可少的素质。在共和国历史上兼武战之功、文谏之德于一身并惊天动地、彪炳史册的当数彭德怀。

在十大元帅中，彭德怀是唯一一个参加过两次国内革命战争、抗日战争，在解放后又和美国人打过仗的。文天祥在《指南录后序》里，叙述他历经敌营，不知几死。彭德怀行伍出身，自平江起义、苏区反围剿、长征、抗日、解放战争、抗美，与死神擦边更是千回百次。井冈山失守，"石子要过刀，茅草要过火"，未死；长征始发，彭殿后，血染湘江，八万红军，死伤五万，未死；抗日，鬼子扫荡，围八路军总部，副参谋长左权牺牲，彭奋力突围，未死；转战陕北，彭身为一线指挥，以两万兵敌胡宗南二十八万，几临险境，未死；朝鲜战争，敌机空袭，大火吞噬志愿军指挥部，参谋毛岸英等遇难，彭未死。

毛泽东对他曾是极推崇和信任的。长征途中曾有诗赠彭："山高路滑坑深，大军纵横驰奔，谁敢横刀立马，唯我彭大将军。"十大元帅中，毛除对罗荣桓有一首悼亡诗外，对部下赠诗直夸其功，这也是

唯一一首了。抗日战争，彭任八路军副总司令，后期朱老总回延安，他实际在主持总部工作。解放战争初期，彭转战西北更是直接保卫党中央、毛主席。朝鲜战事起，高层领导意见不一，毛急召彭从西北回京，他坚决支持毛泽东出兵抗美，并受命出征。三次战役较量，打破了美军不可战胜的神话。杜鲁门总统事先没有通知朝战司令麦克阿瑟，就直接从广播里宣布将他撤职，可见其狼狈与恼怒之状。从平江起义到庐山会议，这时彭德怀的革命军旅生涯已30多年，他的功劳已不是按战斗、战役能计算清的，而是要用历史时期的垒砌来估量。蔡元培评价民国功臣黄兴说："无公则无民国，有史必有先生。"此句用于彭，"无彭则无军威，有军必有先生"，他不愧为国家的功臣、军队的光荣。

如果彭德怀到此打住，当他的元帅，当他的国防部长，可以善终，可以保官、保名、保一个安逸的日子。战争过去，天下太平，将军挂甲，享受尊荣，这是多么正常的事情。林彪不是就不接赴朝之命，养尊处优多年吗？但彭德怀不是这样的人。他是军人，更是人民的儿子。打仗只是他为国、为民尽忠的一部分。战争结束，忠心未了，人民又有疾苦，他还是要管，要争。

1959年，建国十周年。对战争驾轻就熟的共产党领袖们在经济建设上遇到了新问题，并发生了严重分歧。毛泽东心急，步子要快一些；周恩来从实际出发，觉得应降降温，提出反冒进。毛泽东说：你反冒进，我反"反冒进"，并多次批周，甚至要周辞职。怎么估计当前的经济形势，下一步该怎么办？在这样的背景下，召开了庐山会议，会议之初，毛已接受一些反"左"意见，分歧已有一点小小的弥合。但彭德怀还是不放心。会前，他到农村做过认真的调查，亲眼见到人民公社、大食堂对农村生产力的破坏和对农民生活的干扰，而干部却不敢说真话。在小组会上他先后作了七次发言，直陈其弊，就是涉及毛泽东也不回避。他说："现在是个人决定，不建立集体威信，只建立个人威信，是很不正常的，是危险的。"

在庐山176号别墅，那间阴沉沉的老石头房子里他夜不成眠，心急如焚。他知道毛泽东的脾气，他想当面谈谈自己的看法。他多么想，像延安时期那样，推开窑洞门叫一声“老毛”，就与毛泽东共商战事。或者像抗美援朝时期，形势紧急，他从朝鲜前线直回北京，一下飞机就直闯中南海，主席不在，又驱车直赴玉泉山，叫醒入睡的毛泽东。那次是解决了问题，但毛泽东也留下一句话：“只有你彭德怀才敢搅了人家的觉。”现在彭德怀犹豫了，他先是想，最好面谈，踱步到了主席住处，但卫士说主席刚休息。他不敢再搅主席的觉，就回来在灯下展纸写了一封信。这真的是一封信，一封因公而呈私人的信，抬头是“主席”，结尾处是“顺致敬礼！彭德怀”。连个标题也没有，不像文章。后人习惯把这封信称为“万言书”，其实它只有3700字。他没有想到，这封信成了他命运的转折点，全党也没有想到，因这封信党史而有了一大波折。这封信是党史、国史上的一个拐点，一块里程碑。

彭德怀是党内高级干部中第一个犯颜直谏、站出来说真话的人。随着历史的推进，人们才越来越明白，彭德怀当年所面对的绝不是一件具体的事情，而是一种制度，一种作风。当时毛泽东在党内威望极高，至少在一般人看来，他自主持全党工作以来还没有犯过任何错误。而彭德怀对毛所热心的大跃进、人民公社、公共食堂提出了非议，这要极大的勇气。对毛泽东来说，接受意见也要有相当的雅量。梁漱溟在新中国成立初期就农村问题与毛争论时就直言：“我倒要看看你有没有这个雅量。”毛对党外民主人士常有过人的雅量，这次对党内同志却没有做到。

彭与毛相处30多年，深知毛的脾气，他将个人的得失早已置之脑后。果然，会上，他被定为反党分子，会后被撤去国防部长之职，林彪渔翁得利。庐山上的会议开完，不久就是国庆，又恰逢十年大庆，按惯例彭德怀是该上天安门的，请柬也已送来。彭说我这个样子怎么上天安门，不去了。他叫秘书把元帅服找出来叠好，把所有的军功章找出来都交上去。秘书不忍，看着那些金灿灿的军功章说：“留一个作纪念吧。”他说：“一个不留，都交上去。”当年居里夫人得了诺贝尔奖后，把金质奖章送给小女儿在地上玩，那是一种对名利的淡泊；现在彭德怀把军功章全部上缴，这是一种莫名的心酸。没几天，他就搬出中南海到西郊挂甲屯当农夫去了。他在自己的院子里种了三分地，

把粪尿都攒起来，使劲浇水施肥，他要揭破亩产万斤的神话。1961 年 11 月经请示毛同意后，他回乡调查了 36 天，写了 5 个共十多万字的调研报告。涉及生产、工作、市场等，甚至包括一份长长的农贸市场价格报告，如木料一根 2 元 5 角，青菜一斤 3 至 6 分。他固执、朴实，真是一个农民，他还是当年湘潭乌石寨的那个石伢子。夫人浦安修生气地说："你当你的国防部长，为什么要管经济上的事？"他说："我看到了就不能不管。"生性刚烈的毛泽东希望他能认个错，好给个台阶下。但更耿介的彭德怀就是不低头。

被贬的日子里，他一次次地写信为自己辩护。写得长一点的有两次。一次是在 1962 年的七千人大会前，他正在湖南调查，听说中央要开会纠"左"，他高兴地说，赶快回京，给中央写了一封 8 万字的信。庐山会议已过去了三年，时间已证明他的正确，他觉得可以还一个清白了。但就在这个会上他又被点名批了一通，他绝望了。"文革"期间，这位打败过日军、美军的战神被一群红卫兵娃娃玩弄于股掌，被当做囚犯关押、游街、侮辱。作为交代材料，他在狱中写了一份《自述》，那是一份长长的辩护词，细陈自己的历史，又是 8 万字。他是用在朝鲜停战协议上签字的那支派克笔写的，写在裁下来的《人民日报》的边条上。他给专案组一份，自己又抄了一份，这份珍贵的手稿几经周转，亲人们将它放入一个瓷罐，埋在乌石寨老屋的灶台下。直到"文革"结束才重见天日。那年，我到乌石寨去寻访彭总遗踪，印象最深的就是这个黑乎乎的灶台和堂屋里彭总回乡调查时接待乡亲们的几条简陋的长板凳。

他愤怒了，1967 年 4 月 1 日给主席写了最后一封信，没有下文。4 月 20 日他给周总理写了最后一封信，这次没有提一句个人的事，却说了另一件很具体的与己无关的小事。他在西南工作时看到工业石棉矿渣被随意堆在大渡河两岸，常年冲刷流失很是可惜。这是农民急缺的一种肥料，他说，这事有利于工农联盟，我们不能搞了工业忘了农民。又说这么点小事本不该打扰总理，但我不知该向谁去说。这时虽然他的身体也在受着痛苦地折磨，但他的心已经很平静，他自知已无活下去的可能，只是放心不下百姓。这是他对中央的最后一次建议。

毛泽东在庐山会议后对彭德怀的评价只有一次比较客观。那是1965年在彭德怀闲置6年后中央决定给他一点工作，派他到西南大三线去。临行前，毛说：“也许真理在你一边。”但这个很难得的转机又立即被“文化大革命”的洪水所淹没。彭德怀最终还是死于“文革”冤狱之中。“文死谏，武死战”，他这个功臣没有死于革命战争却死于“文化革命”，没有倒在敌人的枪炮下，却倒在一封谏书前。

现在我们终于明白了“文死谏”的含义，他远比“武死战”要难。当一个将军在硝烟中勇敢地一冲时，他背负的代价就是一条命，以身报国，一死了之。敢将热血洒疆场，博得烈士英雄名。而当一个文臣坚持说真话，为民请命时，他身上却背负着更沉重的东西。首先可能失宠，会丢掉前半生的政治积累，一世英名毁于一纸；第二，可能丢掉后半生的政治生命，许多未竟之业将成泡影；第三，可能丢掉性命。更可悲的是，武死，死于战场，死于敌人，举国同悲同悼，受人尊敬；文死，死于不同意见，死于自己人，黑白不清，他将要忍受长期的屈辱、折磨，并且身后落上一个冤名。这就加倍地考验一个人的忠诚。

彭德怀因为这封说真话的信，前半生功名全毁，任人批判谩骂为右倾、反党、叛国、阴谋家，扣在他背上的是一口何等沉重的黑锅。在监禁中他被病痛折磨得在地上打滚，欲死不能。而现在我们看到的哨兵关押记录竟是这样的文字：“我看这个老家伙有点装模作样”，“这个老东西从报上点他名后就很少看报”。这就是当时一个普通士兵对这个开国老帅的态度。可知他当时的处境，其所受之辱更甚于韩信钻胯。而许多旧友亲朋，早已不敢与他往来，就连妻子也已提出与他离婚。

庐山会议后，全国有300万人被打为“右倾机会主义分子”。一纸薄薄的谏书怎承载得这样的压力？其时其境，揪斗可死，游街可死，逼供可死，加反党名可死，诬叛国罪可死。“文革”中有多少老干部不堪其辱而寻死自杀啊。但是，彭德怀忍过来了，他要“留取丹心照汗青”，他相信历史会给他一个清白。他在庐山上对毛泽东说过：“我一不会反党，二不会自杀。”就这样，经30年的革命战争生涯后，他

又有 15 年的时间被批判、赋闲、挨斗、监禁，然后含冤而去。他是 1974 年 11 月去世的，骨灰被化名“王川”，送往成都一普通陵园。当时周恩来已在病中，特嘱此骨灰盒要妥善保存，经常检查，不得移位换架。直到 4 年后的 1978 年才得以平反。当骨灰撤离成都从陵园到机场时，人们才明真相，泣不成声。专机落地前在北京上空环绕三圈，以慰忠臣之心。

中国古代，君即是国。所以传统的忠臣就是忠君。但“君”和“国”毕竟还有不同。就是在古代，真正的忠臣也是：为民不为君，忧国不惜命。朗朗吐真言，荡荡无私心。既然为“臣”，当然是领导集团的一员，上有“君”下有民。他要处理好的第一个难题就是对领导负责还是对人民负责。当出现矛盾时，唯民则忠，唯君则奸。“社稷为重君为轻”，真正的忠臣，并不是“忠君”，而是忠于国家、民族、人民。像海瑞那样，宁愿坚持真理，冒犯皇帝去坐牢。而彭德怀在毛泽东号召学海瑞后，真的在案头常摆着一本线装本《海瑞集》。第二个难题是敢不敢报真情，提中肯的意见，说逆耳的话。所谓犯颜直谏，就是实事求是，纠正上面的错误，准备承担“犯上”的最坏后果。这是对为臣者的政治考验和人格考试。“谏”文化成了中国传统政治文化中一个特有的内容。披阅中国历史，我们会发现一串长长的冒死也说真话的忠臣名单：比干被剖心、屈原投江、魏征让唐太宗动了杀心、海瑞被打入死牢、林则徐被充军新疆……他们都是“不说真话毋宁死”的硬汉子。现在这个名单上又添了一个彭德怀。

彭德怀爱领袖更爱真理，珍惜自己的生命，更珍惜国家的前途。他浴血奋战 30 年，不知几死，经受住了“武死战”的考验。庐山会议 30 天的争论和其后 15 年的折磨，他又不知几死，通过了“文死谏”的测试。他是一位为人民、为国家二死其身的忠臣。

人民永远记住了庐山上的那场争论，记住了彭德怀。

原载于 2008 年第 18 期《新华文摘》

# 周恩来让座

去年9月里因事过广东新会。新会是梁启超的家乡，又是元灭宋，丞相陆秀夫背着小皇帝跳海的地方，过去为县，现在是江门市的一个区。我万没有想到在这样一个小地方竟有一个资料丰富的周恩来纪念馆。当地的人也很自豪，他们说，周恩来任总理时，政务缠身，能下到一个县连住7天，一生仅此一例。我心里明白，哪里是周恩来有闲，是政局错位，一个历史的小误会。

1956年下半年，全国出现冒进的苗头。掌国家经济之舵的周恩来提出反冒进，毛泽东不悦，说“我是反反冒进”。1958年1月南宁会议、3月成都会议，周恩来都受到批评，并作检查。7月1日至7日，他便选了一个县，广东新会县来做调查研究。其时周公心里正受着煎熬，正是伟人不幸，小县有幸，留下了这样一处纪念地。

周恩来此行所以选中新会，有一点小起因。当年6月19日《人民日报》报道新会农民周汉生用水稻与高粱杂交获得一种优良水稻新品种。周总理很重视，专门带了一位专家6月30日飞广州，又转来新会。在实验田旁，见到了这位农民。可以看出，那个时代生活条件还很差，乡干部和农民一律都是赤脚，总理的穿着也就比他们多了一双布鞋，只是衣服稍整洁一些。接待人员找了一把小竹椅、一个小方竹凳放在地头，本意让总理坐小竹椅，不想总理一到就坐在小凳上，把小椅子推给周汉生，还说你长年蹲田头，太辛苦。这就是周恩来的风

格，尽量为他人着想，决不摆什么架子。这张照片挂在展室的墙上，成了现在人们难以理解的场景。

按现在的习惯，官大一级，见面让座，起行让路，等级分明。总理来到地头已属不易，怎么能在座位上尊卑颠倒呢？我立即联想到，已逝全国记协主席吴冷西也是新会人。一次，我当面听他讲过这样一件事，50 年代初，朝鲜工会代表团来访，总理接见并合影，他的座位本安排在前排正中。周恩来不肯，他要当时的全国总工会主席刘宁一与客人坐正中，他说你是正式主人，今天我是陪客，结果他真的坐在旁边，报上也就这样照发照片，那时大家觉得也很自然。我曾见过延安时期老同志的几幅合影，大家都随意或坐或站，有几次毛泽东都站在较偏的位置。无疑，毛泽东当时的地位是应该居首位的。现在我们看这些老照片，心里真说不清是陌生还是亲切。

座位这个东西是典型的物质与精神的结合。有把椅子，坐着好说话或办事，这是物质；坐上去，别有一种感觉，这是精神。坐椅子的人多了，就要排个次序，就有了等级。等级就是一种精神。等级不可没有，如军队指挥，无等级就无效率。但不可太严，太严了就成障碍，心理障碍，工作障碍。正如列宁所说："真理很灵活，所以不会僵化；又很确定，所以人们才能为之奋斗。"现在我们对座次的设计是越来越精，越来越细，只僵化而不灵活了。不用说大会谁上主席台，台上又谁前谁后，有的单位开会，除分座次，还要专制一把稍大一点的椅子，供一把手坐。我又听过一个故事，一位新来的部长，很不习惯这种把他架在火上烤的坐法，每次到场自己先把这把大椅子撤去。但下次来时，大椅子又巍然矗立原地与他四目相对。他的务实作风拗不过笼罩四周的座次精神。

存在决定意识，在没有椅子坐时，当然没有座次。我看过西柏坡七届二中全会的会场。那是一间大伙房，没有座椅。56 个中央委员、候补委员，随手从房东家带一个小板凳就开大会。难的是有了椅子后怎样办？这里有个公心、私心之分。以公心论座，党内讲平等，是同志；党外讲服务、是公仆，何必争座？何敢争座？以私心论座，则私心无尽，锱铢必较，事事都要争个高低。周恩来的一生是为公的一生，这从他位次变化中可以看出来。他早年就坐到党内的第二把交椅。长征开始时，党务、军务大事由最高三人团负责：博古、周恩来，还有一个外国人李德。遵义会议后他把军事指挥的椅子让给毛泽东，一、四方面军会师，为团结四方面军又把红军总政委的椅子让给张国焘。解放后他又有两次让位。第一次是 1958 年 6 月，就是这次到新会调查之前，因为几次受到批评，周恩来就提出辞去总理职位，后来政治局不同意，算是让位未果。但后来经济困难立即证明周恩来的意见对，他又毫无怨言，以总理的身份来收拾这个烂摊子。第二次是让位给林彪当副统帅，后林彪自我爆炸，驾机出逃，周恩来把办公椅子搬到大会堂坐镇指挥，力挽狂澜，化险为夷。

大位无形，不管周恩来在历史上曾将位置让毛泽东、让张国焘，还是“文革”中让位于林彪，但在老百姓的心里他永远是国家的总管，是仅次于毛泽东的二把手。这个位置是永远也变不了的。后来的年轻人不理解，总爱问周恩来为什么要这样一让再让？我听说一位领导同志当面问过周恩来，他说，如果那样党就会分裂。他是仔细衡量过利害的。“文革”最困难的时期，他说过一句话，我不下地狱，谁下地狱。还是为公，为了国家利益。其实，共产党无论全党还是党员本没有自己的私利。“西安事变”，抓蒋而不杀，反而还承认他的领袖地位，为抗日，为挽救民族危亡，这是党最大的忍让。周恩来是代表党亲自到西安处理这件事的。无论对内对外，若让而能利天下，他都义无反顾。

那么，周恩来争过椅子没有？争过，在西安、在重庆、在南京与国民党长达十年的谈判就是在争椅子，为党争，为民争。新中国成立到周恩来去世凡 27 年，周恩来他主持外交，参加或指挥了所有重要的国际谈判，与美国人在朝鲜谈，在华沙谈。与苏联人谈，甚至在莫斯科与老大哥吵翻，拂袖而去。都是要为中国在国际上争一把交椅。而他自己却忙得坐不暖席。毛泽东出行用专列，周恩来出行几乎全坐飞机，不是飞机的椅子好坐，是为省时，多一点时间去工作，去为民为国多争一点权利。最危险的一次是去开万隆会议，他的座机为特务所炸，幸亏他临时换机。而身边的工作人员总不会忘记周恩来的一个工作细节，每临大会，他要亲自到主席台或会场上看一下坐席，特别是

党外民主人士的座位摆得是否合适。最后又不会忘记检查一下毛主席的座椅，摇一摇，稳不稳，再看看视线清不清。这就是周恩来。他心里有一个座次，孰重孰轻，何让何争，明白见底。

在看这个纪念馆时，我很庆幸1958年周恩来让位之未成，不然国家还要多一次悲剧。又想到“文革”中周恩来虽让位，林彪又不能久居，不是图位之人不想接，也不是接位之人不欲久坐，是他们不能承受这轻，不能承受周恩来的这轻轻一让；又不能承受这重，承受这国事民心之重。庄子说“先贤而后王”，从政者必得先有贤能之德、之力，才敢去接王位。王位是什么？就是一把办重要事情的椅子。历史上凡大让之人都有大公大仁之心，尧让天下于舜，舜让天下于禹，孙中山让总统位于袁世凯，华盛顿当了两届总统毅然让位，邓小平首开在位退休先例。他们都是大公大仁之人。我在新会看到的这两把小椅凳当然不是王者之椅，它实在太普通了，甚至在民间已很难找到。但纪念馆主人很郑重地对我说：“这两把椅凳，我们刚从主人家里征集到，已作为重要文物收藏了。”我想，西柏坡会议上的那些小木凳散落民间，也不知有没有人收藏。人们现在更关注的是怎样去制新椅子。前不久，我到北京一家专门开重要政务会议的宾馆里就会，吃饭时，座椅庞然而厚重，颇有几分威严，椅子围桌而立，远望如一圈逶迤的长城。用餐者入座挪椅很不方便。我忍不住对经理说，餐厅之椅还是以轻便为好，何用这样隆重？她说这是专门请人设计的，一把就两千元。我说这种重椅只合主席台上用，放在这里讲错了排场，又枉费了许多钱。但设计者恐怕另有考虑。

新会的一个小型纪念馆让我联想频频，悟到一个大道理。座位这个东西有实在的物质和虚拟的精神两方面的含义。如果只从实用考虑，能坐、舒适就行，大可不必争什么座次；如果从精神方面考虑，每个人在众人心里的位置是他德与能的总和，争与不争都是一样的。相反，愈争就愈见其私，位次更低；愈让就愈见其公，位次更高。这是做人的道理。

原载于2008年第1期《炎黄春秋》

# 邓小平的坚持

被称为“新时期”的中国改革开放30年，无疑将作为共和国的“中兴”史载入史册。相信以后许多史家会来研究这一特殊历史现象。其中原因诸多，“文革”教训，时势使然；人民意志，时代潮流；时势造英雄，小平来掌舵等等。这所有一切，当然都是多难之后兴邦的因素。但像一切领袖的成功一样，邓小平性格、意志因素不容忽视。这就是他坚定果断，敢于坚持己见。

改革就是一场革命。既要能提出新的思想，新的方针，还要能力排众议，坚持这个新思想、新方针。二者缺一不可。历史上提出方案，未能坚持，虎头蛇尾而流产的改革实在不少。邓小平是中国改革的总设计师，其高瞻远瞩的战略设计思路已为人所熟知，而在战术实施中的坚定不移，则还不大为人注意。近读史料，发现其例甚多。

1977年8月，邓小平主持教育工作座谈会。大家主张恢复高考，但又觉得今年来不及，希望从明年开始，而且教育部的原招生方案报告也已送出。小平说，就从今年改！打破常规，冬季招生。让教育部追回发出的报告，他亲自修改。这一步棋改写了中国“文革”10年的教育史。人才兴，国运兴。

《百科全书》向来被称为“没有围墙的大学”，是提高民族素质和国家文化建设的基本工程。法国新兴资产阶级最早就是通过编译百科全书（史称百科全书派）进行思想启蒙，普及新知识而导致了1789

年的法国资产阶级大革命，资产阶级登上历史舞台。以后《百科全书》随时增改，渐成一部世界性的知识总汇。十一届三中全会后，小平指示翻译出版美国《不列颠百科全书》（1768 年英国初版，20 世纪初转让给美国，1974 年出到第 15 版）。消息传出，社会上议论纷纷，我们怎么能出版美帝国主义的书？邓小平不为所动，他接见美方人员说："全世界都知道《不列颠百科全书》在学术领域内具有权威性的地位。我们中国的科学工作者把你们的百科全书翻译过来，从中得到教益，这是很好的一件事情。"在邓小平的坚持下，中美双方组成联合编审委员会，历时 10 年，全书终于出版。

中国香港回归是一件大事。政策性强，处理起来较复杂。1983 年 5 月中国香港记者故意设套，问：回归后我方可否不驻军。我一高级官员，含糊答道：也可不驻。港报纷纷登于头条。邓小平大怒。在一次招待中国香港记者的会上，本已散场，邓小平说："请你们回来，给我发一条消息。说可以不在香港驻军，胡说八道！英国人能驻，我们自己怎么反而不能驻？"他给外交部批示：在港驻军一条必须坚持，不能让步！

1992 年，邓小平视察南方，下面汇报时说："我们一定贯彻您的指示。"他说："我的话可能有点用，但我的作用就是不动摇。"

敢坚持、不动摇是领袖的基本素质。领袖一身而系天下，稍有犹豫就地动山摇。轻者是一件事的失败，重者影响民族命运、历史方向。我们常说时势造英雄，而特殊时刻竟是英雄一念铸就历史。朱可夫在回忆苏联艰难的卫国战争时说，许多时候我们实在顶不住了，但就是由于斯大林坚强的意志让我们转败为胜。是否坚持真理是政客与政治家的根本区别。政客是从私利出发，看着风向走。政治家是从国家民族利益出发，向着理想前进，他认准的事，就是再难，再险，杀头牺牲也不改变。毛泽东敢于坚持的典型例子是在井冈山革命低潮时，他敢说革命高潮就如一轮喷薄欲出的红日，这信念一直坚持到 20 多年后新中国成立。邓小平坚持最久的例子是 1962 年就提出，让农民自己选择生产关系，不管白猫黑猫抓住老鼠就是好猫。一直坚持到 16 年后，1978 年中国开始全面的农村土地制度改革。坚持是意志力的表现，但意志力的背后是思想的穿透力。

两个摔跤手的坚持是谁压倒谁，两军对阵的坚持是谁吃掉谁，而一个领袖对正确方针的坚持则是一个民族的崛起，一个新时代的到来。

原载于 2009 年第 4 期《党建》

# 老百姓怎么看政治

近翻40年前的日记，有一段政治趣闻。1971年林彪叛逃，摔死在蒙古国。这个接班人、副统帅，一夜之间成了叛徒、奸雄、大阴谋家，全国掀起批林高潮。当时我在内蒙古巴盟当记者，上面传达的文件里有一句话说："林彪披着马克思主义的外衣"。生产队开批判会，队长向大家传达说："这个林彪很坏，他还偷了一件马克思的大衣。"前几天我与一位宣传工作老前辈、中宣部的老部长吃饭，席间说起这个笑话，他很认真地说："现在仍然是这样呀。到基层去，农民老问，你们那'三个代表'还没选出来啊？"

前后相距40年的两则政治笑话，使我思考一个问题："老百姓怎样看政治？"40年了，我们的政治口号、中心任务已不知几变，而不变的是老百姓看政治的目光。马克思说，"人们为之奋斗的一切都同他们的利益有关"，他又说，"思想一旦离开利益就一定使自己出丑"。就是说，我们提政治口号并宣传解释时一定要能和普通百姓的具体利益相结合。

什么是政治？政治学解释：政治是人民群众将自己的权力出让出来，委托给一个公共权力机构来执行。这个机构可以是执政党也可以是政府。这里有几点本质之处常被掩盖忽略：一、这权力属于人民，执行机构不过是代行；二、代行之时要能提炼、概括人民的具体要求，使之上升为一项方针政策，凝练为一个口号；三、这口号必须为群众所理解，与其利益紧密关联。这三者哪一个环节缺失或欠完美，都将影响政治运作的效果。至少鼓动工作者要懂得这个政治规律和宣传艺术。

其实这规律和艺术也很简单，就是能不能用老百姓的目光来看政治；能不能把一个政党、政府大政方针翻译成群众语言；能不能把一个时期的政治任务的本质和群众关心的具体利益相联系。毛泽东说，政治就是把我们的人搞得多多的，把敌人搞得少少的。孙中山说，政治就是管理众人之事。反正，你的政治目标要与老百姓的利益相联系。联系得好就成功，联系得不好就失败。这已为无数历史事实所证明。李自成起义，他的口号是“迎闯王，不纳粮”，一下就说到赋税重压下的农民的心里，从者如云。我们在解放战争时期的口号是“保卫胜利果实”，分得土地的农民就踊跃参军。而抗美援朝的口号是“抗美援朝，保家卫国”，八个字将国际义务、爱国精神和“保家”的具体利益都概括进来。这对新中国成立之初正在建设幸福家园的群众来说很好理解，很有感召力，堪称政治动员口号中的精品。改革开放之初，对农村大包干的概括是“交够国家的，留够集体的，全是自己的”，对推动农村改革也极具号召力。其余各个历史时期，各种新政策出台时，都有一些好的动员口号，如环保方面的口号：“要金山银山，也要绿水青山”；教育方面的口号：“再穷也不能穷教育，再苦也不能苦孩子”，也都很有号召力。一般来讲，越接近基层，宣传就越能联系实际。一次我到甘肃采访，车在无人的田野上行驶，路边埋着光缆。一条红色立地标语映入眼帘：“光缆无铜，偷盗判刑。”它讲得再明白不过，光缆里面没有铜，你偷了也无处可卖，还要判刑。何苦呢？八个字，把最要害的利益说得清清楚楚，还宣传了科普知识。这虽是一条标语，比站一个警察还有效果。

政治是什么？就是代表最大多数人的利益，老百姓的利益。让百姓知道自己的利益所在，自觉去行动。这是管理者的责任，也是管理的艺术。

原载于2010年9月10日《人民日报》

# 山还是那座山

也许是因为我的姓氏里有一个木字，或者我命中本来就缺木，反正我是发疯地爱树。只要听说哪里有一棵奇一点的树，就千方百计地去看，去摸，去抱。10 年前南下到宁波出差，临返回时在机场听说当地有一棵特大的树，树身中空，人民公社时，生产队在里面养了两头牛。惜未能谋面。过了两年我终于找到一个机会再到宁波，一下飞机不进城，就直去拜树。虽然又过了几十年，树洞里淤了不少土，但亦然老干如铁，青枝绿叶。村民在树洞里摆了一张八仙桌，大大方方地请我们喝了一壶茶。去年北上到内蒙古出差，见宾馆院里有一棵不知名的树，枝头吊着指肚大小的棱形果实，甚奇。问之，曰丝棉树，秋后，果实会炸开，垂下丝绦万千条，属卫茅科。就不顾体面，用房间里的水果刀，十指并用，“偷挖”了两棵，惹得一路同行的人被机场的安检、空姐不断地拷问。苍天不负有心人，这两棵他乡客居然生根发芽在京城，单等来年此情绵绵寄相思了。

我这样爱树，是因为曾经很少见到树。我大学一毕业就分配到内蒙古，守着乌兰布和沙漠，吃不尽的黄土，看不完的黄沙。外出采访，要是走路，得帽檐朝后。要是坐车，风沙起时得停车让过风头。这时车子就像掉进黄汤海里，人像坐在潜艇里，透过车窗看黄浪从两边滚滚涌过。那时最想看到的是一点绿，一棵树。我坐火车过河西走廊，一个白天，一个晚上，又一个白天，还是没有一棵树。我在河套的黄河湾子里护过林，那是什么“林”啊，只有拇指粗，每年春天绿，冬天死。晋西北倒是有大片的杨树林，那是永远长不大的“老头树”。不但野外缺树，城里也少树。近20年城市建设提速，房挤树，路挤树，人挤树。一次我走在昆明街上，因为扩路砍光了树，主人还说：“我们这里山好水好，四季如春。”我不顾礼貌，脱口而出：“山好水好，就是官不好，为什么不栽树？”回来后我在《人民日报》发了一篇短文《好山好水更求好官》。什么样的官才算好官？起码有一条，要栽树。

因为爱树，就关心和同情栽树的人。最让我激动的一次采访是在雁北，一位81岁的老人带着棺材进山，15年绿了几座山。真有点《三国演义》上庞德抬着棺材战关羽，或者左宗棠抬着棺材去收复新疆的味道。最得意也最伤心的一次采访是写一个劳模，那稿子还得了全国新闻奖。但几年后他儿子来找我，说父亲进了班房。原因是他栽了很多树，只用了几棵树就犯法。这是什么法？难怪没有人栽树。有人说按统计数字，我们栽的树已经绕地球几圈了，但还是不见树。

终于在2006年春天，我望见了一大片新绿。不是在山上，也不是在平原。说来好笑，是在报社夜班平台上的电稿堆里。福建记者蔡小伟来稿说，那里全省都已把山分给了农民，老百姓种树积极性大增。我如获至宝，或者说是终于找到一根救命的稻草。莫谓书生空议论，稻草也能当金箍棒用，我要借这篇文章浇我胸中的块垒。立即制了一个大标题——《山定权，树定根，人定心，福建全省推行林权制度改革》，立发头条。我又想到马克思的一句话：“人们为之奋斗的一切，都同他们的利益有关。”就把这话拉来当大旗，配了一篇评论，《栽者有其权，百姓得其利》。签发完稿子，我重重地吐了一口气，一口压了几十年的气。半个月后福建省林业厅厅长黄建兴来京开会，他一住下就来报社，要请我吃饭。这之前我们并不认识。我问他怎么这样热心于林权改革。他讲了一个故事。2001年福建有7万农民因建水库失地闹事，他时任省政府秘书长，到一线去处理此事。却发现有一个村子很平静，没有一人参与闹事，便问何故。支书说：“我们前几年就分了山林，每人每年收入4000元，还会闹吗？”福建八山一水一分田，

山稳民就稳。他当即说，如果我当林业厅长，就先给农民分山。不想，一语成谶，三个月后他被任为省林业厅长。他农民出身，当过生产队长，深知农民对土地的感情，一朝权在手，便把令来行。在全省积极实验林改，福建成了全国林改第一省，也是森林覆盖率最高的省。他林改有方，从厅长任上下来后又被任命为国家林业局林改领导小组副组长。林改就是土改，是一场藏于绿叶下的红色革命。

可能还是命中脱不去与树的缘分，我退出新闻一线后又被安排到农委工作，就急切地想去看一下当年曾经纸上谈兵的林改如何。今年正月十五刚过，年味还在，就踏上去福建的路。

如果说福建是全国林改第一省，永安就是全国林改第一县（县级市）。这里动手早，经验多，是国家和省两级林改试验点。8 年来已接待参观者 2.6 万人，市委书记江兴禄开玩笑说："我陪客喝的酒，累计也有一吨多。"我发现凡成一件大事，其中必有一些中坚和先锋，黄建兴是一个，江兴禄也是一个。他在县委书记任上已经 15 年，参与了林改的全过程，还编了一本既有实践又有学术价值的书。这天他陪我走访了中国林改第一村洪田村，其地位类似于中国承包第一村的安徽小岗村。但村里的建设比小岗村气派多了。村民全住进了两家一楼的别墅。幼儿园、小学、热闹的街道、店面，仿佛进了县城。走进展览馆，迎面是一座群体雕塑，几个胼手胝足的汉子正拧眉锁眼，在灯下议论着什么。说明牌上只有一句话："今晚不议出个名堂，谁也不许回家!"说的是 1998 年 5 月 27 日那晚，全村开会讨论山林到底是分还是不分？已是后半夜了还没有个结果，村支书邓文山就拍着桌子喊出了这句话，然后从笔记本上撕下一页纸，裁成 26 条，同意还是不同意，每家立字为证。这很悲壮，像当年小岗村干部为分地按红手印准备去坐牢。我脑海里一下闪过了水泊梁山、绿林、赤眉。我找到邓文山，想不到却是个文静的汉子，看来事逼人为，不到绝路不破釜。这一逼倒逼出一条新路。墙上贴着一张 1997 年到 2009 年，全村经济发展统计表：村财政由 15.3 万增到 63 万；人均林业收入由 313 元增至 3931 元；电话由 25 部增至 662 部；机动车从无到有 375 台；电脑从无到有 81 台……这些财富都是农民在分到手的山上种出来的。

从洪田出来，江兴禄带我们去看一座竹山。春雨绵绵，千竹滴翠。竹子这东西实在是人见人爱，且不说它的用途，你看一眼都舒服。它年年发笋，当年成林，一劳永逸。新竹碧绿如玉，每拔一节就留一条白线，微风吹过，林子就白绿相间，翩翩起舞，好一幅水墨写意。老江招呼人去找这片山的主人，一会儿竹林子里就钻出一个汉子，眼大身瘦，戴斗笠，系腰带，蹬雨靴，肩扛一把细嘴镢头，仿佛是封神榜上的人物。他叫杨国松，名下分得 126 亩竹林，已经营十多年。斜风细雨里我和他算起这几年的收入。竹子在文人眼里是清供之物，在农民眼里可是摇钱树。他说，冬挖冬笋，春挖春笋，林间还有药材。冬笋贵，每斤 5 元 到 8 元，春笋 5 毛，一亩地可产三四千斤竹笋。每亩竹子 280 根，每根卖 30 元。林改前他家年收入 5 万元，去年已增到 20 万元，家里还供着两个大学生。我们说着走着，江书记脚下一软，说声“有货”，便去摘老杨肩上的镢头，原来他踩着一棵冬笋。多年的媳妇熬成婆，他这个多年的书记熬成“农”，对这山里的一草一木都有情。只见他蹲下身子，用镢头拨开落叶，围着笋尖小心清土，就像考古队员发现一件宝物，最后一把拉起一棵大冬笋，足有一斤半。大家就提着这笋照相，说中午有好菜吃了，就像抓到一条大鱼。

我们说着走着，转过一面坡，眼前一亮。竹林下的红土地上仰躺着一座大青石碑，足有十多米宽，上书三行大字：“山定权，树定根，人定心”，落款是甲申年春月。碑多直立，像这样大的碑仰躺于地还不多见。这是乡民为纪念林权改革而立。他们说这样设计，上可对天，下可对地，民心可鉴。我问老江，林改前后永安的集体林地每亩增值了多少，他答：从 300 元已增到现在的 5000 元到 6000 元，长了 20 倍。又问老黄全省如何，他说：“从 300 元增到 1000 多元，3 倍多。福建有集体林 1 亿亩，全国 27 亿亩，你算一算，这一项改革增了多少财富，富了多少农民？这还不说生态效应和民心效应。”

我久久地注视着那块石碑，党中央机关报的头条标题变成碑文立在竹林里，这就是党心民意。又觉得“甲申”这个字好眼熟，噢，想起了，上一个甲申年郭沫若曾写了一篇《甲申三百年祭》，毛泽东很推崇的。那是反思明末一场农民运动的失败。从那时到如今，又过了

6个甲子，360年。中国农民经过了太平天国革命、辛亥革命、两次土地革命，改革开放以后的土地承包、林改，终于真正成了土地的主人。

百年岁月，万里河山，山还是那座山，只是换了人间。

原载于2011年3月11日《人民日报》

# 愈见光辉的灵魂
## 张闻天：一个尘封垢埋却

从来的纪念都是史实的盘点与灵魂的再现。

中国共产党建党90周年了。这是一个欢庆的日子，也是一个缅怀先辈的日子。我们当然不会忘记毛泽东、邓小平这两个使国家独立富强的伟人；我们不该忘记那些在对敌斗争中英勇牺牲却未能见到胜利的战士和领袖；同时我们还不能忘记那些因为我们自己的错误，在党内斗争中受到伤害甚至失去生命的同志和领导人。一项大事业的成功，从来都是由经验和教训两个方面组成；一个政党的正确思想也从来是在克服错误的过程中产生。恩格斯说，一个苹果切掉一半就不是苹果。一个90年的大党，如果没有犯错并纠错的故事，就不可能走到今天。当我们今天庆祝90年的辉煌时，怎能忘记那些为纠正党的错误付出代价，甚至献出生命的人。

这其中的一个代表人物就是张闻天。

### 一把钥匙解党史

张闻天曾是中国共产党的总书记。1964年4月16日，毛泽东说，在他之前中共有五朝书记：陈独秀、瞿秋白、向忠发（实际工作是李立三）、博古、张闻天。张算是第五朝了。毛泽东称张闻天是“明君”，并开玩笑叫张的夫人刘英为“娘娘”（毛还是长征时为张、刘二

人牵得姻缘的“红娘”）。因他在张领导下分管军事，就自称“大帅”。1935 年 1 月遵义会议后，张接替博古做总书记，真正是“受任于败军之际，奉命于危难之间”。算到 1938 年共产国际明确支持毛为首领，张任总书记是 4 年；算到 1943 年 3 月中央政治局正式推定毛为主席，在组织上完成交替，张任总书记是 8 年。无论四年还是八年，张领导的“第五朝”班子是中共和中华民族命运的重要的转折期。因为中共从 1921 年建党到 1949 年取得政权总共才 28 年。

现在回头看，张在第五任总书记任上干了三件影响中国历史的大事。一是把毛泽东扶上了领袖的位置，成就了一个伟人。遵义会议后毛的实权并没有一步到位，只是协助周恩来指挥军事。张闻天是总书记，知人善任，他说“二次回遵义后，我看出周恩来同志领导战争无把握，故提议毛泽东同志去前方当前敌总指挥。”后来又决定毛分工军事，从此毛周就调换了位置，周成了毛的军事助手。毛借军事方面的才能进而在全党一步步确立了权威；二是正确处理西安事变，抓住了这个千载难逢的机会实现了第二次国共合作，共产党得到了难得的喘息之机，并日渐壮大；三是经过艰苦工作实现了国内战争向民族抗日战争的转变，共产党取得了敌后抗战领导权，获得民心，从此步步得势，直至取得政权。可见这“第五朝”是从建党到建立新中国的关键一朝，就算这期间毛泽东在逐渐过渡接班，张这个“明君”至少也有半朝之功吧。但是在以往的宣传中，张却几无踪影。他生前被逐渐地闲置、淡化、边缘化，直到悄无声息地去世。可是西边日出东边雨，历史无情又有情。在他去世几十年后，终于潮落石出，他的功绩又渐渐显现出来，他的思想重又得到后人的认同。这不能不说是党史上的一个奇观，是历史唯物主义在“显灵”。

按毛泽东的说法，张是五朝，毛就是六朝。张与毛的交接既是党内政权五、六朝之间的交替，又是中共从夺权到掌权、从革命党到执政党的转变；还是张、毛这两个出身、修养、性格截然不同的领袖之间的交班。在五朝时，张为君，毛为臣，“瓦窑堡会议”两人合作甚洽，完成了党的抗日统一战线策略的重大转变；到六朝时倒了过来，毛为君，张为臣，两人吵架于“庐山会议”，党犯了“左”的错误，元气大伤。时势相异，结果不同，两人的合作或好或坏，党的工作局面就或盛或衰。可以说毛、张的恩恩怨怨、分分合合是解开党史、国史谜团的一把钥匙，也是留给后人的一笔文化财富。

张闻天与毛泽东都有强烈的革命理想和牺牲精神，但两人的出身、经历、知识结构和性格都差异很大。张闻天出身书香门第，上过私塾，读过技术学校，留日、留美、留苏，系统研究并在大学讲授过马列，翻译过马恩作品。他爱好文学写过诗歌、散文、小说，也译介过外国文学作品，发表过大量文艺批评文章。1922 年诗人歌德 90 周年诞辰时他发表了两万字的长文，这是中国第一篇系统介绍歌德《浮士德》的论文。他属于开放型的知识结构，性格随和包容，与周恩来、邓小平、聂荣臻等同属党内的留洋开放派。毛泽东出身农家，受传统国学教育较深，几乎未出国门。他熟读史书，特别是熟知治国御人的典故，虽思想高远，但性格刚烈、褊狭、好斗。他自己也知道这个缺点，曾讲其弟毛泽覃批评他说："共产党员又不是你毛家祠堂。"张、毛两人这种不同的知识背景、性格基因决定了他们的命运甚至党和国家的命运。

## 惹人怨怒因红颜

毛泽东与张闻天（洛甫）曾有一段合作的蜜月，即 1935 年遵义会议后到 1943 年延安整风前。这也正是前面所说张为党建树三大功劳的时期。据何方先生考证，1935 年 10 月红军长征到达陕北，到 1938 年 9 月六中全会，两人联名（多署"洛、毛"）发出的电报就有 286 件。这时期他们以民族利益为重，小心合作，互相尊重。如西安事变一出，毛主张"审蒋"，张主张和平处理，毛随即同意；红军到陕北后到底向哪个方向发展，张要向北，毛要东渡，后来张又同意了毛的意见，并率领中央机关随军，"御驾亲征"。向来历史上"明君"与"能臣"的合作都是国家的大幸，会出现政治局面的上升期，如刘备与诸葛亮，唐太宗与魏征，宋仁宗与范仲淹的合作等。当毛称张为"明君"，自己为"大帅"的时候，也正是中共第五朝兴旺之时，总书

记民主，将帅用心，内联国军，外御日寇，民心所聚，日盛一日。这时毛分管军事，随着局面的打开，其威信也水涨船高。张、毛合作的这一段蜜月期也正是全党政治局面的上升期。

但这时发生了一件不大不小的事。贺子珍与毛不合出走苏联，江青乘虚而入。但是党内高层几乎一片反对声，纷纷向张闻天这个总书记进言，就连远在敌后的项英也发来长电，他们实在不放心江青的历史和在上海的风流表现，认为这有损领袖形象。张无奈，便综合大家的意见给毛写了一信，劝其慎重考虑。谁知毛看后勃然大怒，将信撕得粉碎。说："我明天就结婚，谁管得着！"（他第二天就在供销社摆酒，遍请熟人，却不请张这个"明君"。时在1938年11月。这是毛与张的第一次结怨，毛记下了这个仇。

每一个历史事件，哪怕是一件小事，就像树枝上的一个嫩芽，总是在它必然要长出的地方悄悄露头，然后又不知会结出一个好果子还是坏果子。江青的出现恰到好处，从私生活上讲正是贺子珍的出走之际，从政治上讲又正是毛泽东的地位已经初步确立之时（两个月前刚开过六届六中全会），他已有资格与上级和战友们拍桌子。要是在遵义会议前，毛正落魄之时，估计也不会这样发威。毛、江结婚这个嫩芽后来结出了什么政治果子，这是大家都知道的。其实毛这一怒可能还有更深一层的原因。他是文化的本土派，从骨子里排斥留洋回来的人。瑞金时期对他的不公平让他痛恨从莫斯科回来的人，延安整风他大反宗派主义，其实他心里也是有一个"派"的。1938年周恩来从苏联养伤回来，顺便转述共产国际负责人的话，说张闻天是难得的理论家，毛愤而说："什么理论家，背回一口袋教条。"可知其内心深处的芥蒂之深。

张闻天性格温和，作风谦虚，绝不恋权。他任总书记后曾有三次提出让位，第一次是遵义会议后党需要派一个人到上海去恢复白区工作，这当然很危险，他说"我去"，中央不同意，结果派了陈云。第二次是张国焘搞分裂，向中央要权，为了党的团结，张说"把我的总书记让给他"，毛说不可，结果是周恩来让出了红军总政委一职。第三次就是1938年的六中全会，会前王稼祥明确传达了共产国际支持毛为领袖的意见，张就立即要把总书记的位子让给毛。因为其时王明还在与毛争权（张国焘这时已经没有多大的力气了），毛的绝对权威也未确立，还需要张来顶这个书记，毛就说这次先不议这个问题。张在后来的《反省笔记》中说："六中全会期间我虽未把总书记一职让掉，但我的方针还是把工作逐渐转移，而不是把持不放。自王明同志留延安工作后，我即把政治局会议地点移到杨家岭毛泽东同志的住处，我只在形式上当主席，一切重大问题均由毛主席决定。"那时共产党很穷，政治局也没有个会议室，谁是一把手，就在谁的窑洞里开会。张把实权让掉后就躲开权力中心，到晋西北、陕北搞农村调查去了。而在毛的心里，也就再没有张这个"明君"。

## 忍辱负重二十年

1945 年日本投降后，张作为政治局委员要求去东北开辟工作（就像当年要求到上海开辟工作一样），这正合上意，立即得到批准。他先后任两个小省省委书记，而还不是政治局委员的李富春却任东北局的副书记。这样使用显然有谪贬之意，但张不在乎，只要有工作干就行。

早在晋西北、陕北调查时，张就对经济工作产生了极大的兴趣。这回有了自己的政权，他急切地想去为人民实地探索一条发展经济，翻身富裕的路子。而勤于思考，热心研究新问题，又几乎是张的天赋之性。1936 年 12 月"西安事变"后，他和战友们成功地促成了从国内战争向民族战争的转变，这次他也渴望着党能完成从战争向建设的转身。他热心地指导农村合作社，指出不能急，先"合作供销"，再"合作生产"。合作社一定要分红，不能增加收入叫什么合作社？新中国将要成立，他总结出未来的六种经济形式，甚至提出中外合资。这些思想大都被吸收到毛泽东七届二中全会的报告中。东北时期是他工作最舒心的时光。

但是好景不长，1951 年又调他任驻苏联大使，这显然有谪贬、外放之意。因为一个政治局委员任驻外大使这在中国和整个社会主义国

家都是空前绝后的。这中间有一件事，1952 年刘少奇带中共代表团出席苏共十九大，团员有中央委员饶漱石、陈毅、王稼祥，候补委员刘长胜，却没有时为政治局委员的驻苏大使张闻天，这是明显的政治歧视。试想，张以政治局委员身份为几个中央委员、候补委员服务，以大使身份，为代表团跑前跑后，却又上不了桌面，是何心情？这就像当年林则徐被发配新疆，皇上命他勘测荒地。林则徐风餐露宿，车马劳顿，终于完成任务，但最后上呈勘测报告时，却不能署他的名字，因为他是罪臣。这些张闻天都忍了，他向陈云表示，希望回国改行去做经济工作。陈向他透露，毛的意思，不拿下他的政治局委员，不会给他安排工作。周恩来兼外长工作太忙，上面同意周的建议调他回来任常务副部长，但外事活动又不让他多出头。1956 年党的八大，他以一个从事外交工作的政治局候补委员要作一个外交方面的发言，不许。这种歧视倒使他远离权力中心，反而旁观者清。他在许多大事上表现得惊人的冷静。1957 年反右，他在外交部尽力抵制，保护了一批人。1958 年大跃进，全国处在一种躁热之中，浮夸风四起，荒唐事层出。他虽不管经济，却力排众议，到处批评蛮干，在政治局会议上大胆发言。1958 年 8 月北戴河会议是个标志，提出钢铁产量翻一番，全国建人民公社，运动一哄而上。10 月他在东北考察，见土高炉遍地开花，就对地方领导说这样不行，回京一看，他自己的外交部大院也垒起了小高炉。他说这是胡来，要求立即下马。1958 年 10 月 13 日《人民日报》发表张春桥的文章《破除资产阶级的法权思想》，否定按劳分配，宣扬一步跨进共产主义。毛泽东很欣赏此文，亲自加按语。当人们被那些假马列弄得晕头转向时，他轻轻一笑说，这根本不是马列主义，恰恰违背了马列理论的最基本常识。按劳分配是社会主义阶段的分配原则，是唯一平等的分配标准，怎么能破除呢？而毛却认为按劳分配的工资制是资产阶级法权，甚至想恢复战时的供给制。对于“人有多大胆，地有多大产”之类的口号，张说这违背主客观一致的辩证法原则。并且他在这些现象背后已经看到了更可怕的个人崇拜的问题。上面好大喜功，下面就报喜不报忧，他到海南视察，那里都饿死人了也不敢上报。在 1958 年 4 月的上海会议上，毛说要提倡海瑞精神，不要怕杀头。张说："海瑞精神固然重要，但更重要的是民主气氛，要使人不害怕，敢讲话。"当时为迎合毛，领导干部送材料、写文章都争着引毛的话。而张的文章中据理说事，很少引语录去阿谀迎合。毛对此心知肚明，认为他骄傲、犯上，两人就隔膜更深。当然，今非昔比，现在已是毛为"君"张为"臣"，为大局张闻天也不得不委曲求全，多有隐忍。1958 年 4 月他向毛写信汇报看到的跃进局面，本想提点意见，犹豫再三还是暂不说为好。毛看了很高兴，遂给他回一信，但仍不忘教训和挖苦："你这个人通了，我表示热烈地祝贺。我一直不大满意你。在延安曾对你有五个字的批评，你记得吗？进城后我对恩来、陈云几次说过，你有严重的书生气，不大懂实际。记得也对你当面说过。今天看了你的报告引起我对你的热情。上述看法可能对你估计过高，即书生气，大少爷气，还没有完全去掉，还没有完全实际化。若果如此，也不要紧，你继续进步就是了。"这哪里是对当年的"明君"说话，是对一个小学生的训斥。毛已经摆出"帝王"架势，对他的臣下任意挖苦、奚落了。信里说的当年给张的那五个字是"狭、高、空、怯、私"，可见在毛的眼里，张一无是处，而且还总记着他的老账，他也是强为隐忍。

从 1938 年到 1958 年，这 20 年间，张的职务是六届中央政治局常委（还有几年总书记）、七届政治局委员、八届政治局候补委员。但是，在整风后张只分工一个四五人的中央材料室，后又下基层，出国任大使，长期高职低配，久处江湖之远，而再未能登庙堂之高。就是对他在遵义会议后主持全党工作的那段经历也绝口不提。张在党内给人留下的形象是犯过错误，不能用，可有可无。对张来说，20 年来给多少权，干多少活，相忍为党，尽力为国，只要能工作就行。但他又是一个勤于思考的人，可以忍但不能不想。这也应了毛的那句话："卑贱者最聪明，高贵者最愚蠢"，张远离"庙堂"，整日在基层调查研究，接触"卑"工"贱"农，工作亲历亲为，又有扎实的理论基础，自然会有许多想法。无论毛怎样地看他、待他、压他，为党、为国、为民、为真理，他还是要说实话的。庐山上的一场争论已经不可避免。

# 一鸣惊破庐山雾

1959年6月中旬张闻天刚动了一个手术，中央7月2日开庐山会议，他本可不去，但看到议题是：总结经验，纠正错误。他决定去。这时彭德怀刚出访8国回来，很累，不准备上山，张力劝彭去，说当此总结经验，纠正错误之时，不可不去，哪怕听一听也好。不想这一劝竟给他们俩惹下终身大祸。

庐山会议本是要纠“左”的，但是船大难调头。思想这个东西像浮尘一样，一旦飘起来，就是日落风停，也得等到明天早晨才能尘埃落定。何况这又不是一个人的一时之念，而是一个大党的指导思想。这时总路线、大跃进、人民公社在人们心中鼓起的狂热，已是尘嚣难停。大跃进出现了问题，不得不纠“左”，自揭其短，毛泽东本来就不大情愿，而这时干部中的狂热者还不在少数。有一拨儿高干围在毛的身边，说再纠“左”就要把气泄光了，鼓动他赶快反右倾。田家英在小组会上只如实说了一点在四川看到的问题，西南局书记李井泉就立即打断，不容揭短，对这个天子身边的人也敢不敬。1959，新中国刚建立十年啊，共产党的干部还保留着不少战争思维，勇往直前，不计代价，不许泄气，不许动摇军心。还有一些人则是投毛所好，摇旗呐喊，如上海的柯庆施、张春桥等。这时正好彭德怀有一封信，认为错误检讨得还不够彻底，毛就借题发挥，小题大作，抓住彭德怀这个典型，上纲上线，转而大批右倾了。这种轻率的转向反映了当时全党对经济建设的规律还不熟悉，而在政治上一言堂、个人崇拜已经是露头。

张闻天早就有话要说，不吐不快，眼见会议就要收场，他加紧准备发言提纲，32开的白纸，用圆珠笔写了四五张，又用红笔圈圈点点。田家英听说他要发言，忙电话告之，“大炼钢铁”的事千万不要再说，上面不悦。他放下电话沉吟片刻，对秘书说：“不去管它！”胡乔木也感到山雨欲来，21日晨打来电话，劝他这个时候还是不说为好，一定要说也少讲缺点。张表示：吾意已决。21日下午，张带着这几天熬夜写就的发言提纲，带着秘书，吩咐仔细记录，便从177别墅向华东组的会场走去。又一颗炸弹将在庐山爆炸。

与彭德怀的信不同，张的发言除讲事实外，更注重找原因，并从经济学和哲学的高度析事说理。如果说彭的信是摸了几颗瓜给人看，张的发言就是把瓜藤提起来，细讲这瓜是怎么长出来的。针对会上不让说缺点，怕泄气，他说缺点要讲透，才能接受教训；泄掉虚气，实气才能上升。总结教训不能只说缺乏经验就算完，这样下一次还会犯错误，而是要从观点、方法、作风上找原因。如“刮共产风”，就要从所有制和按劳分配上找原因。他说好大喜功也可以，但主客观一定要一致；政治挂帅也行，但一定要按经济规律办事。坏事可以变好事，是指接受教训，坏事本身并不是好事，我们要尽量不办坏事。他特别讲到党风，说不要听不得不同意见，不要怕没有人歌功颂德。毛主席说要敢提意见，不要怕杀头，但人总是怕杀头的，被国民党杀不要紧，被共产党杀要遗臭万年的。领导上要造成一种空气，使下面敢于发表不同意见。最后，他提到最敏感的彭总的信。明知这时毛已表态，彭正处在墙倒众人推的境地，但他还是泰然支持，并为之辩护、澄清。说到信中最敏感的一句话“小资产阶级狂热性”，他为之辩道：这话不说可能好一点，说了也可以。共产风不就是小资产阶级狂热性？

他发言的华东组，组长是柯庆施。柯最善看毛的眼色，跟风点火。连毛都说“大跃进”的发明权要归于柯庆施。1958年1月南宁会议，毛批周恩来，嫌他保守，曾一度动了以柯取代周恩来当总理的念头。柯在“文革”前病逝，有人说柯要不死，文革一起就不是“四人帮”而是“五人帮”。张在柯主持的小组发言，可谓虎穴掏子，引来四围怒目相向。柯等频频插话，他的发言不断被打断，会场气氛如箭在弦。在一旁记录的秘书直捏一把汗。张却泰然处之，紧扣主旨，娓娓道来。他没有大声强辩，也没有像给毛写信时那样违心地掩饰，他知道这是力挽狂澜的最后一搏了，就像当年在扭转危局的遵义会议上一样，一切都置之度外。遇有干扰，他如若不闻，再重复一下自己的观点，继续讲下去，条分缕析，一字一顿，像一个远行者一步一步执着地走向既定的目标。他知道这也许是飞蛾扑火，但自燃的一亮也能引起人们

短暂的东西是美丽的，因为它只截取最美的一瞬，
如盛开的鲜花，如偶然的邂逅；
逝去的东西也是美丽的，因为它留给我们永不能再的惆怅，
也就有了永远的回味，如童年的欢乐，
如初恋的心跳，如破灭的理想。

的一点关注。正像谭嗣同所说："变法总得有人流血，就让我来做流血第一人吧！"20年来，他官愈当愈小，问题却看得愈来愈透。那些热闹的大跃进场面，那些空想的理论，在他看来是一件皇帝的新衣，是百姓和国家的灾难，总得有人来捅破。迟捅不如早捅，就让他来做这个捅破皇帝新衣的第一人。

他足足讲了三个小时，整个下午就他一人发言。稿子整理出来有8000多字。这个讲话戳到了毛的两个痛处。一是不尊重经济规律，搞大跃进；二是作风不民主，听不得不同意见。当年马克思讲，有一个共产主义的幽灵在欧洲游荡。现在又有一个"幽灵"，一个清醒的反"左"的声音在庐山上回荡。

毛泽东大为震怒。两天后的7月23日，毛作了一个疾言厉色的发言，全场为之一惊，鸦雀无声，整个庐山都在发抖。散会时人人低头看路，默无一言，只闻窸窸窣窣，挪步出门之声。8月2日毛又召所有的中央委员上山（林彪说是搬来救兵)，工作会议变成了中央全会(八届八中全会)。这天毛在会上点了张闻天的名，说他旧病复发。这还不够，当天又给张写成一信并印发全会，批评、质问、讽刺、挖苦、戏谑，洋洋洒洒，玩弄于股掌，溢于纸表：

> 怎么搞的？你陷入那个军事俱乐部里去了，真是物以类聚，人以群分。你这次安的是什么主意？那样四面八方，勤劳辛苦，找出那些漆黑一团的材料。真是好宝贝！你是不是跑到东海龙王敖广那里取来的？不然，何其多也！然而一展览，净是假的。讲完没两天，你就心烦意乱，十五个吊桶打水，七上八下，被人们缠住，脱不得身。自作自受，怨得谁人？我以为你是旧病复发，你的老而又老的疟疾原虫还未去掉，现在又发寒热症了。昔人咏疟疾词云："冷来时冷得冰激凌上卧，热来时热得蒸笼里坐，疼时节疼得天灵破，颤时节颤得牙关挫。只被你害杀人也么哥，只被你害杀人也么哥，真是个寒来暑往人难过。"同志，是不是？如果是，那就好了。你这个人很需要大病一场。昭明文选第34卷枚乘《七发》末云：此亦天下之要言妙道也，太子岂欲闻之呼？

于是太子据几而起曰："涣乎，若一听圣人辩士之言"。涊然汗出，霍然病已。你害的病与楚太子相似，如有兴趣，可读枚乘的《七发》，真是一篇妙文。你把马克思主义的要言妙道统统忘了，于是乎跑进军事俱乐部，真是文武合璧，相得益彰。现在有什么办法呢？愿借你同志之箸，为你同志筹之。两个字曰："痛改"。承你看得起，打来几次电话，想到我处一谈，我愿意谈，近日有些忙，请待来日。也用此信，达我困忧。

7月23日和8月2日的讲话，还有这封信让张大为震惊。他本是拼将忠心来直谏，又据实说理论短长的，想当此上下头脑发热之际，掏尽脏腑，倾平生所学，平时所研，为党开一个药方。事前田家英、胡乔木曾劝他不要说话时，他也不是没有考虑过，在再三思量后，曾手抚讲稿对秘书说："比较成熟，估计要能驳倒这个讲话也难。"他天真了，何必依理来驳呢，只须一根棍子打来就是！毛的讲话和信给张定了调子："军事俱乐部""文武合璧，相得益彰""反党集团"。会议立即一呼百应，展开对他的批判，并又翻起他的老账，说什么历史上忽左忽右，一贯摇摆。就这样他成了"彭黄张周"反党集团的副帅。

张闻天知道，根据过去党内斗争的经验，如果他不检查，庐山上的这个会是无法收场的。为了党的团结，他顾全大局再一次违心地检查，并交了一份一万字的检查稿。但是毛还是不依不饶，又怀疑他里通外国，大会小会穷追猛打，非得逼出一个具体的反党组织和反党计划。9日那天他从会场出来，一言不发，要了一辆车子，直开到山顶的望江亭，西望山下江汉茫茫，四野苍苍，乱云飞渡，残阳如血。他心急如焚，欲哭无泪。正是：

"明君"虽明不再君，屈为"大帅"帐下臣。
延水叮咚犹在耳，庐山雾深深几重。

望江亭，望江亭，江山如画，他却心乱如麻。他抚亭向晚，痛拍栏杆。天将降大任于斯党也，必先苦其历程，炼其思想，正其路线，

外能审时度势，内能精诚团结，行弗乱其所为，才能执政、治国、安邦、富民啊！

他几次求见毛，拒而不见。会议结束，8 月 18 日张闻天下山，回到北京，家人和朋友说你管外交，不干经济，何苦上山发言闯此大祸？他却冷静地以哲学相对：不上山，就没有这个发言，是偶然性；肚子里有意见总是要讲，这是必然性。但这一讲，他的名字从此就在报纸上消失了。接着召开的全国外事会议开始追查他的“里通外国”和历史问题，而这些与在庐山会议上的发言毫无关系，是欲加之罪再索事实。他只好任污水一盆盆地泼来。

## 留得光辉在人间

庐山一别，张与毛竟成永诀。

1960 年春，张大病初愈，便写信给毛希望给一点工作，不理。他找邓小平，邓说可研究一点国际问题。又找刘少奇，刘说还是搞经济吧，最好不要去碰中苏关系。他就明白了，自己还不脱“里通外国”的嫌疑。他去找管经济的李富春，李大喜，说正缺你这样的人，三天后却又表示不敢使用。后来中组部让他到经济研究所去当一个特约研究员，他立即回家把书房里的英文、俄文版的外交问题书籍一推而去，全部换成经济学书刊，并开始重读《资本论》。张闻天是中共八大以后的领导集体中唯一通读过《资本论》的，而且读有三四遍，研究经济正是他的所爱。1962 年七千人大会前后，全国形势好不容易出现一个亮点，中央开始检讨 1958 年以来的失误，毛、刘在会上都有自我批评。张很高兴，在南方调查后向中央报送了《关于集市贸易等问题的一些意见》。没想到这又被指为翻案风，立即被取消参加中央会议和阅读一切文件的权利，送交专案组审查。毛说别人能平反，他和彭不能平。他不知道，对中央工作的缺点别人说的，而他却是不能置一词的。到文革一起，他这个曾经的总书记（前五朝的总书记当时仅存他一人了，陈、瞿、向、博都已不在世）又受到当年农民游街斗地主式的凌辱。他经常是早晨穿戴整齐，怀揣月票，挤上公共汽车，准时到指定地点去接受批斗。下午，他的妻子刘英，一起从长征走过来的老战友，门依黄昏，提心吊胆，盼他能平安回来。他有冠心病，在挨斗时已不知几次犯病，仅靠一片硝酸甘油挺过来。只1968年七、八、九三个月就被批斗十六七场。他还被强迫做伪证，以迫害忠良。遇有这种情况他都严词拒绝，牺牲自己保护干部。他以一个有罪之身为陈云、陆定一等辩诬。特别是康生和四人帮想借"61人叛徒案"打倒刘少奇，他就挺身而出，以时任总书记的身份一再为刘证明和辩护（尽管刘在庐山会议和七千人大会上是帮毛整他的）。士穷而节见，他已经穷到身被欺，名被辱，而命难保的程度，却不变其节，不改其志。他将列宁的一句话写在台历上，作为自己的座右铭："为了能够分析和考察各个不同的情况，应该在肩膀上长着自己的脑袋。"

1969年10月18日他被勒令从即日起不得再用"张闻天"三个字，而被化名"张普"流放到广东肇庆。肇庆五年是他生命的末期，也是他思想的光辉顶点。"文革"中关押"走资派"或"反动权威"的地方叫"牛棚"，季羡林就专有一本书名《牛棚杂忆》。而现在软禁张闻天的这个小山坡就叫"牛冈"，比牛棚大一点，但仍不得自由。后来张的夫人刘英回忆那段日子说："没有熟人，没有电话，部队设岗'警卫'我们的住所。从'监护'到'遣送'，我们只不过是从四壁密封的黑房换进了没有栅栏的'鸟笼'。就这样我们被抛弃在一边，开始了长达6年孤寂的流放生活。"张闻天像一个摔跤手，被人摔倒了又扔到台下，但他并不急着爬起来，他暂时也无力起身，就索性让自己安静一会儿，躺在那里看着天上的流云，听着耳边的风声，回忆着刚才双方的一招一式，探究着更深一层的道理。一个有历史责任感的政治家总是把自己作为一种元素放在社会这个大烧瓶里进行着痛苦的实验。他把鲁迅的两段话抄在卡片上，置于案头：

只要能培一朵花，就不妨做做会朽的腐草。

革命者为达目的，可用任何手段的话，我是以为不错的。所以即使因为我罪孽深重，革命文学的第一步，必须拿我来开刀，

我也敢于咬着牙关忍受。杀不掉，我就退进野草里，自己舔尽了伤口上的血痕，绝不烦别人敷药。

他每日听着高音喇叭里的最高指示，感受着“文革”的喧嚣，回忆着自己忽上忽下、国内国外的经历，思考着党、国家、民族的前途。他本来就是一个思想家，在以往的每一个岗位上都有新思想的萌芽破土而出，写成调查报告或文章送毛，送中央。涓流归海，竭诚为党。他希望这个新芽能长成大树，至于这树姓张还是姓党，或者姓毛，他都不在乎。思考和写作已经成了他生活的惯性，成了他自觉为党工作的一部分。但现在“休去倚危栏，斜阳正在，烟柳断肠处！”他明白不会再有人听他的什么建议，也没有地方发表他的文章，写作只是为了探求真理。他只求无愧生命，无愧青史。正像一首诗所说的：

能工作时就工作，
不能工作时就写作。
二者皆不能，
读书、积累、思索。

每当夜深人静，繁星在空，他披衣揽卷，细味此生。他会想起在苏联红色教授学院时的学习，想起在长征路上与毛泽东一同反思五次反围剿的失利，想起庐山上的那一场争吵。毛泽东比他大七岁，他们都垂垂老矣，但是直到现在还没有吵出个结果，而国家却日复一日地政治混乱，经济崩溃，江河日下。是党的路线出了毛病，还是庐山上他说的那些问题，今犹更甚。归纳起来就是三点：一是滥用阶级斗争，国无宁日，人无宁日，无休无止；二是不尊重经济规律，狂想蛮干；三是个人崇拜，缺乏民主。他将这些想法，点点所得，写成文章。但这些文字早不是他当年20岁时写小说、写诗歌了，已是红叶经秋，寒菊着霜，字字血，声声泪了。牛冈本为一部队农场之地，虽“文革”之乱，仍不废鸡犬牛羊。所以他常于夜半凝神之时，遥闻冷巷狗吠之声；而奋笔疾书，却又雄鸡三唱，东方渐白。有哪一位画家要是能作一幅《牛冈夜思图》，或是前面所说的《望江亭远眺》，那真是摄魂、留魄、传神、言志，为历史写真，为英雄存照了。

张闻天接受七千人大会后的教训，潜心写作，秘而不露。眼见“文革”之乱了无时日，他便请侄儿将文稿手抄了三份，然后将原稿销毁。这些文章只有作为“藏书”藏之后世了。这批珍贵的抄件，后经刘英呈王震才得以保存下来，学界称之为《肇庆文稿》。

多少年后当我们打开这部《文稿》时，顿觉光芒四射，英气逼人，仿佛是一个前世的预言家在路边为后人埋下的一张纸条。我们不得不惊叹，在那样狂热混乱的年代里作者竟能如此冷静大胆地直刺要害。只须看一下这些文章的标题，就知道他是在怎样努力拨开时代的迷雾：《人民群众是主人》《论社会主义和共产主义》《无产阶级专政下的政治和经济》《无产阶级专政下的阶级和阶级斗争》《党内斗争要正确进行》。我们不妨再打开书本，听一听他在 40 年前发出的振聋发聩的声音：生产力是决定因素，离开发展生产力去改革生产关系是空洞可笑的。社会主义与共产主义是不同的阶段，不要急着跨进共产主义。阶级斗争就是各阶级为自己阶级的物质利益的斗争，不能改善人民的生活，共产主义就是画饼充饥。共产党执政后最危险的错误是脱离群众，不要以为党决定了的东西就是对的。为保证党的正确先要作风民主，不要老是喜欢听歌功颂德，个人专断。党内矛盾是同志矛盾，没有什么“资产阶级代理人”，党内斗争只能批评与自我批评，不能镇压……他的这些话从理论上解剖了新中国成立以来反右派、大跃进、反右倾、“文革”等运动的错误，是在为党开药方、动手术。这还不够，他更从哲学高度大喊一声：“一分为二”的说法有缺点，矛盾的解决不一定都要发展为分裂，许多时候可以不分裂。这是釜底抽薪，是对我们党长期信奉的“斗争哲学”的否定。试想从建党以来，党内就没有停止过残酷斗争，动辄上纲上线，或批或整，或斗或杀，不知打了多少右派、右倾分子和反党集团。大者如他这样的总书记，刘少奇那样的国家主席，小者各级干部、党员不计其数。只有张闻天这种读透哲学又身经国内外、党内外复杂斗争的人才能悟出这个道理啊。

1974 年 2 月经周恩来干预，张闻天恢复了组织生活。10 月他给毛

写信说自己已是风烛残年，希望能回京居住治病，毛批示：“到北京住，恐不合适，可另换一地方居住。”张欲回老家上海，不许，1975年8月被安置到无锡。越明年，1976年7月1日，在党的55周年生日这一天，这个五朝总书记就默默地客死他乡（这一年中共去世四位元老，1月：周恩来；7月：张闻天、朱德；9月：毛泽东）。他临死前遗嘱，将解冻的存款和补发的工资上交党费。这时距打倒四人帮只剩三个月。上面指示：不开追悼会，骨灰存当地，火化时不许用真名字。妻子刘英送的花圈上只好写着：“送给老张同志”（两年前彭德怀在京去世，骨灰盒上也是用了一个假名字“王川”）。火化后骨灰又不让存入骨灰堂，而放在一储物间里。对他的这种凌辱竟一直被带到了骨灰里去。正是：

在世时难别亦难，春风无力百花残。
哲人到死恨不尽，英雄成灰灰含冤。

他是为共产党天设地造的一头老黄牛，一个思想家，一个受难者，一个试验品和牺牲品啊。

张闻天一生三次让位，品高功伟；但又三次受辱，长期沉埋。在延安时因劝毛勿娶江青，被当面怒斥，整风中又屡作检查，此为一辱；庐山会议劝毛反思大跃进，被打成反党集团，此为二辱；“文革”被整、被关、被流放，死而不得复其名，此为三辱。大半生都是“人为刀俎，我为鱼肉”，低房檐下难展身。但他一辱见其量，有大量，从容辞去总书记，到基层工作；二辱见其节，有大节，不低头，不屈服，转而去潜心研究经济理论，为治国富民探一条路；三辱见其志，不改共产主义的大志，虽为斗室之囚，却静心推演社会进步之理，最后留下雄文四卷，110万言。辱之于他如尘埃难掩珠玉之光，如浮云难遮丽日之辉。他甚至于懒得伸手去弹掉这些浮尘，而只待历史的清风去慢慢打扫它。果然，清风徐来，云开雾散。他去世后三个月“四人帮”倒台，三年后中央为他开追悼会平反昭雪。邓小平致悼词曰：“作风正派，顾全大局，光明磊落，敢于斗争。”1985年，他诞辰85

周年之际《张闻天选集》出版，1990年他诞辰90周年之际四卷本110万字的《张闻天文集》出版。到2010年他诞辰110周年之际，史学界、思想界掀起一股张闻天热，许多研究专著出版。2011年《人民日报》出版新年第一期的《文史参考》杂志，封面主题是："遵义会议后中共最高领导人不是毛泽东而是张闻天"。《北京日报》刊出建党90周年特稿《张闻天在中共党史上的十大贡献》。桃李不言，下自成蹊；人心有秤，公道归来，一个时代的巨人重又站在历史的云端。历史有时会开这样的玩笑：一个胜者可以成就功业霸业，为自己建造一座富丽堂皇的宫殿，把他的对手打倒在地并踩在脚下；但历史的风雨会一层一层地剥蚀掉那座华丽的宫殿，败者也会凭借自己思想和人格的力量，重新站起身来，一点一点地剥去胜者的外衣。这就是历史唯物主义。

## 还汝洁白漫天雪

2011年元旦，我为寻找张闻天的旧踪专门上了一次庐山。刚住下我就提出要去看一下他1959年庐山会议时住的177号别墅。主人说，已拆除。我知道庐山上的老别墅是一景，是文物，600多座都是专门编号的，怎么会拆呢？主人说因旅游业发展的需要，那年就选了两栋拆建改造。老天不公啊，六百选二，怎么偏偏就轮上他呢？我说那就到原址凭吊一下吧。改造过的房子是一座崭新的二层楼，已经完全找不到旧日的影子。里面正住着一位省里的领导，我说是来看看张闻天的旧居，他一脸茫然。我不觉心中一凉，连当地的高干都不关心这些，难道他真的已经在人们的记忆里消失？

第二天一觉醒来，好一场大雪，一夜无声，满山皆白。要下山了，我想再最后看一眼177号别墅。这时才发现，从我住的173号别墅顺坡而下，就是毛泽东1970年上山时住的175号别墅，再往下就是1959年彭德怀住的176号和张闻天住的177号。三个曾在这里吵架的巨人，原来是这样地相傍为邻啊。我不觉起了好奇心，便用步子量了一下，从175毛的窗下，到176彭门前的台阶只有29步，而从176到177是

99 步。历史上的那场惊涛骇浪，竟就在这百步之内与咫尺之间。当然，1959 年上山时毛住的是“美庐”（离这里也不远），但 1970 年他在 175 住了 23 天，每日出入其间，抬头不见低头见，睹“屋”思人，难道就没有想起彭德怀和张闻天？现在是冬天，本就游人稀少，这时天还早，177 号就更显得冷清。新楼的山墙上镶着重建时一位领导人题的两个字：“秀庐”，我却想为这栋房子命名为“冷庐”或“静庐”。这里曾住过是一个最冷静、最清醒的思想家。当 1959 年，庐山会议上的多数人还在头脑发热时，张闻天就在这座房子里写了一篇极冷静的文章，一篇专治极“左”病的要言妙道，这是一篇现代版的《七发》。我在院子里徘徊，楼前空地上几棵孤松独起，青枝如臂，正静静地迎着漫天而下的雪花。石阶旁有几株我从未见过的灌木，一米多高，叶柔如柳，枝硬如铁，缀着一串串鲜红的果实，在这白雪世界里如珠似玉，晶莹剔透。我就问送我下山的郑书记（他曾在庐山植物园工作）这是何物？他说：“很少见，名字也怪，叫平枝荀子，属蔷薇科。”我大奇，这山上我少说也上来过五六次，怎么却从未见过？是今日，苍天特冥冥有指吧。平者，凭也；荀者，寻之。我忽闻天语解天意，这是叫我来凭吊和寻访英灵的啊。难怪昨夜突降大雪，原来也是要还故居主人一个洁白。我在心底哦吟着这样的句子：

凭子吊子，惆怅我怀。寻子访子，旧居不再。飘飘洒洒，雪从天来。抚其辱痕，还汝洁白。水打山崖，风过林海。斯人远去，魂兮归来！

我转身下山一头扑入飞雪的怀抱里，也迈进了 2011 年的门槛。这一年正是中国共产党建党 90 周年，张闻天诞辰 111 年。

原载于 2011 年第 5 期《北京文学》

# 一个大党和一只小船

中国共产党现在是一个拥有6500万党员的大党，是一个掌管着960万平方公里国土、13亿人口国度的执政党。可是谁能想到，当初她却是诞生在一只小船上。在建党80周年之际，我特地赶到嘉兴南湖瞻仰这只小船。这是一只多么小的船啊，要低头弯腰才能进入舱内，刚能容下十几个人促膝侧坐。它被一条细绳系在湖边，随着轻风细浪，慢慢地摇荡。我真不敢想，我们轰轰烈烈、排山倒海的80年就是从这条船舱里倾泻出来的吗？

因为她是党史的起点，这条船现在被称为红船。1921年7月23日，中国共产党第一次代表大会在上海法租界的一栋房子里召开，但很快就被巡捕监视上了。不得已，立即休会转移。代表之一的李达，他的夫人王会悟是嘉兴南湖人，她提议转移到这里来开会。8月1日，王会悟、李达、毛泽东先从上海来到嘉兴，租好了旅馆，就出来选“会场”。他们登上南湖湖心岛上的烟雨楼，见四周烟雨茫茫，水面上冷冷清清地漂着几只游船，不觉灵机一动，就租它一只船来当“会场”。当时还计划好游船停泊的位置，在楼的东北方向，既不靠岸，也不傍岛，就在水中来回漂荡。第二天，其余代表分散行动，从上海来到南湖，来到这只小船上。下午，通过了最后两个文件，中国共产党就这样诞生了。

今天，我重登烟雨楼，天明水静，杨柳依依。这烟雨楼最早建于

五代，原址是在湖岸上。清嘉庆年间，当地知府赵赢疏浚南湖，用挖起的土在湖心垒岛，第二年又在岛上起楼。有湖有岛有楼，再加上此地气候常细雨蒙蒙，南湖烟雨便成了一处绝景。清乾隆皇帝曾六下江南，八到烟雨楼，至今岛上还留有御碑。现在楼头大匾上“烟雨楼”三个大字，是当年的一大代表董必武亲笔所书。历史沧桑烟雨茫茫，我今抚栏回望，真不敢想象我们这样一个大党，当初是那样的艰难。那时百姓穷无立锥之地，要想建一个代表百姓利益的党，当然也就没有可落脚之处。列宁说：群众分为阶级，阶级有党，党有领袖。当时这十二个领袖是何等的窘迫，举目神州，无我寸土。我眼看手摸着这只小船，这些小桌小凳，这竹棚木舷。我算了一下，就是把舱里全摆满，顶多只能挤下 14 个小凳，这就是现在有 6500 万党员的中共一大会场吗？但这个会场仍不安全，王会悟同志是专管在船头放哨的。下午，忽有一汽艇从湖面驶过，她疑有警情，忙发暗号，船内就立即响起一片麻将声。他们是一伙租了游船来玩的青年文人啊！汽艇一过，麻将撤去，再低声讨论文件，同时也没有忘记放开留声机作掩护。但不管怎样，工农的党在这条小船的襁褓里诞生了。

距南湖不远是以大潮闻名的钱塘江，当年孙中山过此，观潮而叹曰：“世界潮流浩浩荡荡，顺之者昌，逆之者亡。”共产党在此顺潮流而生，合乎天意。

西方人信上帝，我们信马克思主义。也许是马克思在冥冥中的安排，专门让我们这个大党诞生在一只小船上。于是党的肌体里就有了船的基因，党的活动就再也离不开船。

宋人潘阆有一首写大潮中行船的名词：“未疑沧海尽成空，万面鼓声中。弄涛人向涛头立，手把红旗旗不湿。”共产党就是敢立于涛头的弄涛人。一大之后，毛泽东一出南湖便南下到湖南组织农民运动。大革命失败，他振臂一呼，发动秋收起义，上了井冈山。这时全国正处在白色恐怖之中，许多人不知革命希望在何方。他挺立井冈之巅大声说道：“革命高潮是站在海岸遥望海中已经看得见桅杆尖头了的一只航船。”这时，周恩来也领导了南昌起义，兵败后南下广州，只靠一只小木船，深夜里偷渡香港，又转道上海，再埋火种。谁曾想到，惊涛骇浪中，这只小木船上坐着的就是未来共和国的总理。蒋介石曾希望借中国大地上的江河之阻剿灭革命，但革命队伍却一次次地利用木船突围决胜。天险大渡河曾毁灭了石达开的十万大军，但是当蒋介石围追红军于此，只见到几只远去的船影和留在岸上的一双草鞋。抗战八年，共产党在陕北聚集了力量，然后东渡黄河，问鼎北平。而东渡黄河靠的还是老艄公摇的一条木船，船仍然不大，以至于连毛泽东心爱的白马也没能装上。中国革命的整个司令部就这样在一条木船上实现了战略大转移。不久就有百万雄师乘着帆船过大江，解放全中国。中国历史上的秦皇汉武们喜欢说他们是马上得天下。中国共产党真正是船上得天下，是船上生，浪里走而夺得天下的啊。

英雄造时势，时势造英雄。历史长河的巨浪也颠簸着最早上船的十二名领袖。第一个为革命牺牲的是何叔衡，红军长征后，他在一次突围中，为不连累同志跳崖而死。以后脱党的有刘仁静，叛党的有陈公博、周佛海、张国焘。毛泽东则成了党最长期的领袖。十二个人中只有董必武再回过故地。毛泽东 1958 年到杭州时，专列经过南湖，他急令停车，在路边凝望南湖足有 40 分钟。想伟人当时胸中涛翻云涌，其思何如。

中国古代有一个最著名的关于船的寓言故事：刻舟求剑，是讲不实事求是，不会发展地、辩证地看问题。我们不讳言曾犯过错误，也曾做过一些刻舟求剑的事。我们曾急切地追求过新的生产关系，追求那些在本本里看到的模式，硬要在我们自己的刻舟之处去找主观上想要的东西，因此也曾有几次尽兴放舟，“争渡、争渡，误入藕花深处”。最危险的一次是“文化大革命”，险些翻船。但是我们也敢于承认错误，改正错误。这时中国共产党早已是一条大船，都说船大难调头，但是邓小平成功地指挥它调了过来。在我们干社会主义数十年后，又敢于重新问一句“到底什么是社会主义”，敢于说“社会主义初级阶段至少需要一百年”。这勇气不下于当年在南湖烟雨中问苍茫大地，船向何处。

红船自南湖出发已经航行了八十年。其间有时“春和景明，波澜不惊”；有时“阴风怒号，浊浪排空”。八十年来，党的领袖们时时心

忧天下，处处留意行船的规律。历史上第一个以舟水关系而喻治国驭世政治家，是唐太宗，他说："水可载舟，亦可覆舟。"当我们这只小船航行到第34个年头时，时在1945年7月1日，中国共产党刚开过"七大"，胜利在即，将掌天下。民主人士黄炎培赴延安，与毛泽东有一次著名的谈话。黄问，如何能逃出新政权"其兴也勃，其亡也忽"的周期律。毛泽东答："靠民主，靠相信人民群众。"依靠人民群众，我们打造出一只共和国的大船。后来，红船航行到第71个年头，1992年，邓小平南巡再指航向："逆水行舟，不进则退"，"发展才是硬道理"，我们扬起有中国特色社会主义的风帆，又一次勇敢地冲上浪尖。今天这只船航行到第八十年，我们的事业蒸蒸日上，兴旺发达，中国共产党已是一个伟大的、成熟的党。

南湖边上现在还停着这只小小的木船。烟消雨停，山明水静。游人走过，悄悄地向她行着注目礼。这已经是一种政治的象征和哲学意义的昭示。6500万党员的大党就是从这里上岸的啊。从贫无寸土，漂泊水上，到神州万里，万里江山。党在船上，船行水上，不惧风浪，不忘忧患，顺乎潮流，再登彼岸。

原载于2011年6月21日《人民日报》

# 百年革命·三封家书

今年是辛亥革命100周年，中国共产党成立90周年。纪念活动少不了拜谒故地，披览文物。

3月，我有事去福州，公余又去拜谒了一次林觉民故居。林觉民的《与妻书》是辛亥革命的重要文物。黄花岗72烈士，其事迹大多湮灭，幸有这篇美文让我们能窥见他们的心灵。广州黄花岗烈士碑上72人名单（随着后来的发掘，实际上已超过72人）中，林觉民三字人们抚摸最多，色亦最重。《与妻书》早已选入中学课本和各种文学的、政治的读本，我亦不知读了多少遍。印象最深的是“即此爱汝一念，使吾勇于就死”，“当亦乐牺牲吾身与汝身之福利，为天下人谋永福”。他反复给妻子解释，我很愿与你相守到老，但今日中国，百姓水深火热，我能眼睁睁看他们受苦、等死吗？我要把对你的爱扩展到对所有人的爱，所以才敢去你而死。林家福州故居我过去也是去过的。这次去新增的印象有二。一是书信的原物。在广州起义前三天，1911年4月24日，林知自己必死，就随手扯来一方白布，给妻子陈意映写下这封信，竖书，29行。其笔墨酣畅淋漓，点划如电闪雷劈，走笔时有偏移，可知其时“泪珠与笔墨齐下”，心情激动，不能自已。其挥墨泣血之境，完全可与颜真卿的《祭侄稿》相媲美。二是牺牲前后之事。起义失败，林受伤被捕。审讯时，林痛斥清廷腐败，慷慨陈词，宣传革命，说到激动处撕去上衣，挺胸赴死。敌审讯官都不由敬畏，

下令去其镣铐，给以座位。两广总督张鸣岐，不得已下令枪决，后惋惜道："惜哉，林觉民！面貌如玉，肝肠如铁，心地光明如雪，真算得奇男子。"某日晨，家人在门缝里发现有人塞进来的《与妻书》，同时还有给父亲的一封信，只有 39 个字："不孝儿叩禀父亲大人：儿死矣，惟累大人吃苦，弟妹缺衣食耳，然大有补于全国同胞也。大罪乞恕之。"其壮烈而平静之举概如此。

福州之后又两月，有事去重庆之江津，才知道这是聂荣臻元帅的家乡，便去拜谒纪念馆并故居。聂帅抗日时主持晋察冀根据地建设，被中央称为"模范根据地"，解放后主持"两弹一星"研究，为国防建设立了大功。终其一生都是在默默地干大事。他在 20 岁那年离开家乡去法国勤工俭学，开始了探求真理，苦学报国的革命生涯。与周恩来、朱德、邓小平、陈毅等同为我党领导集体中的早期留欧人员。聂帅留法时期的家书保存完好，现在收书出版的就有 13 封，且都有手迹原件，从中可以看到这批革命家的少年胸怀（去法国时聂 20 岁，周 22 岁，邓 16 岁）。现在故居前庭的正墙上有一封放大的家书手迹，是聂荣臻 1922 年 6 月 3 日写给父母的：

父母亲大人膝下：

不得手谕久矣。海外游子，悬念何如？又闻川战复起，兵自增而匪复狂！水深火热之家乡，父老苦困也何堪？狼毒野心之列强无故侵占我国土。二十一条之否认被拒绝，而租地期满又故意不肯交还。私位饱囊之政府，只知自争地盘，拥数十万之雄兵，无非残杀同胞。热血男儿何堪睹此？男也，虽不敢以天下为己任，而拯父老出诸水火，争国权以救危亡，是青年男儿之有责！况男远出留学，所学何为？决非一衣一食自为计，而在四万万同胞之均有衣食也。亦非自安自乐自足，而在四万万同胞之均能享安乐也。此男素抱之志，亦即男视为终身之事业也！……

叩禀

金玉安

男荣臻跪禀六月三号

我拜读这封90年前（中国共产党建党之第二年）海外游子的家书不觉肃然起敬。那个时代的有为青年留学到底为了什么？“决非一衣一食自为计，而在四万万同胞之均有衣食也。亦非自安自乐自足，而在四万万同胞之均能享安乐也。”这与林觉民“当亦乐牺牲吾身与汝身之福利，为天下人谋永福”何其相通。

要考察一个人的思想，家书大概是最可靠的。因为对亲人可以说真话，而且他也想不到日后会发表这信件。看了林、聂的两封家书又使我联想到5年前在河北涉县参观八路军129师师部旧址时见到的另一封家书。那是一个不知名的普通八路军战士（或是干部）在大战前夕写给妻子的一封短信，是一个共产党员的《与妻书》。从重庆回来我就赶快翻检所存资料，终于找出那张发黄的照片，但手迹还清晰可辨，全信如下：

喜如妹：

我俩要短期之分开了。这是我们的敌人给我们的分开之痛苦，只有消灭了我们的敌人，才能消灭这个痛苦。

我的病暂时也没有什么要谨（紧），因病得的很长，一时亦难除根。我很高兴在党和上级爱护之下给我这五个月的时间休养很不错。我这此（次）决心到前方要与我们当前的敌人搏斗，拿出最大决心和牺牲精神与人民立功。我第二个高兴是你很好，特别是对我尽到一切的关心和爱护。同时我有两个很天真活泼的小孩，又有男又有女。你想这一切都使我很满足，永远是我高兴的地方。

战斗是比不得唱戏，不是开玩笑，是有牺牲的精神才能打垮和消灭敌人。趟（倘）我这次到前方或负伤牺牲都不要难过，谨记我如下之言：

无产阶级的革命一定会成功的，只是时间之长短，但也不是很长的。家人一定要翻身。要求民主与独立，这是全世界劳苦大众都走革命这条道路，苏联革命成功是我们的好榜样。

就是我牺牲了也是很光荣的，是为革命而牺牲，是有价值。在任何情况下我是不屈不挠，坚决□□□部队与敌人战斗到底。一直到把敌人消灭干净为止。望你好好保重身体，多吃饭，不生病，我就死前方放心。同时希你好好教育丰丰小儿、小女雪雪，长大完成我未完成之事。一直完成社会主义革命到共产主义社会。谨记谨记。

我生于一九一九年十月（即民国八年十二月二十四日）家居安徽省霍山县石家河保瓦嘴□。

茂德

一九四七·四·二·□于魏□
临别之写

这封信写得很镇静、乐观又有几分悲壮。作者和林觉民一样也是抱定必死的决心，但其悲剧气氛要少些，更多的是充满胜利的信心。刘、邓领导的129师1940年6月进驻涉县时不足9000人，到1945年12月挥师南下时已发展到30万正规军，40万地方部队。这个署名“茂德”的作者，就是这支大军中的普通一员。也许他真的已经在战火中牺牲，那一双可爱的小儿女丰丰、雪雪现在也该是古稀老人。这封上战场前匆匆写给妻子的信，让我们看到了那个时代的人的真实生活。

我把三封家书的手稿影印件放在案头，轻抚其面，细辨字迹，目既往还，心亦吐纳，感慨良多。这三件文物，都是用毛笔书写，所书之物，一件是临时扯的一块白布，一件是异国他乡的信纸，一件是随手撕下来的五小张笔记本纸页，皆默默地昭示着其人、其地、其时的特定背景。论时间，从第一封信算起已经整整100年，恰是辛亥革命百年祭；第二封已经89年，与共产党党龄相仿；第三封也已64年，比共和国还长两岁。而写信者当时都是热血青年，都是为自己的理想而奋斗，准备牺牲的普通的战士。其结果，一个成了名垂青史的烈士，一个成了共和国的元帅，一个没入历史的烟尘，代表着那些无数的无名英雄。细看就会发现，这三封跨越百年，不同时代的家书中却有一条红线一以贯之，就是牺牲个人，献身革命，为国家、为民族不计自己和家庭的得失。林信说：当牺牲吾身与汝身之福利，为天下人谋永福；聂信说：决非为一衣一食，而为四万万同胞之均有衣食；茂信说：我或负伤牺牲你都不要难过，是为革命而牺牲，是光荣的，有价值。百年革命，三封家书，一条红线，舍己为国。我们还可由此上推一千年，政治家范仲淹说“先天下之忧而忧，后天下之乐而乐”；再上推两千年，思想家司马迁说“人固有一死。死，有重于泰山，或轻于鸿毛，用之所趋异也（目的不同）。”其一脉相承的都是这种牺牲精神——为理想、为事业、为进步而牺牲。国歌唱道“把我们的血肉筑起新的长城”，还有一首歌唱道：“为什么战旗美如画，英雄的鲜血染红了她；为什么大地春常在，英雄的生命开鲜花。”正是这一代代的前赴后继，不计牺牲才铸就我们这个民族，铸就中华文明。这是一种伟大的民族精神、历史精神，而它在革命，特别是战争时期更显光辉，又由代表人物所表现。唯此，历史才进步，人类才进步。

我从百年历史的烟尘中捡出这三封革命家书，束为一札，献给祖国，并祭先烈。这是一束永不凋谢的历史之花。

（本文见报后有热心读者多方查找，终于弄清茂德姓查名茂德，在写这封遗书的第二年牺牲于南阳战役，牺牲时为副旅长。）

原载于2011年6月23日《人民日报》

# 一棵怀抱炸弹的老樟树

一棵茂盛的古树用它的枝桠轻轻地托着一颗未爆的炸弹，就像一个老人拉住了一个到处乱跑，莽撞闯祸的孩子。炸弹有一个老式暖水瓶那么大，高高地悬在半空，它是从几千多米高的天空飞落下来后被这棵树轻轻接住的。就这样在浓密的绿叶间探出头来，瞪大眼睛审视人世，已经整整 80 年。眼前是江西瑞金叶坪村的一棵老樟树。

樟树在江西、福建一带是常见树种，家家门前都有种植。民间习俗，女儿出生就种一棵樟树，到出嫁时伐木制箱盛嫁妆，三五百年的老树随处可见。但这一棵却不同。一是它老得出奇，树龄已有 1100 多年，往上推算一下该是北宋时期了。透过历史的烟尘，我脑子里立即闪过范仲淹的“庆历改革”和他的《岳阳楼记》以及后来徽宗误国、岳飞抗金等一连串的故事。在这个世界上，什么东西才有资格称古呢？山、河、城堡、老房子等都可以称古，但它们已没有生命。要找活着的东西唯有大树了。活人不能称古，兽不能，禽鱼不能，花草不能，只有树能，动辄千百年，称之为古树。它用自己的年轮一圈一圈地记录着历史，与岁月俱长，与山川同在，却又常绿不衰，郁郁葱葱。一棵树就是一部站立着的历史，站在我面前的这棵古樟正在给我们静静地诉说历史。第二个不寻常处，是因为它和中国现代史上的一个伟人紧紧连在一起，这个人就是毛泽东。毛泽东也是一棵参天大树，他有 83 圈的年轮，1931 年当他生命的年轮进入到第 38 圈时在这里与这棵古樟相遇。

那时中国大地如一锅开水，又恰似一团乱麻，两千年的封建社会已走到了尽头。地主与农民的矛盾，剥削与被剥削的矛盾，土地不均的矛盾已经到了非有个说法不可的时候。这之前从陈胜、吴广到洪秀全，已经闹过无数次的革命，但总是打倒皇帝做皇帝，周而复始，不能彻底。这时出现了中国共产党，要领导农民来一次彻底的土地革命。共产党的总部设在上海，它的行动又受命于远在莫斯科的共产国际，他们对中国农村和农民革命知之甚少，又乱指挥，造成失误连连。毛泽东便自己拉起一杆子队伍上了井冈山，要学绿林好汉的样劫富济贫，又参照列宁的路子搞了个“苏维埃”政权。他在六个县方圆五百里的范围内坚持了两年，后又不幸失利。1931 年他率队下山准备到福建重整旗鼓再图发展，当路过瑞金时邓小平正在这里任县委书记，就建议他在这里扎根。于是 1931 年 11 月 7 日苏俄十月革命胜利十四周年这一天，在瑞金叶坪村的一个大祠堂里召开了全国代表大会。第一个全国性的红色政权中华苏维埃共和国中央临时政府宣告成立。毛泽东当选为中央执行委员会主席。后来被中国人称呼了近半个世纪的“毛主席”就是在这一天诞生的。

虽是共和国的主席，毛泽东也只能借住在一户农民家里。这是一座南方常见的木结构土坯二层小楼，狭窄、阴暗、潮湿。小楼与祠堂之间是一个广场，是红军操练、阅兵的地方，广场尽头还有一座烈士纪念塔。这实在是一处革命圣地，是比延安还要老资格的圣地。共产党第一次尝试建立的中央政府就五脏俱全，有军事、财政、司法、教育、外交等九部一局，都设在那个大祠堂里。毛泽东等几个中央要人则住在广场的南头的小楼上，楼后就是这棵巨大的樟树。一走近大树我就为之一震，肃然起敬。因为它实在太粗、太高、太大，我们已不能用拔地而起之类的词来形容，它简直就是火山喷出地面后突然凝固的一座石山，盘龙卧虎，遮天盖地。树干直径约有 4 米，树身苔痕斑驳黝黑铁青，树纹起伏奔腾如江河行地。树的一半曾遭雷劈，外皮炸裂，木质外露，如巨人向天狂呼疾喊，声若奔雷。而就在炸裂后的树身上又生出新的躯干，干又生枝，枝再长叶，一团绿云直向蓝天铺去。

好一棵不朽的老树，就这样演绎着生命的轮回。因地势所限，树身沿东西方向略成扁平，而墨绿的枝叶翻上天空后又如瀑布垂下，浓阴覆地，直将毛泽东住的后半座房子盖了个严实。那天，毛泽东正在二楼上看书，空中隐隐传来飞机的轰鸣。他并不在意，把直起身，踱步到窗前看了一眼，又回到桌前展纸濡毫准备写文章。突然一声凄厉的嘶鸣，飞机俯冲而下，铁翅几乎刮着了屋顶，一颗炸弹从天而降。警卫员高喊“飞机”，冲上楼梯。毛停笔抬头，看看窗外，半天没有什么动静，飞机已经远去，轰鸣声渐渐消失。这时房后已经乱作一团，早涌来了许多干部、群众。很明显，这架飞机是冲着临时中央政府，冲着毛泽东而来，只扔了一个炸弹就走了，但炸弹并没有爆炸。大家围着屋子到处寻找，地上没有，又仰头看天，突然有谁喊了一声：“在树上！”只见一颗光溜溜的炸弹垂直向下卡在树缝里。好悬！没有爆炸。这时毛泽东已经走下楼来。人们早已惊出一身冷汗，齐向主席道贺，天佑神人，大难不死。毛泽东笑了笑说：“是天助人民，该我新生的苏维埃政权不亡。”毛泽东戎马一生，不知几遇危难，但总是化险为夷。胡宗南进攻延安，炮声已响在窑畔上，毛还是不走，他说要看看胡宗南的兵长什么样子。彭德怀没有办法，命令战士把他架出了窑洞。去西柏坡的途中，在城南庄又遇到一次空袭，他又不急，继续休息，是战士用被子卷起他抬进防空洞的。毛的性格坚定、沉着，又有几分固执、浪漫，从不怕死。唯此才能成领袖，成伟人，成大事业，写得大文章。

历史的脚步已走过80年，这棵老樟树依然伫立在那里。枝更密，叶更茂，干更壮。树皮上的青苔还是那样绿，满地的树阴还是那样浓。那颗未爆的炸弹还静静地挂在树上。现在这里早已辟为旅游景点，人们都争着来到树下，仰望这定格在历史天空中的一瞬。古樟树像一个和蔼的老人正俯瞰大地，似有所言。一千年的岁月啊，它看过了改朝换代，看过了沧海桑田，看尽了滚滚红尘。远的不说，只从共产党闹革命开始它就站在这里看红军打仗，看第一个红色中央政府成立，看长征出发；又遥望北方，看延安抗日，北京建国。它的年轮里刻着一部党史，一部共和国的历史。它怀里一直轻轻地抱着那颗炸弹，这是一把现代版的“达摩克利斯之剑”，天将降大任于斯人也必先试其定力，然后又戒其权力。它告诫我们，革命时要敢于牺牲，临危不乱；掌权后要忧心为政，如履薄冰。

原载于 2012 年 12 月 3 日《人民日报》